河图晋书

走马黄河之

陈为人 著

深圳出版发行集团
海天出版社

图书在版编目 (CIP) 数据

走马黄河之河图晋书 / 陈为人著. — 深圳 : 海天
出版社，2012.9
　　ISBN 978-7-5507-0392-6

　　Ⅰ . ①走… Ⅱ . ①陈… Ⅲ . ①随笔－作品集－中国－
当代　Ⅳ . ①I267.1

　　中国版本图书馆CIP数据核字(2012)第067261号

走马黄河之河图晋书
ZOU MA HUANG HE ZHI HE TU JIN SHU

出 品 人　尹昌龙
责任编辑　张小娟 (xiaojuanz@21cn.com)
责任技编　蔡梅琴
封面设计　李松樟
_____

出版发行　海天出版社
地　　址　深圳市彩田南路海天综合大厦　(518033)
网　　址　www.htph.com.cn
订购电话　0755-83460137(批发)　83460397(邮购)
设计制作　深圳市龙墨文化传播有限公司　Tel：0755-83460859
印　　刷　深圳市希望印务有限公司
开　　本　787mm×1092mm　1/16
印　　张　16.25
字　　数　280千
版　　次　2012年9月第1版
印　　次　2012年9月第1次
定　　价　35.00元
_____

郁郁乎文哉

张石山

陈为人先生和我交好数十年，引为文字同道。近年以来，陈先生写作勤奋，著述丰盈，有若干作品在国内多家学术刊物连载，有多本著作在海内外连连出版，周边朋友都为他取得的成就高兴。新近，他又有关于黄河的一部文化著作《走马黄河之河图晋书》脱稿，要我为其作序。好友邀我序其文字，对我不免有看重的信任；我乐于为之效劳，则无疑有胜任之愉快。

大而言之，黄河文明是从来不曾失落过的、包容传承性极强的、复合叠加的华夏民族母体文明。黄河流域的人文民俗遗存，是这一文明的民间馆藏，不啻是一座活化石库。

永恒流淌的黄河，在时间的维度上她是古老的，又是新奇的；她从洪荒时代流淌而来，流进沿途人民此在的日日夜夜。

悠长广远的黄河，在空间的意义上，她是遥远的，又是逼近的；黄河之水天上来，流经沿途人民的家园、眼底脚下。

自然的黄河，由于人类这唯一可以破坏生态循环圈的物种的出现，由于当代人类征服自然的狂妄和缺少敬畏的愚蠢，黄河已经不是本来的黄河。人文的黄河，则由于现代生活与大河文明的日益疏离，我们对这样的黄河原本不够熟悉，如今变得更加陌生。

初夏时节，山西作协组织作家群体沿黄河行走，走过了黄河途经本省的所有县份。这样的活动对参与者而言，无疑大有裨益：增加了一些感性认识，丰富了一点目击；深化了天然的情感，融洽了固有的血脉联系。而陈为人先生是一个有心人，途中多有留意采访，归来潜心思考著述，乃有《走马黄河之河图晋书》一部出手。

百年以来，中国的不肖子孙诋毁践踏自己的传统文明，达到了无以复加的程度。用夷变夏的狂潮铺天盖地而来，如雪崩，如海啸。以黄河文明为标识的华夏文明，真的没落了吗？数典忘祖，真的能够那样理直气壮吗？现在，到了离家出走的游子回家的时候了。大河滔滔，涛声依旧。山河尚在，如父亲的脊梁，如母亲的怀抱。

我们经住了考验。莫如说，大河文明、黄河文化经住了考验。

文武之道，未坠于地，在人。

我愿意相信，陈为人先生的这部著作，除了它的可读性，一定还有属于他的种种独立思考。而他的思考将引发读者的思考。有如黄河滩涂上一望无际的芦苇荡，芦花似雪，苇叶喧哗，与天籁和鸣。

相对于官方文化或者主流文化，民间文化或曰独立思考几乎从来都是一种被挤压被漠视的存在，但这种存在是更为真实的，更为自信的，更为强大的，也是更为本质的。如果黄河曾经目睹了华夏民族艰难的历史，将一切掩藏在她记忆的深处，那么独立的思考和自由的书写，正是一种开掘民族记忆的人文的目睹与言说。

代圣贤立言。代天地立言。

与陈为人先生引为同道，所谓德不孤，必有邻。

敢言序。

夏历辛卯小雪

目　录

引　言

　　黄河中游的山西，由于"表里山河"的独特地理环境，"山河环护"，保证了古人类生存居住所必备的先决条件。所以，尧都平阳、舜都蒲坂、禹都安邑，山西成为炎黄之祖、华夏之根，一个民族的发祥之地。山西芮城风陵渡距今一百八十多万年的旧石器时期西侯渡遗址和距今六七十万年的合河遗址、山西襄汾县距今二三十万年至五万年的丁村遗址、山西沁水县距今一万多年石器时期的下川遗址、山西吉县距今一万年左右的柿子滩遗址……现存旧石器时代文化遗址二百多处，新石器时代的文化遗址数以千计。这块土地有着蕴藏丰厚的文化积淀。

　　地灵人杰，黄河文化孕育了黄河儿女。上自神话传说中的"女娲抟土造人"、"鲧禹治水"；到《诗经》中采风于山西境内的《魏风》、《唐风》；到春秋集大成者的思想家荀况；到鹳雀楼上高吟一句"欲穷千里目，更上一层楼"而名震天下的王之涣；到新乐府运动的领军人物白居易，文名盖世的柳宗元、元好问、温庭筠、司空图，元杂剧四大家的关汉卿、白朴，撰写《三国演义》的罗贯中，编写《资治通鉴》的司马光；再到四大美女之貂蝉、杨玉环，女皇武则天，武圣关云长，名将薛仁贵、杨家将……真可谓群星灿烂。

　　我身居山西半个世纪，却一直无缘走近黄河，真正是"咫尺天涯"。

　　2010 年，山西作家协会组织"山西作家黄河采风团"给了我一个机遇，使我得以于五月、六月、十月三次"走马黄河"。从黄河的入晋源头偏关起始，沿黄河顺流而下，河曲、保德、兴县、临县、柳林、石楼、永和、乡宁、吉县、大宁、河

黄河边的老农与作者

津、万荣、临猗、永济、芮城、平陆、夏县、垣曲等，走了十九个县。

此次黄河采风，为我提供了一个"庙堂话语"与"民间话语"碰撞的契机。正是阴电阳电的碰撞，才有了划破如磐如漆历史夜空的一道闪亮。

我们"人之初"，从四书五经、儒家学说起始，一直到郭沫若、范文澜的"一个阶级胜利了，一个阶级消亡了，这就是历史，这就是几千年的文明史"的阶级划分历史观，再到马列主义学说联共布尔什维克红色经典，历史泛化为一部部古籍经典中言之凿凿的文明。然而，这些经过"秦始皇焚书"后的幸存洁本，这些经过历代大儒和众多御用文人们提炼升华后的高头讲章，说到本质乃是反映着庙堂的权势话语，早已疏离了鲜活灵动的历史，隔膜在"央视讲坛"和"名校高院"的喋喋不休之中。更有甚者，千秋青史谁裁定？历史从来都是由胜利者书写，是胜利者信口雌黄指鹿为马翻手为云覆手为雨的霸道话语。难怪白居易发出感喟："朝真暮伪何人辨，古往今来底事无。"历史成为任人涂抹的"京剧脸谱"。

蒙文通先生的《古史甄微》一书，认为中国文化分为三系：即齐鲁文化、荆楚文化和三晋文化。儒家文化正是以孔氏齐鲁为根据地，自汉武帝"罢黜百家，独尊儒术"，确立了封建社会几千年主流话语的地位；《山海经》、《楚辞·天问》是荆楚文化的代表，富有理想主义浪漫主义的色彩；而三晋文化则是"鉴古知今，秉笔直书"的现实主义源头。文天祥在《正气歌》一诗中有一名句"在齐太史简，在晋董狐笔"，表达的正是这层含义。三晋黄河文化是"凤凰涅槃"，在兵燹战火中一次次重生；三晋黄河文化像"河图洛书"，历经黄河"二十年河东二十年河西"的改道，沉淀积叠为蕴涵丰盈的岩层记忆，留存在江湖口耳相传的民间话语中……

"是谁带来远古的呼唤，是谁留下千年的期盼"，这一切都等待着开掘者的足音。

俗话说："读万卷书，行万里路。"此次"走马黄河"，万里黄河为我展开了宏大浩瀚的历史画卷，使我获得了一个观察三晋黄河文化的新视角，让我有了许多前所未有的领悟与感受。

万里黄河为我捧出了"河图晋书"。

后土祠隐喻"性话题"

后土祠展开"性想象"

　　山西万荣县有一座历史悠久遐迩闻名的后土祠。

　　后土祠的制高点是秋风楼，到后土祠不能不登秋风楼。"不见黄河心不死"，"不登长城非好汉"。

　　汉武帝曾先后六次前来后土祠祭拜，并即兴吟诵了千古绝唱《秋风辞》。鲁迅先生评价曰"缠绵流丽，虽词人不能过也"。《秋风辞》在金元之前一直未见诸文字，到元代才在后土祠的一块石碑上发现。当时，人们为这块石碑建了一个亭子，称为"秋风亭"，到明朝扩建为"秋风楼"。汉武帝的《秋风辞》石碑就收藏在秋风楼的三层。

汉武帝《秋风辞》碑

　　"萧瑟秋风今又是"，我们山西作家黄河采风团一行，恰逢与汉武帝同一节令来到后土祠，当然要"欲穷千里目，更上一层楼"，"会当凌绝顶，一览众山小"。

　　秋风楼，位于整个后土祠的最后面，砖木结构。初建时楼高五层，后因太高被暴风吹倒。复建改为三层，即使如今三层，也有 32.6 米高。后土祠是依山势而

后土祠秋风楼

造，因而秋风楼愈益显得巍峨屹挺。秋风楼上高悬两块横额：东曰"瞻鲁"；西曰"望秦"。登临楼顶，极目远眺，东瞻齐鲁，峨嵋岭若隐若现；西望长安，史圣司马迁墓似有似无。源于晋北管涔山的汾水，激情澎湃莽莽滔滔由东向西，奔腾着赶来与黄河相拥。两河交融，冲刷堆积出一块高地。倏然飞腾，散为轻云，油然而止，聚为细雨，水气和雾气好似为这块土地罩上一层神秘的面纱。山光水色犹如海市蜃楼尽在虚无飘渺之中。

登高而望，顿成瞻瞩。眼前展开的，不仅是一幅奇特的自然景观，也是一轴积淀的历史画卷。

寂然凝虑，思接千载，悄焉动容，视通万里。心中不由涌起历朝文人墨客登临此处的吟诵："层楼碧殿入青云，俯瞰中流百尺深"；"悠悠飞鸟青天外，滚滚河流大野中"；"黄河滚滚楼边过，嵋岭巍巍天际驰"；"菊兰芳歇秋容淡，箫鼓声残日色沉"；"山分秦晋群峰断，水入河汾两脉通"；"怒涛千年摧旧岸，归鸿几点下斜曛"……

当我正沉浸于思古之幽情中，作家彭图靠上来，用他那带有极浓忻州口音的普通话看着我说："看到眼里拔不出来了？"

我不知所云，亦无言以对，只是望着彭图。

彭图笑了："你瞪大眼好好看看，这是什么？天造地设，鬼斧神工，就是一个巨大的女人生殖器。"

我发现彭图一脸的坏笑，还有那双色迷迷的眼睛。

小说家彭图可谓是民间荤笑话的一个宝库，从他嘴中流出的"黄色故事"常常令人忍俊不禁捧腹大笑。随手举一例，他对"高尚"一词说文解字："高"就是男性的勃起，"尚"就是女性的躺倒。

我也笑："还是鲁迅那句话，中国人唯在这方面想象力丰富，从白臂膀就能想到半裸体全裸体，就能想到性交杂交私生子。"

彭图文绉绉地调侃一句："性者，人之欲也。"

性记忆来自原始造化

华夏文化向有"皇天后土"一说。皇天主司天，后土主司地。后土是传说中的大地之母。原始初民在神话里创造了姜嫄这位大地女神的形象，她生育的儿子也以谷物"稷"命名，后来堆土而成的"社"演化为土地神，大地所生的"稷"演化为谷物神，"社"和"稷"联在一起称作"社稷"，成为代表国家政权的一个政治名称。万荣后土祠祀奉的主神就是后土圣母，后土又称"社神"。万荣县东部，与稷山县交界处有稷王山，是祀奉稷神的地方。社神、稷神，构成"社稷"。

一个皇帝登基以后，有两件大事要做。一是到泰山祭天，君权天授；再一个就是到后土祠祭地，心系社稷。

"社"是华夏民族上古意识形态的核心概念，是了解中国古代宗教、政治与社会的第一个重要范畴。闻一多说："余尝谓治我国古代文化史者，当以'社'为核心。大抵人类生活中最基本者不过二事，自个人言之，曰男女，曰饮食；自社会言之，则曰庶，曰富，故先民礼俗之重要者莫如求子与求雨，而二事又皆寓于社。"

值得回味和思索的是，我们先祖创造出作为地母神的"社"，和作为谷物神的"稷"，此二者的相互组合，反映着我们祖先什么样的潜意识思维逻辑？尽管社稷二者合称

后土祠内龙凤柏

成为一个象征性的政治名称，但在初始阶段，二者分明是代表着两个相关的神话信仰体系。女性的地母神和男性的谷物神之间，是对男女两性关系的一种象征。这种关系的建立和存在，保障着大自然生命繁殖功能的正常运转。

导游小姐向我们这样介绍后土祠：

　　"这个庙的历史非常悠久，初建于汉文帝时代，早在公元前163年，距今已有两千多年的历史。初建时叫汾阴庙，所谓汾阴，就是说地处黄河东岸，汾河之南。汉武帝刘彻是来后土祠次数最多的一位皇帝，一生共来了六次，可见汉武帝将祭祀后土圣母看成是国家极为重要的一件大事。正是在汉武帝时期，汾阴庙改为后土祠。自汉武帝之后，汉朝的宣帝、元帝、成帝，后汉的光武帝，以后，唐玄宗李隆基先后三次前来祭拜，再以后，宋朝的第三个皇帝宋真宗赵恒，也前来祭拜。从汉武帝到宋真宗，前后有九个皇帝，二十四次来后土祠祭祀……"

还可以向上追溯，在万荣后土祠里，有座《历朝立庙致祠实迹》的石碑，上面镌刻着："轩辕氏扫地为坛于脽（音 shuí）上，二帝八元有司，三王方泽岁举。"这段碑文记载说明，远在汉文帝建汾阴庙之前，我们的先祖黄帝就曾来这里祭祖，因当时此处尚未设坛，于是黄帝就"扫地为坛"。黄帝是我们炎黄子孙祭奠的先祖，而黄帝却来这里祭祀后土圣母，"寻根拜祖"！此后，尧舜二帝以"八元"，即伯奋、仲堪、叔献、季仲、伯虎、仲熊、叔豹、季狸八大官员，专管祭祀后土之事。再往后，夏商周三朝国王，每年都要举行一次祭祀后土的仪式。

这真是一块神奇的土地，引无数帝王竞折腰。

我们随导游小姐走进后土祠庄严肃穆的献殿，中间供奉着后土圣母，两侧是送子娘娘和送药娘娘。这大概与道教的上清、太清、玉清，基督教的圣父、圣子、圣灵三位一体的宗教崇拜格局是类似的。

导游小姐介绍："后土圣母就是我们传说中的女娲了。"

陈振民在《万荣后土祠》一文中介绍说：

　　传说在黄帝以前很早的年代，地球上还没有人类的时候，却有一位伟大的女神——女娲氏。这位女娲氏在中国远古传说的文荟《风俗通义》中，被称作地皇。事有凑巧，后土祠中有一明嘉靖丙辰年重刻的《后土祠庙像图》，这个图上称后土圣母为"后土皇地祇"。祇是土神，这里又称她为皇，无疑她也是一位地皇。

这样，女娲和后土就被地皇二字串联到一起，说明女娲和后土是同一位女地皇的两个称呼。

来到万荣后土祠，我还听到这样一个传说，说当时大地上只有一位地皇女娲，她独来独往，非常孤独。后来天皇伏羲氏从天而降，与其为伴。天皇为男，地皇为女，两者交媾，女娲怀孕。到分娩时，就选中了这块最为僻静安全又温润宜人的河中之洲，完成创造人类的庄严使命。由于分娩十分痛苦，一次又只能生一个，女娲见这块土地肥沃，能生长万物，心想，用黄土抟捏一些男女，让他们自行交媾，不就能"生生不息"地繁衍下去？于是，女娲氏就在这块土地上筑起一个土围子，在里边用汾黄之水和了一大摊稀泥，然后用绳蘸泥，举起来一甩，溅出许多泥点，一个个都变成了人。这样不断地蘸，不断地甩，无数人就产生了。民间还有一个说法：女娲亲自抟泥造出的人就成为富贵之人，而用绳蘸泥甩出来的人，当然就是"溅"民了。这一说法，显然是官方话语"富贵在命"对民间产生影响的印痕。

古代传说中，伏羲、女娲既是兄妹关系，又是夫妻关系。例如，《风俗通义》云："女娲，伏希（羲）之妹。"《春秋世谱》云："华胥生男子为伏羲，女子为女娲。"卢仝《玉川子集·与马异结交诗》云："女娲本是伏羲妇。"

至于女娲与伏羲，他们是怎样由兄妹而结为夫妻的，李冗的《独异志》中讲了这么一则神话故事：

上古时有一次下雨，三日不停，洪水暴涨，人全淹死了，伏羲兄妹躲在一个葫芦瓢里，幸免于难。等到雨停水退，他们从葫芦瓢里走出来后，世界上已杳无人迹。一个仙人对他们说："这世界上已没有人了，你们结为夫妻吧，不然人类要灭种了。"他们没有同意，因为过去听老人说过，亲兄妹不能结为夫妻。他们向前走去，一只乌鸦飞来，劝他们结为夫妻，他们很生气，砍下了乌鸦的头说："如果你能接活，我们就结为夫妻。"刚说完，乌鸦的头与身又连在一起，呱呱叫着飞走了。可是伏羲兄妹仍不肯结为夫妻，继续向前走，又遇到了观音娘娘。观音娘娘劝他们结为夫妻，并说这是天意，他们不信，观音娘娘说："你们各去一个山头，各燃一堆火，如果两股烟能合到一起，就说明天意要你们结为夫妻。"他们照做了，果真两股烟合在了一起，于是他们就结为夫妻了。

在我国少数民族的创世纪传说中，也有留下"兄妹交媾"繁衍后代的记忆印迹。

女娲炼石补天，抟土造人，从而衍生了人类。在人们心目中，土地是万物之母，孕育了生命，两者融合为一体。

原始初民把性交、生殖和土地等联系在一起的原始思维对后世的影响很大，后世把这种关系扩大为天和地、阴和阳、男和女的关系，儒家就认为：天和地、阴和阳，要交合才好，才是事物的生机。

分析"地"这个字也很有趣味。地者，从土从也。郭沫若在《释祖妣》一文中，以《殷契粹编》及《殷墟书契前编》中的甲骨文和金文为依据，把"土"字诠释为男根之象征。而"也"字，据许慎的《说文》卷十二："也，女阴也，象形。"认为"也"字是女阴的象征。与"土"的生育功能相类似，"地"的概念也同女性的生殖功能密切相关。为了强调大地的母性及生育特征，用代表女性生殖器的"也"字，和代表男性生殖器的"土"字，组合成一个崭新概念。确切地说，土和地都是地母观念的表露，而土字在先，见于甲骨文，地字不见于甲骨文，显然是后生之字。从土到地的演变，表现出原始初民对人类繁衍现象认识上的进步。

《易经·系辞下传》中说："天地氤氲，万物化醇；男女媾精，万物化生。"氤氲在这里不是云或雾浓郁的意思，而是施之"云雨"，意为万物由相互作用而繁衍变化。在这部书里，还称阴为地之母，阳为天之父。在我们祖先的心目中，人类繁衍生殖崇拜是与农业生殖崇拜融为一体的，这可能也就是形成把"后土"和"女娲"合二为一的民族集体潜意识。

万荣后土祠把女娲"抟土造人"的神话，言之凿凿地搬到了自家的土地上。与此相印证，距离后土祠不到100里，在山西的南大门芮城县有一个著名古渡——风陵渡。其名称的由来，因为史书上记载女娲是风姓，这里遗存有一座女娲的陵墓，故女娲陵也称之为"风陵"，这一古渡也因之而得名。一切似乎都在印证着：河东这片土地，是女娲当年活动的地方。

也有学者认为后土与女娲不能混为一谈，2004年《山西日报》还专门召开了后土与女娲是否同一人的专题讨论会。

实际上，女娲这一神话中的人物本身就充满了神秘的色彩。甚至女娲究竟是男性还是女性，还产生过争论。大多数认为女娲是女性。《太平御览》引言：女娲氏，风姓。会制作牺牲祭品，有厨艺。蛇身人首。也叫女希，是女皇。南宋郑樵在《通志·三皇纪》也记载：伏羲死后，女娲继位，成为女皇。这些记载和说法，都认为女娲是女性。然而清代学者赵翼考证，女娲应为男性。他认为女娲本来是风姓，号女希氏，是上古时代贤明的帝王，位列三皇之一。当时没有文字记载，只是先民们世代口口相传，后人因音而误为字。其实，女娲是姓氏，而不是性别。

郭沫若在《甲骨文字研究》一书的开首篇《释祖妣》中，对古史传说和祖妣概念的发生和演变，作了深入缜密的考据。

我们暂且把这一历史疑案存而不论，不管女娲是男是女，也不论女娲娘娘和后土圣母是否同一人，总之，万荣后土祠供奉的，是繁衍了我们人类的一位女性

黄河岸边一景

先祖。

《左传•文公十八年》记载："天下以后土为主宰，总管百事。"《周礼•春官•大宗伯》也说，周王在给诸侯封田之前，必须禀报后土圣母。可见在当时，后土圣母在人们心目中的地位。这也是历史发展过程中，母系氏族的遗痕。

在后土祠供奉"后土娘娘"的献殿立柱上，书写着这样一副楹联：

后配六合之天，至圣至尊，圣德自应崇代代

土为万物之母，资生资育，世人所以称娘娘

联头巧妙地嵌入了"后土"二字。

我们的原始先民们，用自己的想象和智慧，诠释着天地起源、人类繁殖的一系列疑问。

天造地设鬼斧神工的性象征

在踏进后土祠的山门时，导游小姐特别提醒我们注意上边的一副楹联：

合脽拥浪，浪浪吞波朝圣母；

日月生辉，辉辉泛彩绕神丘。

导游小姐还诵读了一副联：

追本溯源，汾阴脽上寻始祖；

感恩戴德，后土祠中谒圣颜。

导游小姐说：

"我们注意这两副联中，都有一个'脽'字，肉字旁一个佳人的佳字。这个'脽'是我们后土祠的专用字，现代汉语里已经废弃不用了。这个'脽'字，在《辞海》里边指的是我们人身体的一个部位，就是臀部。"

汉字是一种象形文字，这个"脽"字，正是隐喻着美人之屁股。而在汉武帝的《秋风辞》中，其实也有着这一暗指："兰有秀兮菊有芳，怀佳人兮不能忘。"吟诵后土祠的诗中，也多有雷同暗指，如"谁言芳岛佳人到，思情偏结一生痴"等。

导游小姐说："在我们后土祠里边，'脽'指的是我们后土祠的地形，最初建祠的地形，就是汾河流入黄河的交汇点上，有一块类似我们人体臀部的高崖，认为这是一块吉祥之地。因为在远古，人们对生殖非常崇拜，因为他们认为只有生殖，人类才能繁衍，部族才能壮大，所以，就把祠建在了这块土地上。"

导游小姐又引领我们看了后土祠中明嘉靖丙辰年间重新建庙时镌刻的一块石碑：《后土祠庙像图》。导游小姐说："在这个碑图的上方，刻有这个'脽'的原貌，我们更容易看清这块'脽'的地形构成。你看，这边是汾河，山西的母亲河；这边是黄河，中华民族的母亲河，在这两个母亲河的交汇点上面，就有这么一块突起的，形似人臀部的高崖。汾河、黄河形似人的两条腿，而这个突起的高崖，它像一个巨大无比的女性生殖器。所以这个地方就被看成为能够繁衍人类的地方。也因为这个生殖崇拜，转化为对土地的崇拜。因为最初的先人认识到，土地能够滋生繁衍万物，由此转化为对女性的崇拜。认为女性和土地一样，能够孕育生命，这就是为什么后土祠里供奉的主神是个女性了，这也就是我们为什么会把大地称为母亲了。"

我注意到，导游小姐在说到"女性生殖器"一词时，脸上泛起一片红晕。

华夏民族在说到"性话题"时，历来讲究含蓄。《小雅·甫田》中记述上古人迎御田祖，祈求雨水，盼望谷物丰收、人丁兴旺。而所谓"御田祖"，主要是在田地播种时，以男女交合为祭。以田地象征女阴，以种子象征男精，将男女性交称作"播种"、"耕耨"。如《聊斋志异·林氏》中，林氏要求丈夫和她同房，笔语曰："凡农家者流，苗与秀不可知，播种常例不可违。晚间耕耨之期至矣！"

此处"汾阴脽"正是一个极好的隐喻。

汾阴脽也称汾脽、脽丘、葵丘。黄河由北向南，汾河由东而西，在此交汇，形成一条长二三公里、宽一公里有余、高十多丈的长阜。《山西通志·山川考》一书记载："后土祠在汉汾阴故城西北二里（故城即现在万荣县宝井村），汾河与黄河的交汇处。"据《水经注》讲："有长阜，背汾带河，长四五里，广二里余，高十丈，汾水历其阴，西入河。"《汉书》称这块地方为"汾阴脽"，唐颜师古解释说："因其地高而起，如人尻，而名之。"清代康熙年间孔尚任总撰的《平阳府志》中记载："脽者，河东岸特堆崛长四五里，广一里余，高十丈，巨屡坐处以形成，高起如人尻，故名。"

这正是我们登临秋风楼，俯瞰地貌所闯入眼帘的景象。

我们在进山门后前往献殿的路上，看到这里的台阶也修造得十分奇特，是呈"S"形。导游小姐说，这是标志着道教中的"阴阳鱼"图形。

赵国华在《生殖崇拜文化论》[1]一书中认为，初民的女性生殖器崇拜，大致经过三个阶段：第一个阶段，他们只看重出现新生命的门户，奉祀女阴的模仿物陶环、石环等；第二个阶段，他们选择鱼为女阴的象征物，奉祀鱼，举行特别的吃鱼仪式，即鱼祭；第三个阶段，他们又崇拜蛙。

以陶环、石环等为女阴的象征物，这只是一种最肤浅的表面认识，只是简单地以环状圆洞比喻女阴。以鱼作为女阴象征物则进了一步，一方面，鱼形，特别是双鱼与女阴十分相似；另一方面，鱼的繁殖力很强，初民以此寄托人丁兴旺的美好希望。以后，又进了一步，他们认识到婴儿是由女性的子宫（肚腹）孕育而由阴户娩出，而蛙生殖力强、腹部浑圆，就以此作为子宫（肚腹）的象征物。所以，这几个阶段也体现出初民性文化的发展。

后土祠在建造艺术上也体现了"阴阳交合"的象征。

后土文化显然是一种生殖文化。

凡此种种，似乎都在验证着作家彭图是"慧眼识珠"，"心有灵犀一点通"，一眼就看出了后土祠的奥妙和真谛。

民族潜意识中的生殖崇拜

人类早期的象征系统就是神话，或者说我们华夏民族早期的"宗教崇拜"，是一种多神论或者说泛神论的崇拜。从远古的神话中，我们了解了先人们的意识

【1】赵国华，《生殖崇拜文化论》，中国社会科学出版社　1990年8月第1版。

形态及思维方式。

神话来自于崇拜，最初的崇拜是生殖崇拜。

刘达临在《中国古代性文化》[1]一书中，对生殖崇拜的起因作了这样的探究：

> 原始初民的这种崇拜，当他们还不能将性交和生殖联系起来时，主要反映为女阴崇拜，因为他们还不能以此与男性生殖力联系在一起，而只是看到婴儿从女阴中出来。那时，女性生殖器的象征物，有的主要象征女阴，有的主要象征子宫或肚腹，有的主要象征女性的经血，有的主要象征阴蒂。女阴崇拜与当时的社会发展也有很大关系，主要存在于母系社会，女性的崇高地位是使女阴崇拜成为初民的一种普遍心理的社会原因。

在原始社会，由于严酷的生存环境和连绵不断的氏族间的征伐战争，人的生命是很短暂的，夭折和早逝现象司空见惯。在这种情形下，妇女的旺盛生殖能力，是延续种族和部落的根本保障。而生殖分娩对女性而言是痛苦的，生育对个体而言，并没有什么价值和乐趣。但是氏族、部落等群体为了生产和战争，必须保持并扩大人口，生殖就成为社会对个人的强制性要求，成为个人的义务。所以，生殖崇拜不是个人自发的行动，而是个人利益服从社会整体利益的表现。初民崇拜生殖，把妇女分娩看成一件大事，膜拜祈祷，举行仪式，如有妇女难产而死，则像对待英雄那样进行安葬。对于女性生殖器的崇拜，成为原始宗教和神话中的重要组成部分。

刘达临在《中国古代性文化》一书中，对此现象做了大量考证：

> 以上情况，被我国的许多出土文物所证明，如西安半坡出土的大量陶器的鱼状花纹、辽宁省阜新县胡头沟墓葬出土的两枚绿松石鱼形坠、浙江省余杭县反山墓葬出土的白玉鱼，都含有象征女阴的意义。在其他各个时代出土的陶器、青铜器、玉器、门饰以及其他许多装饰图案中都有鱼形图案或花纹，这种例子真是不胜枚举。

到了后世，鱼的象征意义又扩大为象征爱情和女性，闻一多在《说鱼》中已

【1】刘达临，《中国古代性文化》，宁夏人民出版社 2003年12月版。

作了充分的论证。如唐代女道士李冶《结尺素贻友人》诗："尺素如残雪，结为双鲤鱼，欲知心中事，看取腹中书"，元稹《鱼中素》诗："重叠鱼中素，幽缄手自开，斜红余泪渍，知著脸边来"等等，都说明了这一点。

有意思的是，以鱼形象征女阴，并不是中国古文化的特有物。在印度的许多圣所中，有不少有关男根、女阴和半男半女的象征和图形，其中最流行的是插在女阴中的男根，这被称为"阿尔巴"，同时也有象征女阴的鱼形图案。为什么中国和印度还有其他许多相隔遥远的地区会不约而同地有这种现象，这当然不能用文化传播来解释，显然这和全世界的原始初民都经历过漫长的渔猎时期有密切关系。

当然，从现存的一些古代文物看来，女阴崇拜并不限于象征物。1974年在青海柳湾新石器时代遗址中出土的一件人像彩陶壶，上面绘塑了一个女像，全身袒露，乳房丰满，用黑彩绘成乳头；捏塑成夸张的女阴，又用黑彩勾勒出轮廓。云南大理州剑川县城西南25公里的剑川石窟（系从南诏到大理国时期数百年间逐步开凿而成的，距今已有1100多年的历史）第8窟有个女阴雕刻，当地的白族群众叫它"阿央白"，又称"白乃"，意思是婴儿的出生处，即女阴。可见，我国有些少数民族在那时还有生殖器崇拜之风。

在福建漳州以南100多里的东山岛的大海边，至今还有一个巨大的石女阴，刻有阴阜、阴毛、阴唇、阴道，十分写实，惟妙惟肖。对这石女阴，至今有些岛民仍然恭拜，常有人攀上去抚摸，所以石面被磨得十分光滑，磨得最光滑的是长圆形的阴道口。在阴道穴内还有一些小石子，这是求子者故意投掷进去的，根据当地的传统民俗，人们认为这具有一种巫术和预验的效用，求子者须将石子投进小穴，才有可能生子。

在四川省盐源县前所有一个打儿窝，该洞位于悬崖上，人们在打儿窝前点香上供，然后向洞内投石块，如果投进去就能生儿育女，投不进就不能怀孕。据说此洞有一个地下河流，直通四川木里县屋脚巴丁拉木女神的住处，而打儿窝就是女神的阴部。

在四川省凉山州喜德县泸沽观音岩上，还有一个摸儿洞，里面有石块和沙粒。妇女求育时除照例烧香磕头外，要把手伸进摸儿洞里，摸到石块能生男孩，摸到沙粒则生女孩。

以上所谓玉华池、九井、打儿窝、摸儿洞等都属于女阴崇拜的范畴。据有关学者研究，仰韶文化的贝文就是女阴的反映，四川广元县东门的女阴石、湘西辰溪县的风滚岩等，都是女阴崇拜物。

在我国那些边远地区的少数民族，至今仍遗存着许多母系氏族社会对女性生殖器崇拜的例证。

在东北辽宁喀左县东山咀，发现了一个新石器时代的女神庙，出土的女神塑像都是乳房滚圆，臀部肥大，如同孕妇，阴部刻着一个倒三角形，表示生殖器官。

在新疆呼图壁县城西南约70公里的天山山脉中，发现了一处极为罕见的反映原始社会后期生殖崇拜的岩石画。画中，男性大多清晰地显露出艺术夸张的生殖器，女性则刻画出宽胸、细腰、肥臀，大多都明显标出生殖器官。

关于女阴崇拜，在我国古代史籍上也多有记载，例如《太平寰宇记》卷76云：

> 石乳水在州（四川简州）东北二十一里玉女泉山。东北有泉，各有悬崖，腹有石乳房一十七眼，状如人乳流下，土人呼为玉华池。每三月上巳日有乞子者，漉得石即是子，瓦即是女，自古有验。

张君房《云笈七签》云：

> 金堂县昌利化圆元观南院有九井焉，……盖醴泉之属。每岁三月三日蚕市之辰，远近之人祈乞嗣儿于井中，探得石者男，瓦砾为女。

《老子》六章云："谷神不死，是谓玄牝。玄牝之门，是谓天地根。"老子的话说得还有些"朦胧诗"，到兰陵笑笑生的《金瓶梅》就把这层意思表现得袒露无遗了，书中称女阴为"生我之门死我之户"。

德国哲学家黑格尔也说过与老子"英雄所见略同"的话："东方所强调和崇敬的往往是自然界普遍的生命力，不是思想意识的精神性和威力，而是生殖方面的创造力。……更具体地说，对自然界普遍的生殖力的看法是用雌雄生殖器的形状来表现和崇拜的。"

原始初民们为了满足混沌鸿蒙中心理意识上的"生殖崇拜"，无中生有地还要创造出一个象征物来，何况此处大自然"天设地造"、"鬼斧神工"地馈赠了人类这么一份珍贵礼品。难怪万荣后土祠，世代百姓香火旺，无数帝王竞折腰。

后土祠还把女娲的"积芦灰止淫水"视为延续人类繁衍生育的一种象征。

辛立在《男女·夫妻·家国》[1]一书中，专设一章："洪水与造人的传说"，其

【1】辛立，《男女·夫妻·家国》，国际文化出版公司　1989年12月版。

中有这样的阐述：

在世界各民族的古史记载和传说中，流传着许多关于人类起源的神话，而最有代表性的描述，是洪水灾难和人类再生的传说（如西方的诺亚方舟说）。

这些传说，通过洪水与人类生存间的灾异关系，描述和象征着人类从母体出生过程中所遇到的磨难。

婴儿在母腹成熟之日，正是瓜熟蒂落、洪水将临之时。由神谕所揭示的发洪水，是即将来临的生育过程的端倪。淫雨不止、山洪暴发、洪水泛滥，象征着羊水或血水从母体中流出，洪水前的征兆在这里象征了妇女产前征兆的隐喻。石臼、炉灶均为内陷、开口之物，蛙亦有大嘴，这象征了女性生殖器官。臼出水、臼灶生蛙、蛙吐水，正是暗喻着民间所谓的妇女临盆时的"破水"和"见红"。洪水暴发以及特殊器物出现的怪异现象，象征着女性生育的痛苦和灾难的降临，这是初民社会在生殖、繁衍过程中经常遇到的母性毁灭的现象。在古代中国，对这种现象的恐惧，对人类起源神秘性的不解，通过洪水降临以及它对人类灭绝的形式表现出来，都是一种女子生育特点和月经来临时生理现象的暗示。

于是，女娲不论是"以石补天，抟泥造人"，还是"用芦灰止淫水"，自然都成为人类繁衍生息的保护神。

"人神交合"和"昭明之气"

万荣后土祠还有一个传说：远古时期，神州大地洪水泛滥，人们无处安身，这时汾阴脽上出了一位名叫钜灵的英雄。他顶天立地，神力无穷。见老百姓淹死的淹死，逃亡的逃亡，气愤无比，于是伸出两臂把华山掰成两半，让滔滔洪水奔泻到海。看到人们开始恢复生息，才疲惫地坐下休息。钜灵座下就形成了高阜，如人之股，即成这片"脽"。由于"脽"上的钜灵为天下建立了奇功，所以各种祥瑞之气都向此集结，以报钜灵。从此，"脽"上成为钟灵毓秀之地，多年来常有祥兆呈现。《汉书》记载武帝元狩二年（公元前 121 年）："汾旁有光如绛"；宣帝五凤三年（公元前 55 年）："神光并现，兴于山谷，烛耀斋宫十余刻，甘露降，神雀集"。此处，"荣光现于河"、"荣光溢河"的记载也见于《唐书》、《宋史》。

辛立在《男女·夫妻·家国》一书的"祭祀与生殖崇拜"一节中有这样的阐述：古人认为，死亡并不是一个人彻底的消亡，而是变为另一种形式的存在。《礼记·礼义》篇说："众生必死，死必归土，此之谓鬼。"鬼是人存在的延续，人虽然在肉体上死亡了，尸骨埋在地下，变成了一抔野土，但其气发于上，是为昭明，昭明是精神，是气。"气也者，神之盛也；魄也者，鬼之盛也；合鬼与神，教之至也。"因之人死后以神鬼形式存在，并且对活着的人们有着降福消祸的作用。古人正是通过祭祀的形式，沟通鬼神和人的联系，求得神灵的保佑。

通过祭祀，求得人与神明的相合相交，以循环往复的形式，实现鬼神向新人的转化，这是古人观念中生殖、繁衍之所以能够延续下去的终极原因。因此，上古并不看重厚葬，人死了以后，或以火燎之，使其升天，或以土埋之，不树不封，以便于气在宇宙中流动，并通过后人在祭祀时的神秘活动，使其又回到人的身体之中，形成新人。

行气或称作"合气"，是古人关于性行为的隐语。《魏书·释老志·寇谦之传》有"男女合气之术"，就是隐喻男女间的性关系。传说中起源于黄帝的行房之术，也是讲究通过"合气"来达到人的新生。《淮南子·天文篇》把这种合气之术描写为："吐气者施，合气者化，是故阳施阴化。"《大戴礼记·曾子天圆》也讲这个道理："吐气者施而含气者化，是以阳施而阴化也。阳之精气曰神，阴之精气曰灵。神灵者品物之本也。"《论衡·自然篇》则把气在生育上的功能说得更为传神："人之施气也，非欲以生子也，气施而子自生矣。"在古人看来，似乎男女之间的性行为在构成生育的因果关系中，并不是决定的作用，而是天地间鬼神所化成的精气的流行和演变，构成了人类的生殖繁衍。

古人的主要精力，基本上是限定在通过神秘的祭祀和两性关系，实现人与神的交合和"昭明之气"的回归。

在后土祠中，我们还看到宋真宗亲撰亲书的《汾阴二圣配飨铭碑》，碑上有这样的字句："雕上者，汾水之曲，巨河之滨"，"地形诡异，神道依凭，中断洪流，揭成高阜。俯联修壤，崛起而崔巍；下望平皋，斗绝而盘郁"。

后土祠宋真宗手迹

宋真宗大概正是惊异于这块"脽"之"地形诡异,神道依凭",所以才会屈九五之尊来这里祭拜求嗣,求得"昭明之气"的回归。

在秋风楼的正面门额上,嵌有"汉武帝得鼎"和"宋真宗祈嗣"两幅牌匾,无声地阐述着这块土地的神圣和印证着一段过往的史实。

四川木里县大坝村有一个鸡儿洞,里面供了一个30厘米高的石祖。当地普米族妇女为了祈求生育,经常到该洞里烧香叩头,向石祖膜拜,最后拉起裙边,在石祖上坐一下或蹲一下,认为这样和石祖接触后才能生儿育女。

云南宁蒗县永宁达坡村的摩梭人认为,他们村后的山冈就是男神的阴茎。如果妇女不育就要向这个山冈叩头、烧香,祈求子孙繁衍。

这些民间的习俗,似乎都成为诠释"宋真宗祈嗣"的社会意识的潜台词。

在与万荣毗邻的河津县,有一座高禖庙("禖"读音同"媒",古代求子的祭祀)。

古人把高禖的最早起源也归于女娲。《路史·余论》说:"皋(高)禖,古祀女娲。"《风俗通》则讲得更明白:"女娲祷祠神祇而为禖,因置婚姻,行媒始此明矣。"女娲因之也被称为"媒神之祖"。《太平御览》上说:女娲有极强的造物能力,每天都要创造出七十类物种。女娲在造人之前,于正月初一创造出鸡,初二创造出狗,初三创造猪,初四创造羊,初五创造牛,初六创造马,到了初七,开始以黄土和水造人。考虑到人要代代相继,繁衍不绝,于是创建了婚姻制度,促使男子与女子结合以生儿育女,于是女娲就成了第一个媒人,被后世尊奉为媒神,又称"高禖"。人们祭祀这位婚姻之神的典礼十分隆重,修了女娲娘娘庙或高禖庙,用太宰(猪、牛、羊三牲齐备)这一最高礼节来祭祀她。这些庙至今在山东洛宁、山西河津、江西雩都等地区还有保留。女娲之神的出现反映了母系氏族社会中婚姻以妇女为中心，女族长掌握着全族的婚姻大事。

闻一多也对"社"与"高禖"这一中国上古宗教文化的核心问题做过系统缜密的研究，并写出《高唐神女传说之分析》一书。

正因为女娲是"媒神之祖"，所以高禖的祭祀中心也是女娲。每年在祭祀女娲的祭奠仪式上，男女之间的性行为是开放的。

我注意到，在上古的神话传说中，许多圣人的出生都有着一个类似的描述：殷朝的始祖契，母亲是有娀氏之女，叫简狄，嫁给帝喾为次妃，无子。有一次，在玄鸟至之日，去高禖求子，吞了一个燕子蛋，即"玄鸟之卵"，而生契。《诗经》中有讲述姜嫄生后稷的诗句："厥初生民，时维姜嫄。生民如何，克禋克祀，以弗无子。履帝武敏歆，攸介攸止，载震载夙，载生载育，时维后稷。"这里提到姜嫄是在去参加高禖之祀时踩了巨人脚印而生稷的。这些神话传说中有一处神奇的巧合：契与稷的母亲都不是与他们的父亲交媾后而产子，而都是他们的母亲在祀高禖时所受孕。联想到在祀高禖的活动期间，有许多男女杂交的场面，那么，契、稷很可能是简狄、姜嫄在祀高禖之日风流韵事的结晶。

这种神秘的活动即称作"交于神明"，或者"恍惚以与神明交"。正因为这是非常特殊的一种原始宗教仪式，所以向来在儒家的眼中，讳莫如深，视其为非常猥亵的活动。

河津的高禖庙，宋元明以来都称之为"淫祠"，不入正典。历代县志也都对其噤若寒蝉避而不谈，不加记载。因为在统治者看来，这是大伤风化的事。当地乡绅名流为了迎合统治者的胃口，就在祠内加入了一些忠孝节义，轮回报应的内容，如结义殿、阎罗殿等，甚至把高禖庙也改名为后土庙。

从"英雄母亲"到"丁克家庭"

走下秋风楼，作家毕星星把我拉到一层的后边："让你看一处新的'碑帖'。"

在毕星星的指认下，我看到在秋风楼一层的北墙上，有游客用白色粉笔写下五个字:"我不想结婚!"这是向婚姻之神女娲的告白,还是一种逆反心理的流露?

毕星星说:"今年夏天,散文协会来参观的时候,我就发现了这五个字,这次来,我特意来看,它还在。"

我仔细地研读了收藏于后土祠、秋风楼的众多碑文石刻,想不到,百密一疏,要不是毕星星提醒,我忽视了还有这样一处"遗迹"。它与后土祠所表现的繁衍生育主题,显得是那样"格格不入"。它究竟表达着笔者怎样一种观念与情绪?

进入新的世纪,我知道有许多现代青年男女推崇"丁克家庭",甚至还干脆抱定独身。当然,这一思潮的产生有着非常复杂的时代印痕及社会原因,涉及责任、义务、权益、担当等等社会学问题,非三言两语能说清楚。

我只是茫然地久久望着这一行字,心想,从"多子多福"、"英雄母亲"到"只生一个好","要致富,少生娃,多植树",这一人类求嗣现象的历史变迁,其实是殊途同归,潜意识中都不是个人的自发行为,而是个人利益服从社会整体利益的一种表现。

呜呼,说不尽的后土祠"性话题"。

禹王庙拷问 "家天下"

禹王庙江湖庙堂大碰撞

芮城，是山西省的南大门。驱车出芮城县东南二十余里，就来到了万里黄河唯一以大禹冠名的千年古渡——大禹渡。

据说，当年大禹凿开龙门之后，顺流而下，来到一个古柏参天的山峪。在准备渡黄河入秦陕之前，大禹实在累得筋

黄河岸边禹王庙

疲力尽，就靠在一棵古柏上休息。只此一靠，一棵普通的树木沾濡了圣人之灵气。四千年来，栉风沐雨，霜刀雪剑严相逼，然而它"青松挺且直"，愈益傲岸挺拔郁郁葱葱，后人便把这棵柏树称为"神柏"，而那个山峪也叫做了神柏峪。人们为了追念大禹治水的功绩，就在神柏下建起了一座"禹王庙"。

禹王庙初建于何年，已无法考证。立于庙中的《神柏峪重建禹王庙碑记》告诉我们，现在所看到的禹王庙建于清道光四年。我们从大禹渡盘山而上，经合林寺，攀九九天梯数百级石阶，就看到了傍崖临水气势恢弘的禹王庙。禹王庙坐北面南，山门、过殿、大殿分三个平台展开。

黄河禹王渡大禹像

我们随导游小姐进入大殿，一跨入庙堂已然给人一种凛然威严的气势。禹王头戴冕旒高居庙堂之上，四位大臣秩序井然地分列两旁，看那模样与身份，大概就是辅佐禹王的四位大臣：皋陶、后稷、伯益、契。俨然是临朝问政的架势。大殿的两侧是八百平方米的大型浮雕，上面刻记了关于大禹治水的诸种民间传说。

导游小姐为我们介绍说："大禹，就是伟大的禹的意思。他一生做了两件大事，一件是治理了洪水，一件是创建了我国历史上第一个王朝——夏王朝……"

大禹治水，拯救万民于水深火热，这件事早已盖棺论定。然而，大禹改变尧舜举贤禅让的传承，把帝位传给儿子启建立夏王朝一事，孰是孰非，已争议了数千年。

禹王庙独出心裁别具一格的设置，使我们感受了一回"居庙堂之高"和"处江湖之远"，两种话语系统的碰撞。

当把庙堂史话与民间传说纳入同一时空，使我突然涌起了对历史质疑、拷问、颠覆的冲动。

孔子曰：大哉尧之为君

司马迁在《史记》中说了这样一句话："学者多称五帝，然《尚书》独载尧以来。"《尚书》也称《史经》，是我国最早的一部史书。与《诗经》、《易经》并称我国古代的三部经典。由此足证，华夏文明真正有文字记载的历史，自尧始。

禹的"接班人之歌"，须从尧谱写的序曲说起。

尧从16岁被推举为部落联盟的首领（这种组织形式，类似于西方的"联邦制"，是众多部落的结盟），执政了70年。领袖到耄耋之年，选定接班人继承大统，自然成为有关一个国家一个种族长治久安的大问题。

司马迁在《史记·五帝本纪》中有这样的记载："舜曰：'谁可顺此事（顺应承继大统）？'放齐曰：'嗣子丹朱开明。'（何朝何代也不乏察言观色拍马屁之辈）尧曰：'吁！顽凶，不用。'"（尧帝十分干脆，一个"不用"，作出明确结论。）

《左传》注释云："口不道忠信之言为嚚；心不则德义之经为顽。凶，讼也。言丹朱心既顽嚚，又好争讼，不可用之。"《尚书·益稷》予以证实："毋若丹朱傲，惟慢游是好，傲虐是作。罔昼夜额额，罔水行舟，朋淫于家，用殄厥世。"

丹朱是尧的儿子，他不仅为人暴戾，而且一向不务正业。那时洪水泛滥成灾，百姓忧愁，丹朱对此不仅无动于衷，反而以水中泛舟为乐，整日里乘着船游山玩水。当雨季过后，他又让老百姓当纤夫，为他在沙地上拉船，还美其名曰"陆上行舟"。为改变儿子的性情，尧用心良苦地发明了围棋，史书有"尧造围棋，以教丹朱"的记载。现在出土的史前陶器上，已有了围棋方格的图形。在潞州境内，还留有尧教丹朱的棋盘岭。尧对丹朱的生母散宜氏说：这围棋妙不可言，里面包含了治国治民的深奥道理。希望靠围棋能启悟丹朱，使他具备接班人的条件。

尧对儿子丹朱的认识，有一个从"恨铁不成钢"到"孺子不可教"的心理过程。尽管这一过程对当父亲的来说，无疑是十分痛苦的，但尧不愧是传说中的一代明君，在经过得失的斟酌和利害的权衡之后，还是决心为了部族的长盛久安，只能忍痛割爱，大义灭亲。

民间流传着许多关于尧求贤若渴几次禅让的故事。

庄子在《逍遥游》中，讲述了尧要把帝位禅让给许由的故事：

> 尧让天下于许由，曰："日月出矣，而爝火不息[1]；其于光也，不亦难乎？时雨降矣，而犹浸灌；其于泽也，不亦劳[2]乎？夫子立而天下治，而我犹尸之[3]；

【1】爝火：爝，jué，炬火，木材上蘸上油脂燃起的火把。

【2】这里含有徒劳的意思。

【3】庙中的神主，含有空居其位，虚有其名之义。

吾自视缺然[1]，请致[2]天下。"许由曰："子治天下，天下既已治也；而我犹代子，吾将为名乎？名者，实之宾[3]也；吾将为宾乎？鹪鹩[4]巢于深林，不过一枝；偃鼠[5]饮河，不过满腹。归休乎君，予无所用天下为！庖人[6]虽不治庖，尸祝不越樽俎而代之矣[7]！"

翻译成现代汉语：尧打算把天下让给许由，说："太阳和月亮都已升起来了，可是小小的炬火还在燃烧不熄，它要跟太阳和月亮的光亮相比，不是很难吗？季雨及时降落了，可是还在不停地浇水灌地，如此费力地人工灌溉对于整个大地的润泽，不是显得徒劳吗？先生如能居于国君之位天下一定会获得大治，可是我还空居其位。我自己越看越觉得能力不够，请允许我把天下交给你。"许由回答说："你治理天下，天下已经获得了大治，而我却还要去替代你，我将为了名声吗？'名'是'实'所派生出来的次要东西，我将去追求这次要的东西吗？鹪鹩在森林中筑巢，不过占用一个树枝；鼹鼠到大河边饮水，不过喝满肚子。你还是打消念头回去吧，天下对于我来说没有什么用处啊！"

许由是我国上古时代一位淡泊名利崇尚自然的高洁之士。尧帝要把君位让给他，而他坚辞不受，逃到"箕山之下，颍水之阳"，农耕而食。许由宁肯抱困守贫也不愿"摧眉折腰事权贵"的人格为后世传为美谈，成为历代隐士的先驱楷模。

庄子在《大宗师》中，通过意而子见许由的一段对话，表述了许由视"官场如污浊"的观念：

意而子见许由。许由曰："尧何以资汝[8]？"意而子曰："尧谓我：'汝必躬

【1】不足的样子。

【2】禅让。

【3】次要的、派生的东西。

【4】鹪鹩：jiāo liáo，一种善于筑巢的小鸟。

【5】鼹鼠。

【6】厨师。

【7】尸祝：主持祭祀的人。樽：酒器。俎：盛肉的器皿。"樽俎"这里代指各种厨事。成语"越俎代庖"出于此。

【8】资汝：禅让于你。

服仁义而明言是非'。"许由曰："而奚来为轵[1]？夫尧既已黥汝以仁义[2]，而劓汝以是非矣[3]，汝将何以游夫遥荡恣睢转徙之塗乎[4]？"

大概可以这样理解这段话：意而子去见许由。许由问意而子："尧为什么要把帝位禅让于你？"意而子说："让我身体力行'仁义'二字。"许由说："那你不留下来，还到我这里做什么？尧已经在你的额头上刺刻了'仁义'二字，又用是非之论割除了你的鼻子，你从此再不可能逍遥自在桀骜不驯地走自己的人生之路了。"

传说，许由在听了尧的这些话后，认为是不堪入耳的耻辱，于是跑到附近的河水里去洗耳朵。河南许昌至今留有一条"许由洗耳河"。荀子赞曰："许由善卷，重义轻利行显明。"

庄子还记载了啮缺和王倪的故事，还讲述了尧思贤若渴，到汾水北岸的姑射之山，去寻访方回、善卷、披衣等当时的名士，并一而再，再而三地做出"让贤"之举。相传，帝尧还曾去拜访过子州支父，一番交谈后，尧又要将天下让给子州支父。子州支父答："将天下让给我倒可以，只是不巧，我现在正患有幽闭之症，等我治好病再考虑接受帝位。"子州支父跟尧玩了一个小幽默。

从这些史书典籍和民间传说中，我们可以感受，早在尧舜时期，民主评议，举贤禅让之风盛行。这就是"尧天舜日"时代的历史大背景。

清人留有诗句："蒲谷贤人怀宝去，平阳圣帝策辇来。"

"众里寻他千百度"，最终，尧寻找到了舜。《史记·五帝本纪》中记载："尧立七十年得舜，二十年而老，令舜摄行天子之政。"

在确立舜的接班人地位时，尧说了这样一番话："授舜，则天下得其利而丹朱病；授丹朱，则天下病而丹朱得其利。终不以天下之病而利一人。"尧把话已经说得很明白：把权交给舜，对天下人有利而丹朱受损；把权交给丹朱，则天下人

【1】轵：zhǐ。

【2】黥：qíng，古代的一种刑法，用刀在受刑人的额上刺刻，而后以墨涂之。

【3】劓：yì，古代的一种刑法，割去受刑人的鼻子。

【4】遥荡：逍遥放荡。恣睢：放任不拘。转徙：辗转变化。塗：通作"途"，道路的意思。

受损而丹朱一人得利。我总不能冒天下之大不韪而只顾及一己私利吧？

尧选举接班人的高风亮节一向为后世人所称道。他传贤不传子，禅位于舜，不以天子之位为私有。孔子说："大哉尧之为君也！巍巍乎！唯天为大，唯尧则之。荡荡乎，民无能名焉。"孔子赞颂尧以社稷民心为重，选能让贤的大公无私胸怀。

司马迁在《史记·五帝本纪》中也写道："帝尧者，其仁如天，其知如神。"赞颂了尧在选择接班人问题上，既有自知之明，也有识人之智。

尧传舜的儒家学说意义

司马迁在《史记·五帝本纪》中，记录了众大臣推举舜的理由："盲者子。父顽，母嚚，弟傲，能和以孝，丞丞治，不至奸。"《正义》注释："言父顽，母嚚，弟傲，舜皆和以孝，进之于善，不至于奸恶也。"

此次山西作家黄河采风，我们来到垣曲县历山舜王故里，听到了许多关于舜仁孝的故事。

相传上古舜帝为民时，曾躬耕于历山之下，因此，历山也称舜耕山。关于舜耕历山，流传着一个"象耕鸟耘"的传说：舜很小的时候母亲就去世了，父瞽叟娶了继母壬女后，舜经常挨打受骂，却仍对父亲和继母十分孝顺。当继母生下弟弟象，又生下妹妹媒手之后，舜的处境变得更

舜王故里

为艰难。尽管舜惟诚惟恐谨小慎微，能干的活都干，不能干的活学着干，把父母弟妹侍候得周到细微，可他们还是容不下舜，怎么看舜也不顺眼。最终还是将舜赶出了家门。有家不能归的舜就到了历山妫水边搭个茅棚住下，开始烧荒垦地。舜以野果子充饥，日出而作，日落而息，生活十分艰难困苦，可舜没有一丝怨言。也许是舜的仁孝感动了上天，有一天，舜在田间垦荒疲倦了正在地头休息，忽然听见了"扑哧，扑哧"的鼻息声。抬头看时，只见一头大象从对面山上一步一步走下来，一直走到舜垦荒的地方，用鼻子卷起一块巨大而尖利的石块，开始一下一下用力地刨地。象力大无穷，一个时辰不到就刨了一大片地。此后，象天天到历山帮舜刨地，久而久之，舜就与象建立了感情，开始训练大象耕地。舜有了大象的帮助，耕地多了，种上庄稼后，地里杂草丛生，一个人忙不过来，正自发愁，地里出现了一群一群的小鸟，蹦蹦跳跳地帮助啄去地里的杂草和害虫。

舜"象耕鸟耘"的传说，在《竹书纪年》一书中有记载。

我们在垣曲舜王故里，还听到两则舜以德报怨的故事：

瞽叟让舜修补仓房的屋顶，待舜上去后却撤了梯子在下面放火想烧死舜。舜靠两只斗笠作翼，从房上跳下，幸免于难。瞽叟又让舜掘井，井挖得很深了，瞽叟和象却在上面填土，要把井堵上，将舜活埋在里面。幸亏舜事先有所警觉，在井筒旁边挖了一条通道，从通道穿出。此两则故事，《史记•五帝本纪》中也有记载。

就在这些伤天害理的事情发生之后，舜对欲置他于死地的父亲瞽叟和弟弟象，却仍一如既往，孝父慈弟。

讲解员还向我们讲述了一个尧帝前来"考察干部"时看到的情景：舜赶着两头牛犁地，一头是黑牛，一头是黄牛。舜在牛屁股后面各绑了一个簸箕。尧看了很是奇怪，问，这是为什么？舜答：犁地鞭牛，鞭子打在黄牛身上黄牛痛，鞭子打在黑牛身上，黑牛痛。鞭子打在簸箕上，二牛都奋力向前，而哪头牛也不痛。尧大为感动，认为舜正是自己要物色的接班人。

华夏文化向来重视忠孝二字，认为忠臣必出于孝门。《二十四孝》中第一孝，讲的就是舜的故事。舜正是靠着自己的仁孝之名，名闻遐迩一直传到朝廷尧帝。

庄子在《齐物论》中，还记载了一个表现舜之仁义的细节：

> 尧问于舜曰："我欲伐宗、脍、胥敖[1]，南面而不释然[2]，其故何也？"舜曰："夫三子者，犹存乎蓬艾之间[3]。若不释然[4]，何哉？"

尧正是接受了舜的观点，对临边小国采用了怀柔的"民族政策"，取得了四海的拥戴。

"试玉要烧三日满，辨才需待七年期"。尧对舜进行了长期慎重的考察。

尧派舜负责推行德教，舜便教导臣民以"五典"，即父义、母慈、兄友、弟恭、子孝这五种美德规范个人的行为，臣民都乐意听从他的教诲，普遍依照"五典"行事。

尧让舜总管百官，处理政务，百官都服从舜的指挥，百事振兴，无一荒废，并且显得特别井井有条，毫不紊乱。

尧还让舜在明堂的四门，负责接待四方前来朝见的诸侯。舜和诸侯们相处很好，也使诸侯们都睦邻友好。远方来的诸侯宾客，都很敬重他。

最后，尧让舜独自去山麓的森林中，经受大自然的考验。舜在暴风雷雨中，能不迷失方向，依然行路，显示出很强的生活能力。

舜辅佐尧执政期间，还提出了干部考核制度，据《舜典》载："三载考绩，三考，黜陟幽明，庶绩咸熙。"根据政绩，决定升迁罢免。

"尧乃知舜之足授天下。尧老，使舜摄天子政，巡狩。舜得举用事二十年，而尧使摄政。"尧真心实意地把帝位禅让于舜，为了不对舜的执政发生干扰，自己躲到了一个边远小城。（还有另一种说法：《竹书纪年》言："昔尧德衰，为舜所囚也"；"舜囚尧。复偃塞丹朱，使不与父见。"认为舜的帝位是"逼宫"所得。我认为这一推断没有足够的证据支撑，反而从另一侧面验证了尧让位于舜是何等的难能可贵。）

【1】三个小国名。

【2】古代君主临朝理事总是坐北朝南。不释然：卧榻之侧岂容他人酣睡之意。

【3】蓬艾：两种草名。"存乎蓬艾之间"比喻国微君卑，不足与之计较。

【4】有什么放不下心的。

舜对于儒家，有着特别的意义。儒家的学说重视孝道，而舜的传说正是塑造了一个孝的典型形象。所以，舜的人格魅力正好作为儒家伦理学说的形象教材。孔孟对舜都非常推崇。孟子说："舜，人也；我，亦人也。舜为法于天下，可传于后世。"由于儒家的宣传，有关舜的传说在中国传统文化中留下了极深的印痕。

以炎帝为代表的农耕文化，以黄帝为代表的政体文化，以尧舜为代表的道德文化，构成了华夏上古文化的三座里程碑。《史记》所载："天下明德，皆自尧舜始。"正是尧舜时代开创了"百善孝为首"的"道德文化"，所以后世有"尧天舜日"之说。尧之传舜，正是贯彻了上古"道德治国"的理念。

美国文化人类学家罗杰·M·基辛说："人类学家在研究每个社区时都会遇到'政治'的过程。所谓政治过程即领导、组织、夺权、用权等行为。夫论制度的意义是什么，如果我们将部落社会视为一种系统，就可以看出某些我们借着形式的政治组织来解决的问题也需要用制度化的方法来解决。"

这可以视为原始社会的政治文化，或称之为"前政治文化"。"前政治文化"不仅包括权威意识，也包括象征系统的神话和承嗣形式。

尧舜二帝，以自己的身体力行，在中国古代开创了一个具有民主色彩的传承体制。而这一难能可贵的好传统，传到禹手中却遭受破坏。

救星很容易变为独裁者

司马迁在《史记·五帝本纪》有这样一段记载："舜子商均亦不肖，舜乃豫荐禹于天。"舜也是学了尧"举贤不举子"的榜样，把自己的帝位不传给儿子商均而是传给了禹。

禹是我国历史上一个杰出的政治家，也是我国最早的一位权术家。禹既有着"喝令三山五岳开道"的治水才能，也具备翻云覆雨玩弄群臣于股掌之中的政治手腕。禹一旦获得代舜行天子令，"一朝权在手，便把令来行"，进行了一系列"政治体制"的变动。其中最主要的是，定五服，铸九鼎，把土地收归国有，从此，使原始部落联盟的性质，演变为具有中央集权雏形的政体。

所谓"定五服"，就是把九州按其距离京都的距离，分成五等，分别确定赋税数量。

早在《尚书·禹贡》中就有记载，司马迁在《史记·夏本纪》中又予以转载，翻译成现代文是：天子之国以外五百里，叫甸服；甸服之外五百里，叫侯服；侯服之外五百里，叫绥服；绥服之外五百里，叫要服；要服之外五百里，叫荒服。不管你远近荒庶，好一个"服"字了得，"地方服从中央"，都要按规定纳贡赋税。

夏禹的这一"定五服"，比尧舜时期的"颁五瑞"还要厉害。过去，诸侯国即便是阳奉阴违也一时看不出来，而如今只要贡物不到，即露背叛之迹象，朝廷马上可以觉察。禹把原始部落联盟首领演变为"四方纳贡朝拜"的中央集权天子。

关于禹铸九鼎：

东汉班固的《汉书·郊祀志》言："禹收九牧之金[1]，铸九鼎。"

禹的治水工程甚为浩大，历经十三年。禹首先从冀州入手，然后是济水和黄河之间的兖州，大海之滨的青州，大海、泰山和淮水之间的徐州，淮河与东南海

【1】九牧之金，九州牧守所贡的金属。

之间的扬州，荆山到衡山之间的荆州，荆山与黄河之间的豫州，华山与黑水之间的梁州，最后是从黑水到河西地带的雍州。禹因了治水，走遍了华夏九州大地，对所治山河了如指掌。于是，他把九州的山川地形铸于鼎上。《三国演义》中有一个故事，叫做"张松献地图"，献地图就是献上了国之山川河流。荆轲献督亢之图也表达着相同的寓意。疆域地图就成为族群领地和国家权威的象征。先秦之际，所谓的"彝器"，即"常宝之器"，成为国家社稷的标志。取得鼎，就拥有了执政的合法性。所以，战国时期的楚庄王"问鼎中原"的行止，就透露出他觊觎天下的野心，是件非分非礼之事。

据传说：九鼎铸成之日，天上突现奇景，一连九日，大白天都能看见太白金星在天空闪耀。这一传说更是为"君权天授"披上了一层神秘的外衣。鼎的易手也就成为改朝换代的代名词。夏朝被商所灭之后，这九个鼎就迁于商朝的都城亳邑。商朝为周朝

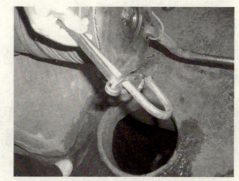

舜王故里水井

所灭之后，九鼎又迁到了周朝的国都镐京。再后来，成王在洛阳地方营造新都，又先将九鼎安置在郏鄏（今河南洛阳县西），其名谓之"定鼎"。到战国末年，秦始皇的父亲秦昭襄王攻周朝，也是取了九鼎，迁之于秦。

禹铸九鼎，体现了一个政治家的远见。禹高瞻远瞩未雨绸缪，早已为"家天下"的传承埋下了伏笔，就此，血缘传承的封建帝王世袭制得以形象确立。

禹还有最厉害的一招，就是土地收归国有。

夏禹执政之初，便提出了土地国有。这是"史无前例"的创举，一时间，拥护的、反对的，见仁见智各持一端，由此引发了一场土地姓"公"姓"私"的大辩论。赞同的人说："渔耕樵猎，百姓所种之田，所居之地，猎兽之山，捕鱼之泽，无不来自王土，哪能任由个人私占。应该由政府统一颁发，每年收取一定的赋税。这样，国家才能富强。"反对的人说："土田山川，乃是天之所生养育万民。现在臣民们所属田地，虽说不是他自己制造的，但也是他们祖祖辈辈披荆斩

棘、垦荒播种而得来。无端收归国有，不等于巧取豪夺吗？"

无论怎么争论，"铸九鼎"已然确立了"一言九鼎"的权势话语。自此，"普天之下，莫非王土；率土之滨，莫非王臣"。臣民的土地，都是帝王的恩赐，诸侯的疆域，也是帝王的勅封，中央集权的格局就此形成。

《太平御览》云："四方归之，辟土以王。"尧舜时代带有民主作风的部落联盟首领的角色，传到禹手中，偷梁换柱偷天换日，已经悄然向"朕即天子"演变。（其中也有社会生产力发展，私有财产出现等复杂的时代原因。）

太史公讳言"家天下"

对于禹破坏尧舜禅让传统，传位于儿子启，司马迁在《史记·夏本纪》中这样记载："十年，帝禹东巡狩，至于会稽而崩。以天下授益。三年之丧毕，益让帝禹之子启，而辟居箕山之阳。禹子启贤，天下属意焉。及禹崩，虽授益，益之佐禹日浅，天下未洽。故诸侯皆去益而朝启，曰'吾君帝禹之子也'于是启遂即天子位，是为夏后帝启。"

一向被后世称为"秉笔直书"的太史公解释说：帝禹东巡亡于会稽前，曾留有遗言，传位给益。守丧三年期满后，益也学先贤之榜样，先避居箕山，谦让禹的儿子启，以视"民意"再做出取决。这是先祖留下的一条不成文的规矩。司马迁在《史记·五帝本纪》中曾记录舜的继位："尧崩，三年之丧毕，舜让辟丹朱于南河之南。诸侯朝觐者不之丹朱而之舜，狱讼者不之丹朱而之舜，讴歌者不讴歌丹朱而讴歌舜。舜曰'天也'，夫而后之中国践天子位焉，是为帝舜。"在《史记·夏本纪》中也记录了禹的继位："帝舜荐禹于天，为嗣。十七年而帝舜崩。三年丧毕，禹辞辟舜之子商均于阳城。天下诸侯皆去商均而朝禹。禹于是遂即天子位南面朝天下，国号夏。"舜和禹也曾谦让于帝子，但臣民心之所归，才使舜禹继承了帝位。而这一次不同了，诸侯们都去朝觐启而不理睬益。太史公的解释是："禹子启贤，天下属意焉。"是因为禹的儿子启，不像尧子丹朱和舜子商均，十分贤明。所以，"虽授益，益之佐禹日浅，天下未洽"。是因为你益的资历尚浅，有负众望。

好一个冠冕堂皇的理由。真是启贤而益资历浅吗？

益，尧舜时代东夷族首领伯益。古文献中有好几种写法，如伯翳、伯繄、柏翳、化益、或只称益。《潜夫论·志氏姓》说：伯益的父亲是皋陶。皋陶生了六个儿子（或说三个），长子大费（bì），即伯益。

司马迁在《史记·五帝本纪》中，记录有这样一笔："禹乃遂与益、后稷奉帝命"。早在大禹受命治水之际，就由于益的才干，舜派他辅佐大禹一起治水。禹在治水成功后，对舜说："非予能成，亦大费为辅。"（见于《史记·秦本纪》）连禹也承认，没有伯益的辅佐，就不会有治水的成功。司马迁在他的《史记》中，也记述得自相矛盾。

伯益辅佐大禹治水，有一条必须提及。《汉书·地理志》上记载："伯益知禽兽。"《后汉书》上则说得更明确："伯益综声于鸟语。"这与中国最早的史籍《尚书》上所言伯益"佐舜调驯鸟兽，鸟兽多驯服"表达的是同一个意思。《国语·郑语》上还进一步证实：伯益能议百物，以佐帝舜。伯益来自东夷少昊鸟氏族，所以传说他能知禽兽之言，能与飞鸟通话。这些带有神话色彩的记述，其实是向我们透露着这样的信息：伯益是我国上古时期的语言学家、大翻译家。由于伯益来自少数民族，所以通晓多种少数民族的语言。正是伯益的这一长处，沟通了大禹与众多部落少数民族交流的障碍。大禹治水，动辄几十万人的大工程，要能够让当地这些不同风俗习惯不同价值取向不同思想观念的民族和部落，都能齐心协力地来配合大禹的治水工程，需要花费多少口舌来进行交流，需要冒着多大的风险去沟通。而这一切，如果说没有伯益的协助，显然是不可思议的。显而易见，在大禹"厥功至伟"的治水功勋里，有伯益不可或缺的贡献。

伯益不仅辅佐大禹治水卓有成就，在其他方面也颇有建树：《吕氏春秋·勿躬篇》有文字："伯益作井。"伯益在长期与水土打交道的过程中，能够举一反三触类旁通，发现了地下水的秘密。凿井技术的发明有着非同寻常的意义，人类的生存离不开水，在不懂凿井之前，人类不得不靠近河流定居，忍受河水泛滥的威胁。伯益发明凿井技术后，大大扩展了人类的生存空间。

在处理民族矛盾方面，伯益亦表现出远见卓识。在《尚书·大禹谟》一书中，记载了伯益在禹征伐三苗时对禹的规劝："惟德动天，无远弗届。"伯益深谙"能攻心则反侧自消，自古用兵非好战"，"不战而屈人者为上兵"，劝大禹要恩威并举，德武相济。大禹接受了伯益的建议，撤退军队，终以攻心为上，实行文教德治，兵不血刃使三苗族受到感化，终于归顺。

西汉刘秀在《上山海经表》一文中，证实了伯益还是《山海经》的著述人："禹别九州，任土作贡，而益等类物善恶，著《山海经》，皆圣贤之遗事，古文之著明者也。"

正是伯益具有如此出类拔萃的才能，所以尽管禹有心传位于自己的儿子启，也不得不装模作样地做出让位于益的姿态。

《史记·夏本纪》记载："帝禹立而举皋陶荐之，且授政焉，而皋陶卒。封皋陶之后……而后举益，任之政。"由此可见，禹一开始推举的是皋陶，是因为皋陶卒，才又举荐伯益。

皋陶，与尧、舜、禹同为"上古四贤"，据刘向《说苑·君道》记载，帝舜时代皋陶即当上了大理之官，作五刑，负责刑罚、监狱、法治。大致相当于现在的政法委书记。传说他的外貌是青绿色，像一个削了皮的瓜。他的嘴唇像鸟喙，是至诚的象征，能洞察人情，明白决狱。王充的《论衡·是应》中有记载：当判决有疑时，就令獬豸决狱。传说中的獬豸，是一只独角貌似羊的怪兽。据说它很有灵性，能分辨是非曲直，确认犯罪与否。如被疑对象有罪，獬豸就会以角顶触，无罪则否。这种办法很灵验，故典籍称其为"助狱为验"的"一角圣兽"。史书上说当时天下无虐刑，无冤狱，因此，皋陶还被后人神话为"狱神"。正是因

黄河岸边老君庙

为皋陶在人们心目中的威望，禹只能指定皋陶为自己的接班人。

其实，禹确立皋陶为自己的接班人颇有"权术"的意味。禹即位时，皋陶已是风烛残年。冰雨永恒在《大禹的故事》中披露了这样一个细节：禹即位后，去探望过病中的皋陶，回来后对大臣说："前日柏成子高责备我，我原想和皋陶商量，怎样明刑弼教，以为补救的。不料皋陶老病愈深，不能出来。今日朕亲去访他，见他行动艰难，语言蹇滞，实在不好和他多说，连个商量的人都没有了，你看可叹不可叹呢！"言者无心，听者有意。从这番话中，我们难道听不出禹举荐皋陶的言外之意吗？

后来，果不出禹所料，"将有禅之意，未及禅，会皋陶卒"。（见《正义》篇）皋陶先于禹撒手人寰。

此后的举荐伯益，就有点为时势所迫，迫不得已了。

"选贤禅让"演变为"血统传承"

杜富山在《华夏上古志》[1]一书中，记载了禹选举接班人的情节：

> 还在禹王去世的前几年，他也曾仿照着尧舜的样子，召开过部落首领的会议，推举过自己的继承人。他先是推举在帝舜时就掌管刑法的皋陶，但不久，皋陶就因病去世了。后来又进行商议，一致推举伯益做他的继承人。
>
> ……伯益是仅次于大禹的一位英雄。可是随着私有制和社会分工的产生，人们把职位和权力也看成私有的了。在帝舜之时，还能通过协商，推举戎人首领禹来继位，还选用了不少夷人、狄人来担任重要官职，可是到了禹的时候，就常常是靠着"王权"来维持局面了，而且他要千方百计不使这种王权旁落。伯益是夷人的首领，这就不能不使戎人禹考虑。偏偏伯益功劳卓著，威望极高，首领会议上又都一致推举他做自己的继承人。禹王感到众怒难犯，只好顺水推舟，答应下来。为此事，禹王好几天都没睡好觉。后来他想到，自己所以能顺利地继承舜位，一是当年治水有功，二是舜选定自己继位之后，就把治理天下的大权交给了

【1】杜富山，《华夏上古志》，辽宁少年儿童出版社　1989年11第1版，1991年5月第3次印刷。

自己。如果我也效法当年舜的做法，将来的大权定会真的落到伯益手里。我何不只给伯益一个继承人的空名，而把处理国家政事的实权交给自己的儿子启呢？禹王依计而行。几年过去了，伯益虽为禹王的继承人，却没有一点新的政绩，他过去办的那些好事，在人们的头脑中也渐渐淡漠。相反，启在人们心目中的地位，却一天天地高了起来。

善于治水的大禹，当然懂得什么叫"因势利导"，他要为儿子启的接班做到"水到渠成"。

大禹继位后，多次进行了"领导班子"的调整。有一个冠冕堂皇的理由："野无遗贤"。既然是"举贤"，当然"内举不避亲，外举不避仇"。就是在此"不拘一格用人才"的幌子下，夏启的许多狐朋狗友都冠冕堂皇登入"庙堂"：一个姓既，名将，擅长于武事；一个姓轻，名玉，擅长于理财；一个姓季，名宁，擅长于吏治；一个姓杜，名业，擅长于教育。还有然湛、施黯、季宁、扶登氏、登封叔等，统统使用起来。启正是在父王的支持下，植羽蓄势，逐步形成了根深蒂固枝繁叶茂的"太子党"。

当然，禹的伎俩并不是没有明眼人看出，冰雨永恒在《大禹的故事》（来源于网上）里有一段大禹与隐士东里槐的对话：

大禹问："寡人看汝颇有才识，何以隐居不仕？"

东里槐道："遇到这种时世，做什么官呢？"

大禹听他口气不对，便问道："寡人多过失吗？"

东里槐道："多得很呢。从前尧舜之世象刑以治，现在你改作肉刑，残酷不仁，是乱天下之事一也。尧舜之世，民间外户不闭，现在你做城郭以启诈虞，以兴争斗，是乱天下之事二也。尧舜之世敬奉鬼神，而不尚神道，你在涂山之会时，应召那些神呀、仙呀来凑热闹，是乱天下之事三也。又排演那些干戚之舞，威胁诸侯，是乱天下之事四也。尧舜之世，不亲其子，丹朱、商均早封于外；现在你的儿子启却留在都中，与各大臣交结，干预政治，将来难免于争夺权位，是乱天下之事五也。尧舜均贵德，而你独尚功，致使一班新进浮薄之少年遇事生风，以立功为务，是乱天下之事六也。尧舜重农事，而你尚工匠，是乱天下之事七也。在这样的时代，我哪里还能出来做什么官呢！"

大禹说："你难道没有听说过与时俱进的话吗？"

东里槐说："你的国家有尧舜时期治理得好吗？连老祖宗办到的事你都办不到，还奢谈什么与时俱进！"

舜对禹的"政治手腕"，也并不是没有一点警醒和觉察。舜在九嶷山作"九悲之歌"时，已流露出对交班给禹的一些疑虑。后来，在准备禅让前，舜对禹又说了一番意味深长的话。

《尚书·大禹谟》中记载了舜这样对禹说："人心惟危，道心惟微，惟精惟一，允执厥中。无稽之言勿听，弗询之谋勿庸。"大概可以这样理解此话的含义：人都是凡夫俗胎，胸臆中总有两颗心，一个叫人心，一个叫道心。人心最危险，道心最微妙。两者之间，时时刻刻在那里做着生死搏杀。人心战胜道心，就堕落为小人；道心战胜人心，就上达成君子。是放纵人心还是固守道心，往往就在人的一念之间。一定要把持住心中的这架天平。

禹的"道心"终究没能抵御住"人心"的腐蚀进攻，在经历了一番激烈的心理斗争后，还是选择了一条反尧舜之道而逆行，把帝位不传贤而传于子了。

启继天子位后，马上着手诛灭益的势力。他给出一个"益欲谋反"的欲加之罪何患无辞的罪名，遂以讨逆之名起兵，杀伯益以及亲近者20万人。后又有居住于陕西中东部的有扈氏，不满启改变传统禅让做法，居然搞起了家天下，于是，公然扯起了造反的旗帜。这场绵延数年的王位争夺战，使天下战乱，数十万人死于非命。

《战国策·燕策一》和《韩非子》都记载了启为了巩固王位的征伐战。屈原的《楚辞·天问》中说："启代益作后，卒然离孽，何启惟忧而能拘是达？皆归射鞠而无害厥躬，何后益作革而禹播降？"屈原的话说得云遮雾罩，显然也是出于某种忌惮，而郭沫若在《屈原赋今译》中，就说得比较明白了："夏启代替伯益做了国王，而终于杀死了伯益。从失意的情况中，启为什么又能够转入得意？未行征诛，同受禅让，为何伯益失败，夏禹繁昌？"

胜者为王败者寇，历史从来都是由胜利者书写。不是连一向为后世称为史圣的太史公，也对此事给出："禹子启贤，天下属意焉"，"虽授益，益之佐禹日浅，天下未洽"这样的历史结论？事实如秃顶上的虱子，是明摆着的，难道普天之

下，贤能之士都死光了，就你禹的儿子启堪当接班人？

杀死伯益，灭掉有扈氏，启坐稳了帝位。这时的夏启，已经不是像尧舜禹那样的部落联盟大首领了，而成为一个专制独裁君临天下的皇帝了。

"禅让制"是我国原始社会的历史投影，它反映了那个时代，各部落联盟通过民主方式推选自己的领袖。由于领袖是出于推举，所以权位不能私相授受。但是随着尧舜传位于禹，而到禹手则传位于自己的儿子启，"禅让制"由此遭到破坏，原始氏族社会"选贤禅让"的"公天下"，终于被奴隶社会血缘相承的"家天下"所取代。

权杖由"耒耜"魔化

禹所面临的时代，正是一个社会制度大转型的关键时刻。华夏民族面临历史的十字路口。何去何从，是选择由尧舜开创的选贤举能开明禅让，还是变民主的选择为血缘的承继？是跃上一个起点不低的峰峦不断完善，还是在螺旋式的盘山道上蹒跚？然而，历史的选择就是这样的阴差阳错鬼使神差，成也夏禹，败也夏禹。夏禹手中那柄曾经开山劈岭给人类带来福音的"耒耜"轻轻一拨，华夏民族就陷入了几千年封建社会血统传承家天下的恶性循环魔魇。

《尚书》所载历史始于《尧典》终于《秦誓》，系统地叙述了由尧舜禹到夏商周直至秦之间约400年间的历史，向人们展示了由原始部落联盟向奴隶制社会过渡时期的大历史。按我们传统的史学观说，就是描绘了华夏民族由原始社会向奴隶制社会的转化。以阶级斗争的观点看，一个阶级胜利了，一个阶级消亡了，这就是历史的进步，是中国古代社会发展史上的一个重要里程碑。

我一直迷惘于这种历史观的诠释，从原始社会的雏形民主，到奴隶社会的高度集权，难道能说是一种历史的进步？或者换言之，能说是螺旋式发展的历史必然要付出的代价？或者再换言之，是历史阶段不可跨越论？

孔子曾在《论语·泰伯篇》中颂扬禹治水的功德：我简直找不到他的一点缺点，他的宫室简陋却没有想到改善，而是尽全力平治水土，开沟洫，发展农耕，鼓励人民从事劳动。

大禹治水确实居功至伟，自然也就受到万世万民的拥戴和赞颂。禹王庙的讲解员指着浮雕上的一个画面说："这就是大禹治水成功后，帝舜赐封他玉圭的场面：万众欢腾，感激涕零地说，如果没有禹，我们早就变成鱼和鳖了。"

在中外的许多古代神话传说中，先民们都有着对洪水泛滥恐惧的印记：西方亚当夏娃的"诺亚方舟"，东方女娲的"用芦灰止淫水"，到"大禹治水的故事"，无不反映了洪水对人类生存的危害。"江河横溢，人或为鱼鳖"，"千秋功罪，谁人曾与评说"？平息水患，无疑是居功至伟；但难道拯救万民于水深火热，从此就赢得了"天地不仁，以万物为刍狗。圣人不仁，以百姓为刍狗"的权力？

权杖是根魔棒，即便是救星也很容易异化为独裁者的！

虞坂道戏说"伯乐赞"

"伯乐相马"出自虞坂道

早就闻知"伯乐相马"的故事，却不知道这一典故就出自山西省运城地区。在平陆县张店镇虞坂村至盐湖区磨河村，翻越中条山有一条崎岖险峻的古道，人

伯乐相马塑像

称"虞坂道"。传说一直可以追溯到尧舜时代：随着远古原始部落生产力的不断发展，崛起于河东（现运城地区）一带的尧舜部落急需向黄河之南扩张。于是舜令禹开凿了这条通往南方的唯一通道。《水经注》云："虞城北对长坂二十

里，谓之虞坂。"在春秋战国时，虞坂道是晋出豫陕，潞盐外运的唯一通道。"伯乐相马"的故事，就发生在这条虞坂道上。

《庄子·释文》："伯乐，姓孙名阳，善驭马。"《石氏星经》："伯乐，天星名，主典天马，孙阳善驭，故以为名。"

数千年前的上古典籍，记载了"伯乐相马"的最初出处：传说中，伯乐是上天二十八星宿之一，是玉皇大帝的"弼马瘟"。在我国春秋中叶，郜国（今山东省成武县）出了一个叫孙阳的人，因善于育马和相马，所以被冠以"伯乐"之衔，久而久之，人们反而把他的真名淡忘了。

古传说中，把"伯乐"归为二十八宿里掌管马匹的神祇，反映出在农耕时期，马在人们生存环境里的重要性。到孙阳的春秋年间，随着生产力的发展和部族间征战的军事需要，马的作用已十分凸显。当时的人们根据功能把马分为六种：种马（繁殖用）、戎马（军事用）、齐马（仪仗用）、道马（拉货用）、耕马（犁田用）、驽马（杂役用）。孙阳正是在此大历史背景下应运而生。

在平陆县委宣传部和县文联领导的陪同下，我们山西作家黄河采风团慕名来到了这条虞坂古道。在如今高速公路纵横贯通的现代交通网络中，这条曾经咽喉般的古盐道废弃了。古盐道上残存的儿女窝遗址、挖刮庙残墟、摩崖壁

虞坂古盐道

石刻、锁阳关城垛，以及古盐道石板路上那深深的车辙印痕，都在向我们无言地倾诉着历史的沧桑。2008 年，为配合开发旅游资源的需要，磨河村边新耸立起两座高 6 米的白色大理石雕塑——"伯乐相马"，唯有它以一种全新的姿势，穿越了岁月的时空，顽强地进行着历史讲述。

最早记述"伯乐相马"故事的是战国时的黄歇，就是历史上那个著名的为楚北伐灭鲁的楚相春申君。他在《战国策·楚策》中写道："夫骥之齿至矣，服盐车而上太行，蹄申膝折，尾湛肤溃，漉汗洒地，白汗交流，中坂迁延，负辕不能上。伯乐遭之，下车攀而哭之，解纻衣以幂之。骥于是俛而喷，仰而鸣，声达于天，若出金石者，何也？彼见伯乐之知己也。"

还是来自民间的叙说更为通俗易懂亲切生动。山西运城伯乐文化研究会的副会长、伯乐文化系列讲座的策划人许随怀先生，为我们讲述了来自民间的传说：

虞国的国君，也有说是楚国的国君，慕名请伯乐孙阳为他选买一匹千里马。

伯乐孙阳向国君说，千里马极为稀少，找起来很不容易，需要到普天下去寻访，请君王不要着急。伯乐孙阳跑了好几个国家，连素以盛产名马的燕赵一带都跑遍了，可仍是一无所得。于是，伯乐孙阳来到了这条虞坂道上。因为虞坂道是潞盐外运，通往中原的必经之路，往来运盐车马很多。一天，伯乐孙阳在虞坂道上发现，一匹马拉着一辆盐车，很吃力地在陡坡上行走。马累得呼呼喘气，每迈一步都十分艰难，不由得走上前去。这匹马见伯乐孙阳走近，突然昂起头来，瞪大眼睛，大声嘶鸣。伯乐孙阳从声音中立即判断出这是一匹难得的好马。伯乐孙阳对驾车的人说："这匹马在疆场上驰骋，任何马都比不上它，但用来拉车，它却还不如一匹普通的马。你把它卖给我算了。"驾车人想想，这匹马骨瘦如柴，拉车又没有力气，吃得还挺多，就同意把它卖给了伯乐孙阳。伯乐孙阳牵着马来见君王，拍拍马的脖颈说，我给你找到了新的好主人。这匹马似乎听懂了伯乐孙阳的话，抬起前蹄把地面震得嗵嗵作响；又引颈长啸一声，声音洪亮，如黄钟大吕，直达云霄。君王听到马嘶声走出宫殿，一见伯乐孙阳牵的马瘦弱不堪，认为这怎么可能是一匹千里马呢。不高兴地对伯乐孙阳说，我相信你会看马，才让你去为我寻找，可你看看你给我牵回的马，连走路都弱不禁风，怎么还能上战场？伯乐孙阳说，这确实是一匹千里马，只因为一直让它拉车，喂养又不精心，所以瘦成这个样子。你只要精心调理，不出半个月，它就会是另外一副模样。君王听了伯乐孙阳的话，将信将疑，就命马夫牵回皇家马厩去试试看。果不其然，不久马变得神采奕奕。君王跨马扬鞭，只觉得两耳生风，眨眼间的功夫，马已经跑出百里之外，真是一匹千里马！

虞坂道上"伯乐相马"的典故，深深打动了历朝历代那些"空怀经天纬地才，难偿济世报国心"的文人士大夫的心。

那个曾写出"问世间情为何物？直教生死相许"的元好问，来过虞坂道后，情深意长地写下《虞坂行》一

虞坂古盐道上响铃弯

诗："虞坂盘盘上青石，石上车迹深一
尺。当时骐骥知奈何，千古英雄泪满臆
……孙阳骐骥不并有，世万亿中时有一。
乃知此物非不逢，辕下一鸣人已识。我行
坂路多阅马，敢谓群空如冀北。孙阳已
矣谁汝知，努力盐车莫称屈。"

清朝名士吴士喜也写下《虞坂行》
直抒胸臆："男儿生当策骏马，乘文轩，
蹑景驰，广野奔霄上昆仑。安能黄尘扑
面步跋躄，峻坂郁纡盘青石。石槽酥仄
逼晓过，当时骐骥可奈何。我来恰值车
行处，阅马无复孙阳过。"

虞坂古盐道

随着日转星移时空置换，人们对"伯乐相马"的认识，已超越了故事本身
的内涵，衍生升华出许多成语典故：如以"骥服（伏）盐车"、"骏骨牵盐"、"骐
骥困盐车"比喻生不逢时，身处困厄，才华遭到压抑；用"盐车绝足"、"虞坂骐
骥"、"盐车骏"比喻用非所才，糟蹋埋没人才；用"伯乐一顾，价增三倍"、"伯
乐之厩，匠石之囿"、"一顾重"、"一顾荣"比喻被重用后的感恩戴德心理；用
"牝牡骊黄"、"相马失之瘦，相士失之贫"来形容"马"不可貌相，不拘一格用
人才，等等。

于是，"伯乐相马"的典故，超越了文化的底蕴，引申出"传承伯乐文化，
实施人才战略"的现代化理念。

找千里马找回个癞蛤蟆

汉代刘安在《淮南子》中有这样一段记载：

秦穆公谓伯乐曰："子之年长矣。子姓可有使求马者乎？"

对曰:"良马者,可以形容筋骨相也。相天下之马,若灭若失,若亡其一。若此马者,绝尘弭辙。臣之子皆下材也,可告以良马,而不可告以天下之马。臣有所与儋缠采薪者方九堙(即史上著名的九方皋),此其于马,非臣之下也。请见之。"

穆公见之,使之求马。三月而返,报曰:"已得马矣,在于沙丘。"

秦穆公问:"何马也。"对曰:"牡而黄。"使人往取之,牝而骊。穆公不说。如伯乐而问之曰:"败矣,子之所求使者。毛物、牝牡弗能知,又何马之能知。"

伯乐喟然太息曰:"一至此乎!是乃其所以千万臣而无数者也。若堙之所观也,天机也,得其精而忘其粗,在其内而忘其外,见其所见而不见其所不见,视其所视而遗其所不视。若彼之所相者,乃有贵乎马者。"马至,而果千里马。

秦穆公问伯乐:"你快到退休年龄了,你的后代中可有接班人?"

伯乐说:相马之术,不能光看外表,注重的是内在。稍一看走眼,就错失了千里马。我的儿子,选个一般良马还凑合,要让他选跑得飞快,蹄下不扬尘,负车不留辙的千里马可就力不从心了。有一个曾与我一起挑担打柴的九方皋,此人的相马本事,绝不在我之下。

秦穆公接见了九方皋,让他去寻找千里马。三个月后回来报告:"在叫于沙兵的地方找到了千里马。"

秦穆公问:"什么样的千里马?"回答:"一匹黄色的公马。"让人牵回来一看,却是一匹黑色的母马。秦穆公不高兴了,召见伯乐质问说:"看看你给我推荐的人,连是个公马母马,什么毛皮颜色也分辨不清,还能相出什么千里马!"

伯乐感叹地说:"啊哟,九方皋的相马水平竟然达到了这样的境界。实在是胜我千万倍乃至无以数计。他的相马,是重马的气质而忽略马的外形,对马一些无足轻重的细枝末节,统统视而不见,而只是辨认那些带有实质性的特征。只有九方皋如此相马,才能找到真正的千里马呀!"后来证实,果真是一匹千里马。

我认为,这是"伯乐相马"故事系列里最为精彩的一篇。伯乐孙阳不仅善相马,而且也有"善识人"之明。

由于伯乐相马故事的影响力,于是又"搭班乘车"衍生出许多副产品:一时间，什么《伯乐相马经》、《伯乐真经》、《伯乐疗马经》、《伯乐治马杂病经》，还有徐成相《马经》二卷、诸葛颖《相马经》六十卷、尧须跋《相马经》三卷等等纷纷出笼。"伯乐相马"不仅成为一种时尚时髦，而且赢得了市场效应市场价值。在湖南长沙马王堆出土的文物中就有《相马经》帛书。据专家考证，这不是《伯乐相马经》的原文，而是后人的传承和演绎。它把相马的要领概括为："得兔与狐，鸟与鱼，得此四物，必相其余。"具体说就是：千里马应该长得兔头、兔肩；如狐之皮毛、狐之双耳；如鸟的眼睛、鸟的颈脖；如鱼的鳍、鱼的脊椎。

伯乐孙阳通过长期的相马实践，曾得出一句八字真经"降颡蛈日，蹄如累曲"。伯乐孙阳有一个不成器的儿子，由于孙阳名声大振，自然就有好事者认为"龙生龙，凤生凤"，撺掇孙阳的儿子也子承父业，不愁混碗饭吃。孙阳的儿子就按其父所言的相马经验：有一个形如兔头长面窄颡的头部，有四只状如小磨盘而曲线流畅的蹄子，认为这就是选千里马的标准。在《艺林伐山》卷七中记载：孙阳子执《马经》以求马，出见大蟾蜍，谓其父曰："得一马，略与相同，但蹄不如累曲尔。"伯乐的儿子不求甚解按图索骥，找千里马找回来个癞蛤蟆。伯乐哭笑不得，知其子愚，只好苦笑着自我解嘲说："此马好跳，不堪御也。"

孙阳儿子这段只求形似，不顾实质的相马故事，无疑对后世之人有着警示作用。柳宗元正是出于对这种"按图索骥"现象的盛行，在《观八骏图》一文中发出这样的感慨："然而世之慕骏者，不求之马，而必是图之似，故终不能有得于骏也。"

"伯乐"与"猎头"

在虞坂道沿途多处，我都看到了韩愈的《马说》一文。世人大概认为，这是对"伯乐相马"最好的诠释：

> 世有伯乐，然后有千里马。千里马常有，而伯乐不常有。故虽有名马，只辱于奴隶人之手，骈死于槽枥之间，不以千里称也。

虞坂古盐道上儿女窝

马之千里者，一食或尽粟一石，食马者不知其能千里而食也，是马也，虽有千里之能，食不饱，力不足，才美不外见，且欲与常马等不可得，安求其能千里也！

韩愈的《马说》，写于他在长安坐了十年冷板凳时期。他正是通过对千里马之不遇伯乐，哀叹了自己生不逢时，空有满腹经纶却得不到施展。韩愈写于同一时期的《感二鸟赋》、《祭田横文》、《送孟东野序》及《送李愿归盘谷序》等都抒写着自己"怀才不遇"、"报国无门"的怨气和牢骚。千里马成为历朝历代文人士大夫寄寓自我理想抱负的载体。即如那个雄才大略的曹操，也以"老骥伏枥，志在千里"以自况。韩愈除在《马说》一文之外，在《为人求荐书》和《送温处士序》两文中，也是以马喻人，并在《马说》的结尾部分，吁呼出"策之不以其道，食之不能尽其材，鸣之而不能通其意，执策而临之曰：'天下无马！'呜呼！其真无马邪？其真不知马也！"人不能尽其材，物不能尽其用；或者是用非所学所专，大材小用，买椟还珠；或者是"不问苍生问鬼神"，鸣而无法进行语言的沟通。面对荒诞不经的生存现状，韩愈只能发出"可悲呀！是天下真无千里马吗？实在是没有识千里马的伯乐呀"！

屈原是我国史载对"千里马遭厄"发出牢骚的第一人。这类以马为喻的牢骚在屈原的文章中随处可见："乘骐骥以驰骋兮，来吾道夫先路！"（《楚辞·离骚》），"车既覆而马颠兮，蹇独怀此异路。"（《楚辞·九章·思美人》），"伯乐既没，骥焉程兮。"（《楚辞·九章·怀沙》），"乘骐骥而驰骋兮，无辔衔而自载。"（《楚辞·九章·惜往日》），"宁与骐骥亢轭乎，将随驽马之迹乎？"（《楚辞·九章·卜居》）……

遍观历代文人士大夫，在诗词歌赋中将马作为象征主义手法的例证不胜枚举：

宋玉《楚辞·九辨》："国有骥而不知乘兮，焉皇皇而是更索。"

贾谊《吊屈原》："腾驾罢牛，骖蹇驴兮；骥垂两耳，服盐车兮。"

杜甫《骢马行》："吾闻良骥老始成，此马数年人更惊。岂有四蹄疾于鸟，不与八骏俱先鸣。"

杜甫《城上》："八骏随天子，群臣从武皇。"

杜甫《复愁十二首》："今日翔麟马，先宜架鼓车。"

杜甫《天育骠骑歌》："如今岂无骠骑与骅骝，时无王良伯乐死即休。"

李贺《马诗二十三首》："此马非凡马，房星本是星"，"赤兔无人用，当须吕布骑"，"伯乐向前看，旋毛有腹间。只今捋白草，何日蓦青山"。

李贺《吕将军歌》："厩中高桁排蹇蹄，饱食青刍饮白水。"

刘禹锡《和仆射牛相公寓言三首》："雕鹗腾空犹逞俊，骅骝啮足自无惊。"

李商隐《瑶池》："八骏日行三万里，穆王何故不重来。"

杜牧《马肃马霜骏》："遭遇不遭遇，盐车与鼓车。"

我想，不必再一一列举了。这些连篇累牍的文字，勾勒出了众多封建文人士大夫的嘴脸，他们竭尽向统治者权势人物表达效忠之意，做出一副可怜兮兮"士为知己者死"，"愿效犬马之劳"的奴才相。

即便是那个恃才傲物的李白，也只能是发出"谬以词赋重，而将枚马同"，"无人贵骏骨，绿耳空腾骧"的哀叹，并写下《天马歌》一诗："天马来出月支窟，背为虎文龙翼骨。嘶青云，振绿发，兰筋权奇走灭没。腾昆仑，历四极，四足无一蹶……天马呼，飞龙趋，目明长庚臆双凫。尾如流星首谓乌，口喷红光汗沟朱……天马奔，恋君轩……盐车上峻坂，倒行逆施畏日晚。伯乐剪拂中道遗，少尽其力老弃之……"李白在诗中虽然表达着自己"天马行空，独往独来"的桀骜不驯，但也终难摆脱"天马奔，恋君轩"的心理潜台词。

封建文人士大夫对"伯乐相马"的感叹，终还是一个"学得屠龙术，货卖帝王家"的窠臼。

我只看到在元代诗人王恽的笔下，表达出一种彻底的叛逆精神："良骥虺聭身自健，不须拭目认孙阳。"良骥宝马是依仗自身的素质，何须期盼伯乐的火眼金睛。

小说家梁晓声对"伯乐相马"有一段颇为精彩也颇为深刻的表述：

> 中国人尊崇伯乐，西方人相信自己。伯乐是一种文化和民族心理方面的国粹。中国人总在那儿祈祷被别人发现的幸运，而西方人更靠自己发现自我实现自我。千里马的发现使人们认识了伯乐。是千里马成就了伯乐，而不是伯乐成就了千里马。十位伯乐的价值，也永远不如一匹真正的千里马。如果伯乐只会相马，马种的进化便会导致伯乐们的失业。对马，伯乐是伯乐；对人，伯乐在今天还包含有"靠山"和"保护人"的意思。

"恩相"、"靠山"，在中国的国情下，往往成为镌刻在一个人身上的政治烙印。根深蒂固的"出身论"、"血统论"，总会改头换面，以新的形式表现出来。只不过是与时俱进，换成"背景"、"班底"等时髦说法而已。

被称为写出西方"厚黑学"的马基雅维利，在他的《君主论》里也谈及保护人与被保护人的话题。"一个潜在的保护人对他的被保护人的智慧并不是特别感兴趣。他想要的只是厅堂的一件装饰品。保护人自己的智慧的一件陪衬，而不是对立面，或一个唱反调者。保护人需要的是被保护人的时间和关注，在必要的关键时候，被保护人必须呼之即到，挺身而出，付出自己的全部忠诚。作为交换，保护人会为被保护人搭起人生的阶梯，帮助他踏上成功的每一级台阶。"这就是西方哲学家对伯乐与千里马之间关系的认识？！

我对西文是一窍不通，但就我对翻译的西方文学作品的阅读视野而论，似乎还没有发现有类似于"伯乐"的名号。大概在西方人的观念中，就没有人才还需要一个伯乐来发现的概念。就好像对哥伦布的发现美洲新大陆之说，西方人嘲讽说："没有你哥伦布去发现，难道那块大陆就不存在了？"

也许，如果非要在西方话语系统里寻找一个与"伯乐"相对应的词，那么大概只能是"猎头"了。西方人把刺探人才情报的人叫"猎头"。顾名思义，人才不是靠你发掘出来的，你仅仅是一种捕猎得之。

这大概就是东西方文化之不同。

伯乐是这样驯化千里马的

我一向惊叹于中国历史上的"帝王驾驭术"。记得在《三国演义》一书中，有一章节叫《刘皇叔跃马过檀溪》，讲刘备收得荆州，得一千里良马，名叫"的卢"。有人提醒刘备，此马眼下有泪槽，额边生白点，乃妨主之马。张武因骑此马丧身亡命。刘备笑曰：只闻人能驭马，未闻马会害主。对此流言不予理会。后来，正是此"的卢"之马，在前有檀溪阔数丈拦路、后有尘埃大起追兵已近的危难之际，骐骥般一跃，跨过阔数丈的檀溪，救刘备于生死存亡关头。这一细节，真可谓罗贯中的"神来之笔"。寥寥几笔，一个岂止善驭马，在"驭人"术上也处处显示着高人一筹的刘备刘皇叔跃然纸上。难怪刘备能驯化得诸葛孔明及五虎上将，一个个鞠躬尽瘁舍生忘死，也使民间流传下"刘备摔阿斗，收买人心"的说法。

从穆天子"得盗骊、绿耳这样的好马，命造父为御手，以观四荒"，到唐元稹《望云骓马歌序》中所描绘，在建中之乱时"德宗以八马幸蜀"的典故，再到白居易《新乐府》中的"八骏图"，无不描绘着一幅幅骏马为帝王所驾驭的情景。

肖洛霍夫的传记作家瓦连京·奥西波夫说了这样一番话："斯大林为肖洛霍夫选择了特殊的法子：现在普遍使用的皮鞭对肖洛霍夫已经不能奏效，现在他用拉马嚼环绳子的法子来制服他。他下命令，时而勒紧，直至勒出血；时而放松，

虞坂道上伯乐倦府

任其向前奔；时而转向……他不择手段地运用这铁家伙，……他越来越多地将自己想象成大恩人——这也是他的一种治人之道。"

"马嚼环"这真是一个形象的用词。正是在斯大林的"马嚼环"驯驭术下，那个曾有着独立人格，因鸿篇巨制《静静的顿河》而获诺贝尔文学奖的俄罗斯杰出作家肖洛霍夫，最终成为一名御用文人。

我一向为马戏团的驯兽表演惊叹：狗显得那么乖巧，2 加 3 等于几，狗会"汪汪汪汪汪"叫五声。狗表演得出色，人就给狗的嘴里喂几块糖作为奖励。猴子表现得更为善解人意，做着各种高难度的模仿。于是，猴子也得到了使它馋涎欲滴的桃、香蕉。只要是尝到了甜头，连狗熊也会用蠢笨的动作，做出憨态可掬。海狮也不例外，一条小鱼足以使它表演起来乐此不疲。就是那个脑门上顶个"王"字，具有王者风范的老虎，也会在驯虎女郎的旨意下，顺从地冒着危险在火圈中钻来钻去。人真不愧是万灵之长，人的才智和灵气表现在，极善于最大限度地利用各种生物的本性弱点。"因材施教"，或威逼，或利诱，把它驯化，为人所驱使。

庄子在《马蹄第九》一文中，对千里马是如何出自伯乐之手做出描述："及至伯乐，曰：'我善治马。'烧之剔之，刻之雒之。连之以羁絷，编之以皂栈，马之死者十二三矣！饥之渴之，驰之骤之，整之齐之，前有橛饰之患，而后有鞭笑之威，而马死者已过半矣。"原来伯乐是这样驯顺出千里马的：给马打上烙印，修剪鬃毛，钉上马掌，带上笼头，系上绊腿，拴在槽上，这样一来，死去的马有十分之二三。然后使马挨饿、受渴、奔驰、飞跑，让它们整队，让它们走齐，前有嚼子的灾难，后有皮鞭的威胁，马就死掉过半了。钢铁是这样炼成的，千里马是这样驯化出来的。从这一层意义上说，倒真是应了韩愈在《马说》中的那句话："世有伯乐，然后有千里马。"

那个深得专制暴君赏识的韩非子就把话说得更为明白。他提出"法、势、术"的统治方法，他把"势"看做国君的乘马，把"术"看做驾驭国家的方法，把统治国家比作"乘舆"。

2008 年奥运会在北京举行，周宗奇在看过香港的马术比赛后，对我说了这样一番话："你看在香港进行的'宫廷舞步'比赛了吗？真是令人难以相信。一匹马竟能按照主子发出的指令，走出那么规范划一的步伐，而且是完全违反马的天然习性。主持人说出了其中的奥秘：这些参加比赛的马，都是阄割了的，这样它才会驯顺地按主人的要求，让它怎么走它就怎么走。"

杜甫在《韦讽录事宅观曹将军画马图》中，描绘了一幅官方马厩里驯养的群马图："霜蹄蹴踏长楸间，马官厮养森成列。可怜九马争神骏，顾视清高气深稳。"

我们真应该惊叹且震撼于现代伯乐对马的驯顺与驾驭才能。只要你有当千里马的欲望，欲望就成为你命运的陷阱。老子有言："夫若不病，谁能病之。"可叹的是世人正如老子所言："知不知上，不知知病。夫唯病病，是以不病。"

20世纪80年代，张贤亮就写过一篇小说《牧马人》，后又改编为电影。此部作品之所以引起一代人的感慨和震撼，就是因为作品生动而形象地描述了原本桀骜不驯有独立人格的一代知识分子被驯化的过程。

罗丹那尊"人首马身"雕塑的哲学寓意

以马来寓意人的生存状况是富有象征意味的。

我国著名文艺理论家、批评家唐达成写过一篇散文《枣红马飞飞》，我想不妨把此文看做是现代版的韩愈《马说》，或者说是一篇"伯乐相马"的故事新编：

> 枣红马飞飞，是远近驰名的好马，自从主人拥有了飞飞，简直得意非凡。它身材瘦劲、四腿修长、眼如丹凤、蹄似铜锤，而且力大耐劳。主人用它来运输，不仅多装二三百斤货，还能比别的马更快地到达目的地。为此，主人可发了大财，对枣红马更是另眼相待，黑豆啦、麦麸啦，甚至小米啦，他都舍得朝马槽里倒。

> 遇见别的马主，飞飞的主人就不禁要眉飞色舞地吹嘘一通了："啧啧，你们看看我这匹飞飞，哪里是匹马哟，简直是赛'奔驰'了，你们那些马站在飞飞面前还叫马吗？飞飞的劲，就是叫它拉一座山，它也能给你拉走；叫它跑，你骑在它上面就像坐上了飞机，飞啊飞，那个美！再说你看它有多听话哟，叫它东，它就

东，叫它西，它就西；叫它站住，它就站住，叫它走，它就走。拉多沉的负载，它也不待含糊，提腿就冲，唉唉，宝马呀宝马呀！"

其他的马主听他这一通吹嘘和描写，无不羞惭万分，那些在旁边听着的马更是羞愧垂地了，觉得还不如让地上裂开个缝钻进去呢。

只有飞飞，每当这种时候，就感到悲从中来，只有它自己知道，它的这些"优点"，是付出了多少痛苦和眼泪才换来的哟。记得它还是头小马驹的时候，它是多么桀骜不驯，是多么任性欢跃，又是多么自由自在啊。自从落到这个主人手中，挨了多少皮鞭的抽打，挨了多少拳头和呵叱，背上又留下过多少血痕，多少难忍的侮辱、刺耳的咒骂倾泻在它头上……于是，它带血带泪地拥有了那么多"优点"。

夜晚，在马厩里和伙伴拴在一起的时候，它常常不免唉声叹气，想到伤情处，忍不住涕泪横流。其他的马匹见到这种情景，觉得非常奇怪了："老弟，你还有什么可抱怨的，你的主人多么夸耀你，多么优宠你。你看看你槽里吃的是什么料，我们吃的是什么料？你还有什么不满足的哟！你看你的主人，一夜就要起来三次，又怕你冻着，又怕你饿着，就差用玻璃罩把你罩住了。唉，老弟，知足罢，马心不足蛇吞象，看看我们，你就知道你是享受着特等待遇了！"

枣红马飞飞听着耳边这些七嘴八舌的议论，默然了。它只觉得自己是那么孤独，那么寂寞，那么忧伤……忽然，一声呼啸，"啪！"主人的鞭子已经重重地抽到背上，一阵钻心的疼痛，让它浑身都震颤了。于是，它又听到那熟悉的呵斥声："畜生，别站下，快拉！"接着主人又挥舞着，在空中打了一个响鞭。

枣红马飞飞迈开步子又往前拉了。但是，这次它心里的骚动更激烈了，血管中的血仿佛不安地流动得更快了……

飞飞像一团火，飞快地在草原上闪电般滚动，那红红的鬃毛在风的吹动下飞扬起来，如同一股一股火苗。

……

不知有多远，不知有多深，不知有多快，飞飞大汗淋漓，舒展了自己全部生命的羽翼，为它的同类展示了一场无与伦比的、撼天动地的命运之战。

在草原的尽头，枣红马飞飞仰首长嘶一声，那嘶鸣是快乐的、豪放的、果敢的，然后突然倒下了。飞飞的主人跌跌撞撞地找来，嘴里叫着："飞飞疯了，飞飞疯了。"但是，当他找到枣红马飞飞时，他惊异地发现，枣红马是安然倒下的，它的脸上仍然留着美丽的、光辉的微笑。

你们见过百年难遇的骏马的微笑吗？

唐达成说："马的形象好啊。你看，人类一提到对人的服务意识，首先肯定的是'做牛做马'。马有千里致远之能，牛有万斤负重之力。马和牛，是人类赞美的形象。而猫，人类认为太乖巧刁滑，太势利眼，美国大剧作家田·威廉斯就写过一个剧本：《热铁皮屋顶上的猫》。就是那个似马非马的驴，大概也不太讨人类喜欢，要不一说到一个人不驯服不顺从，就会用一句'毛驴脾气'。"

唐达成赞美过罗丹那尊著名的"人首马身"雕塑。唐达成感叹地说："罗丹真不愧为艺术大师，他把雕像塑造成头颅已挣脱为人，而被奴役被驾驭的马身子还没变过来，这其中难道没蕴涵着艺术大师的深刻寓意？"

唐达成在访苏笔记中记录下这样一段话：当马雅可夫斯基声望每况愈下的时候，斯大林的干预"挽救"了他。斯大林肯定了他作为官方第一诗人的地位，并塑造了他的雕像。苏联人说，俄罗斯谚语云：爱是勉强不了的。雕像立在那里，但是没有爱，也不理解。后人以为是一个无名骑士的铜像或看做普希金的作品《青铜骑士》。他骑上马干什么？为显示威武高大？其实，他早从马

虞坂道上古锁阳关

上摔了下来。只剩下撅起的马蹄子让人绊跟头。唐达成在下面批注了一句："马雅可夫斯基的第二次死亡。"

马在唐达成的思维中，"白马非马"，已经升华为一种形而上的意象。

无独有偶：福克纳总以《卡尔卡索纳》作为他小说集的结尾。作为福克纳这样的文学巨匠，绝不可能是信手拈来，随意为之。这是为什么？这是一个什么样的终结？他必然有着别具匠心的寓意。

《卡尔卡索纳》名为小说，却没有故事，甚至连情节也没有。只是一个穷困潦倒的诗人与他自己骷髅之间的对话。诗人让自己的想象力任意驰骋：他想象自

己骑上一匹"眼睛像蓝色的闪电，鬃毛像飞舞的火焰"的骏马，"冲向山顶，然后腾空而起奔向高空"，"风驰电掣般地跃上天堂里蓝色的山峰"……

一个西方的作家，一个东方的评论家，都不约而同地把注视的目光投在了"马"身上，我们从中解读出什么样的象征意味呢？

现代伯乐可能听懂千里马的语言

夕阳西下，已经在呼喊上车启程了。

我仍久久地凝视着那座白色大理石雕像的"伯乐相马图"。那匹昂首奋蹄的千里马在仰天长啸。它在向世人呼喊着什么呢？可有现代伯乐能听懂千里马的语言？

故里争循迹儒法道

荀子故里之争

此次"走马黄河",来到临汾市,临汾人说荀子是临汾安泽人,是他们的老乡;来到运城市,运城人又说荀子是运城新绛人,是他们的老乡。司马迁在《史记·孟子荀卿列传》中,一句"荀卿,赵人也"的记载,遂使安泽、新绛纷纷与荀子攀起了老乡。

战国末期,赵国的疆域纵横两千里,荀子的出生地到底在何处,直到今天仍然众说纷纭。以至荀子浪迹天涯身死荆楚兰陵后,2000多年来成为历史名人中极少见的只有"国籍",没有"故籍"的游魂。

荀子大名,"天下谁人不识君"。有人认为他是继孔孟之后的大儒,集诸子百家之长成为儒学的又一里程碑;有人又认为他是法家的鼻祖,著名的法家人物韩非子、李斯,都是他门下弟子。还有人认为荀子是道家人物,"黄老之学"对他有很大的影响。荀子"不积跬步,无以至千里;不积小流,无以成江海"的《劝学篇》;荀子"天行有常,不为尧存,不为桀亡"的"天命论";荀子"非我而当者,吾师也;是我而当者,吾友也;谄谀我者,吾贼也"的"修身观";荀子"水则载舟,水则覆舟"的平政爱民思想,诸多警句名言,无不传之后世,脍炙人口。与这样的名流攀亲乡里,自然是一桩"光宗耀祖"的好事。

临汾市安泽县捷足先登:早在半个世纪前,上海人民出版社1959年11月版的《荀子》中，著作者李德永白纸黑字明确标明："荀子姓荀，名况，字卿，是战国末期赵国人，即今山西省安泽县人。"此后，中国青年出版社 1980 年 6 月版，殷孟伦先生的《中国古典文学名著题解》一书；中华书局 1980 年 9 月版，宗白华审订的《中国美学史资料选编》一书；齐鲁书社 1987 年 1 月版，叶朗等编选的《中国美学思想史》一书；人民文学出版社 1981 年 10 月版，敏泽著《中国文学理论批评史》一书；上海人民出版社 1985 年 11 月版，叶朗著《中国美学史大纲》一书；中国社会科学出版社 1984 年 1 月版，李泽厚、刘纲纪著《中国美学史》一书中……连篇累牍，无一例外地都注明：荀子是山西省安泽县人。2000 年 4 月由曹增节著，浙江人民出版社出版的诸子新读丛书《荀子》，以及由谢详皓、刘宗贤著，四川人民出版社出版的《中国儒学》等书，再次论证，荀子为"赵国猗氏（今山西安泽）人"。高剑峰说："为了确实荀子的籍贯，让他踏踏实实魂归故里，安泽县曾派专人进京赴沪，请教史学专家，查阅了自汉刘向、唐杨，到清代汪中、胡元仪、王先谦等历代史学家有关荀子的生平考证，根据荀子先祖封地，国体疆域划分，确认荀子是'赵国猗氏人'。"学者们研究确认了在历史的进程中，区域几度演变，而唯安泽县先称伊氏后称猗氏，属韩国上党郡管辖。《潞州志》、《山西历史地名录》均有记载。《史记》云："秦政上党，韩不能救，其守冯亭以上党降赵。"因此荀子故里，只可能是弃韩归赵后的位于山西南部的安泽。

运城市新绛县大有后来者居上之势：他们持"以地为姓"说，如古人称柳宗元为柳河东，民国人称袁世凯为袁项城等。杨伯峻先生《春秋左传注》有记载：

吴王古渡

"荀，姬姓国，今山西省新绛县东北二十五里有临汾故城，即古荀国。"据《新绛县志》记载，席村原名荀城，汉代席氏由湖广迁入，改称席村至今。席村 75 岁南卫棍居民回忆，席村席姓原来不姓席，而姓荀，后改成现在的席了。由此可见，荀子的先祖在新绛县。并从"郇国与荀国不同"、"荀国与荀城不同"、"猗氏与陭氏不同"三方面进行了严密论证，说明荀子不是安泽人而是新绛人。尤其是1991年在新绛龙兴寺地下发现"荀子故里"石匾额，发掘出的地下文物，成为胜过任何语言的"过硬证据"。发现石匾时，石匾断为三块，但茬口可对接。"荀子故里"匾额长约60厘米，宽30厘米，厚10厘米，质地为青石（泛红）。"荀子故里"四字为双钩正楷，每字为12厘米见方，上款残缺，下款疑有"临（顺）州"等字样，后将一小块丢失，现残缺。出生地当然就应该非常具体，而不会笼统地只是一个县名。新绛人刻薄地问安泽人："请问，荀子是安泽县哪乡哪村人呢？"

名人故里历来争议就多。据说诸葛亮"躬耕垄亩"的隆中，一直有南阳、襄阳之争。清代有个名叫顾嘉衡的人，是襄阳人，被派到南阳任知府。于是南阳人让他表态，古隆中究竟在襄阳还是南阳。顾嘉衡踌躇良久，赋联一副：心在朝廷，原无论先主后主；名高天下，何必辨襄阳南阳。援此为喻：安泽、新绛，手心手背，都在山西省这块版图上。荀子毫无争议是我们三晋的骄子。

安泽县宣传部长的一番话，对故里之争做了很好的诠释："深度挖掘历史人文资源，打造人文平台，……充分发挥本地人文生态资源优势，把荀子文化的研究、宣传和开发利用同安泽建设生态名县、文化强县、旅游大县结合起来，奏荀子曲、唱荀子戏、打荀子牌，大力挖掘和弘扬荀子文化，为安泽走向全国，让世界了解安泽提供良好的文化品牌支撑。"

我想，这大概才道出了名人故里之争的动机，"项庄舞剑，意在沛公"。

横看成岭侧成峰，谁识庐山真面目

荀子历来是一个充满谜团的人物。岂止是故里之争，荀子生于何年，卒于何岁？说不清楚；荀子是15岁到稷下学宫求学，还是50岁才到那里讲学？也有争议；荀子是哪年入秦与秦昭王、丞相范雎讨论"儒效"和治国方略？有着几种说法；尤其对荀子是儒学大师还是法家先驱更或者是受道教"黄老之学"影响，则更是见仁见智争执不下。

荀子是儒家？

《汉书·艺文志》把《孙卿子》[1]列于儒家类。张岱年在《荀子通论》序中，称"荀子是先秦儒家最后一个大师"。此观点言之有据：儒家精神的核心，汉代学者概括为五个字：仁、义、礼、智、信。这儒家"五常"，在《荀子》三十二篇中随处可见。荀子对儒家经典的研究着力之深，如果不是儒者很难做到。荀子文章中对尧舜，周文、武王以及孔子都无比推崇。

但这只是其一面。

文起八代之衰的韩愈是封建社会中期的儒学大师，他曾有心模仿孔子删削六艺的做法，"欲削荀氏之不合（儒学正统）者"。韩愈在《读荀子》一文中说荀子之文是："大醇而小疵"，说明韩愈认为《荀子》三十二篇中，基本精神是儒家，但也有离经叛道之处。所以，韩愈在论述儒家道统的名篇《原道》中说："尧以是（儒学）传之舜，舜以是传之禹，禹以是传之汤，汤以是传之文、武、周公，文、武、周公传之孔子，孔子传之孟轲，轲之死，不得其传焉。荀与扬也，择焉而不精，语焉而不详。"实际上对荀子持否定态度，并不认同荀子是承继了孔孟儒学。

北宋理学家程颐出于维护儒学正统，更是用语激烈地说荀子："极偏驳，只一句性恶，大本已失。"还指名道姓地攻击说："荀卿才高学陋，以礼为伪，以性为恶，不见圣贤。"[2]

苏东坡对荀子也持否定态度，他说："荀卿者，喜为异说而不逊，敢为高论而不顾者也，其言愚人之所惊，小人之所喜也。"[3]把荀子描述成一个喜放狂言，"语不惊人死不休"的"异端邪说"。并说："子思孟轲，世之所谓贤人君子也。荀卿独曰：'乱天下者子思孟轲也。'天下之人如此其众也，仁人义士如此其多也，荀卿独曰人性恶，桀、纣性也，尧、舜伪也。由是观之，意其为人必也刚愎不逊而自许太过。"

【1】汉朝，因避汉宣帝之名讳，荀卿称为孙卿。

【2】见《二程集·程氏外书》卷十。

【3】见苏轼《荀卿论》。

王安石在《临川先生集卷六十八荀卿》一文中也对荀子作出评价："荀卿以谓知己者贤于知人者，是犹能察秋毫于百步之外者，为不若见太山于咫尺之内者之明也……今荀卿之言，一切反之，吾是以知其非孔子之言而为荀卿之妄矣……"

在后世"废黜百家，独尊儒术"的大一统话语体系中，众多尊儒者敏锐地嗅觉出荀子文章中非儒化的"异端邪说"。

荀子是法家？

南宋的大儒朱熹在《朱子语类辑略》卷八中说"荀卿则全是申、韩，观《成相》一篇可见"，把荀子归入法家人物。认为荀子是法家的开山鼻祖，说他的儒学只是徒具其表，是"阳儒阴法"之人。

清末维新思想家谭嗣同说："三千年之政，皆秦政也；二千年之学，皆荀学也。"而辅佐秦始皇的李斯、韩非恰恰都是荀子的门生，似乎更为坐实了荀子是法家的依据。

1974 年 7 月，上海人民出版社为了配合当年"评法批儒"的政治形势，出版了《荀子简注》，第一版就印刷了四十五万册。在出版说明中这样写道：

> 荀子是新兴地主阶级杰出的唯物主义思想家，法家的优秀代表。荀子赞扬商鞅变法以后的秦国，强调"法后王"，"以近知远"。反对儒家"法先王"，认为"法先王"是"呼先王以欺愚者"，反对奴隶主贵族制度。……荀子的思想适应社会发展的趋势，对建立和巩固封建地主阶级专政起到了积极作用。
>
> 荀况的著作《荀子》，现存三十二篇，保存了荀子的富有战斗性的许多政论文章，是法家的重要著作之一，在中国思想史上具有一定的地位。

在儒法对立的营垒中，赫然把荀子列为法家的代表人物。

毛泽东一锤定音，给予荀子盖棺定论："孔孟是唯心主义，荀子是唯物主义，是儒家的左派。几千年来，形式上是孔夫子，实际上是按秦始皇要求办事，秦始皇用李斯，李斯是法家，是荀子的学生。"于是，荀子成为法家一面飞扬的战斗旗帜。

荀子是道家？

郭志坤在《荀学论稿》中说："荀子在道家关于'道'的自然无为的影响下，

把天看做是没有意志的自然的天。"一语道破天机，点出了荀子与道家的渊源关系。荀子在《解蔽》篇中，写有这样的文字："何谓衡？曰：道。故心不可以不知道，心不知道，则不可道而可非道。人孰欲得恣而守其所不可，以禁其所可？以其不可道之心取人，则必合于不道人而不合于道人。以其不可道之心与不道人论道人，乱之本也。夫何以知！心知道然后可道。可道，然后能守道以禁非道，以其可道之心取人，则合于道人而不合于不道之人矣。以其可道之心与道人论非道，治之要也。"从荀子的夫子自道中，我们可以看出道教对他的影响。

读《荀子》三十二篇，随处可见道家思想的影响：《荀子·天论》中有"大巧在所不为，大智在所不虑"，与老子的"大巧若拙"、"大智若愚"如出一辙；荀子在《正名》中说："祸诧于欲，而人以为福；福诧于恶，而人以为祸"，又像是《老子》中"祸兮福之所倚，福兮祸之所伏"的翻版。而《荀子》中，随处可见《老子》式的语言表达方式："恢恢广广，孰知其极！罩罩广广，孰知其德！涫涫纷纷，孰知其形！"等等不一而足。如果有兴趣把荀子的《解蔽》篇与《庄子·天道》对照着来读，更可见其中的渊源师承关系。

道家思想在先秦时代也是显学之一。主要以老聃、庄周为代表的老庄哲学，以及托名黄帝的稷下道家。两种学派又合称为"黄老哲学"。荀子博采道家思想之长处，使自己的思想体系富有辩证变化的哲理，使道家的"清静无为、养心治气"与儒家的"修养身心"有机地结合在一起。

明清之际，我们山西的文化名人傅山先生说得好，他在《傅山荀子淮南子评注》[1]一书中，对荀子作了这样的界定："《荀子》三十二篇，不全儒家者言，而习称为儒者，不细读其书也。有儒之一端焉，是其辞之复而啴（杂乱）者也。但少精挚处则即与儒远，而近于法家，近于刑名家，非墨而又近于墨家者言。"傅山先生之话可说是读《荀子》之真知灼见。

这里又引出一个墨家。墨家在战国时代也是显学之一，有天下学者"非儒即墨，非墨即儒"之说。虽然荀子对墨家的政治思想方面多有批判，但也有许多

【1】傅山，《傅山荀子淮南子评注》，上海古籍出版社 1990年版。

取其所长为我所用的地方。如荀子的《富国》篇，就吸取了墨家"兼相爱，交相利"的思想；《正名》篇中，也有着墨家名辩学中关于"名"的分类和"辩"的重要性的痕迹；而《非相》中的"君子必辩"之说，也显然是出于墨家之说。郭志坤在《荀学论稿》一书中说："荀子经常聚人谈说，论辩是非，为了在辩论中取胜，他吸收和继承墨家'辩'的理论与技巧，成为荀学的一套'谈说之术'。"

一个荀子，成为兼容并蓄的"多面人"。

荀子身上闪烁的批判精神

荀子在《解蔽》篇中有这样一句话："凡人之患，蔽于一曲，而暗于大理。"表达了对各家学说"兼听则明，偏听则暗"的观点。

荀子的《解蔽》篇，对诸子学说中的片面性展开了尖锐的批判：

> 墨子蔽于用而不知文，宋子蔽于欲而不知得，慎子蔽于法而不知贤，申子蔽于势而不知知（和），惠子蔽于辞而不知实，庄子蔽于天而不知人。故由用谓之道，尽利矣；由俗（欲）谓之道，尽嗛（慊）矣；由法谓之道，尽数矣；由势谓之道，尽便矣；由辞谓之道，尽论矣；由天谓之道，尽因矣。此数具者，皆道之一隅也。

《天论》篇也有批判诸子片面性的话：

> 万物为道一偏，一物为万物一偏，愚者为一物一偏，而自以为知道，无知也。慎子有见于后，无见于先；老子有见于诎，无见于信；墨子有见于齐，无见于畸；宋子有见于少，无见于多。

郭沫若在《十批判书》[1]一书中，有一章是"荀子的批判"。文中，郭沫若这样写道：

> 荀子是先秦诸子中最后一位大师，他不仅集了儒家的大成，而且可以说是集

【1】郭沫若，《十批判书》，人民出版社 1954年6月第1版，1976年10月第2次印刷。

了百家的大成。汉人所传的《诗》、《书》、《易》、《礼》以及《春秋》传授系统，无论直接或间接，差不多都与荀子有关。……他实在可以称为杂家的祖宗，他是把百家的学说差不多都融会贯通了。先秦诸子几乎没有一家没有经过他的批判。老子、庄子、墨子、申子、它嚣（环渊）、慎到、田骈、季真、魏牟、惠施、邓析、宋钘、墨翟、陈仲、史鳟，他都说他们有所偏蔽而加以非难。吴起在魏国所创始的"武卒"，商鞅在秦国所建立的"锐士"，那些兵制他也不能满足。就连儒者本身，他对于子张氏、子夏氏、子游氏的后学都斥为"贱儒"或"俗儒"或"沟犹瞀儒"，而于子思孟轲，更不惜痛加斥骂。

知识分子的立身之本，就是对现存社会不合理的地方挑鼻子挑眼提出批判。如若一味附和，则堕落为"御用文人"。在荀子身上，表现出一种大无畏的批判精神。这位老夫子从不人云亦云，随波逐流，应声附和。他在《非十二子》篇中，一口气批评了十二位墨家、名家、道家、阴阳家，包括前期道家。荀子批判的矛头主要是指向思孟学派（子思孟轲一派）。他揭露思孟学派是"僻违而无类，幽陷而无说，闭约而无解"的荒谬说教，指斥思孟之流是清高傲世，行动离奇，不学无术、胡言乱语的"贱儒"。

孟子说："人性本善。"荀子针锋相对地反驳："不然！人之性恶，其善者伪也。"荀子讲："人之本性，生而贪图私利，顺此，则只有争夺而无谦让；生而有嫉妒和憎恨之心，顺此，则相互残杀而丧失忠信；生而有耳目之欲，喜好声色，顺此，则生淫乱而无礼义和法度。"

荀子认为：孟子说，人之初，性本善，只是因为后天丧失了本性才变恶的。若这样说就错了。今人之本性，饥而欲饱，寒而欲暖，劳而欲休，此乃人之性情也。今人饥，见长而不敢先食者，为示之谦让；劳累而不敢求息者，为了替代长辈；儿子对父亲谦让，弟弟对哥哥谦让；儿子替代父亲劳动，弟弟替代哥哥劳动。这些行为，皆违反人之本性而悖于情欲。然而，却合于孝子之道，礼仪之规。所以，若顺从人的性情则不会辞让；辞让，则有悖于人之性情。由此观之，人之本性已经很明白了，其善者，是人为的。

马克思恩格斯曾说：人们必须首先吃、喝、住、穿，然后才能从事政治、科学、艺术、宗教等等。人的欲望是以人的生理需求作为其自然的基础，而要满足人的这种先天欲望，人们就必须进行物质财富的生产。荀子指出："欲不可去，性之具也"，"好利而恶害，是人之所生而有也，是无待而然者也，是禹桀之所同也"。荀子反复强调的方式就是"以礼制欲"，也就是"君子爱财，取之有道"。荀子的思想里，已看不到早期儒家的"君子喻于义，小人喻于利"和"罕言利"、"何必曰利"的痕迹。

荀子正是出于"人性恶"的前提，才引出了儒家的"礼"对人的欲望予以规范约束。可见从儒家之"礼"到荀子之"礼"，此礼非彼礼，荀子的思维有了对儒家的超越，继承是一种批判性的继承。

荀子的"性恶论"类似于西方基督教中的"原罪说"。"原罪说"认为人生下来就是有罪的，是恶的，必须加以约束。因此西方社会所有的制度安排，法律法规的设置，无一不是对人与生俱来的"恶"予以约束，而不是仅仅寄希望于道德教化和个人的"吾日三省吾身"。一个坏制度下，好人也会"常在河边走，岂能不湿鞋"；而有一个好制度的监督约束，则坏人也只能收敛，"王莽谦恭未篡日"。所以，西方特别重视制度安排，法律法规的设置以及各种"游戏规则"的制定。

由此可见，荀子的"性恶论"强调"以礼制欲"有其历史和时代的进步意义。

吾爱吾师，吾更爱真理

荀子在自己的文章中，屡称宋钘为"子宋子"，可见荀子认可宋钘为他的师尊，至少也可说宋钘是荀子的启蒙老师。

刘志轩、刘如心所著《荀子传》[1]一书中，对宋钘与荀子的师生关系作了这样的介绍：

> 荀子的祖上在晋国及三家分晋后的赵国都曾经是显赫的贵族。晋文公时，官至中军。数百年日出日落，分合更迭，荀氏家族四分五裂。荀子这一支早已家道

【1】刘志轩、刘如心，《荀子传》，花山文艺出版社 1995年5月版。

衰落。到了荀况少年时，已一贫如洗，与平民百姓为伍。荀况的父母早逝，十岁他落魄流浪邯郸街头，受尽了凌辱和苦难。十二岁那年，在邯郸牛首水的岸边，替人放牛，挣钱糊口，遇上了宋国的学士宋钘，将他收为书童。荀况勤奋好学，宋钘十分喜欢他，教他读五经、学六艺。荀况十五岁那年，宋钘游学至齐国稷下学宫，也把他带进了稷下。从此，荀况如鱼得水，游历于名士如林的学宫之中，读百家之书，听百家之言。宽广的知识之海，培育了荀况探求真知的不尽欲望。

老一代先师的智慧，使荀况这条善于吸取营养的小鱼儿，跃上了龙门。

宋钘对于荀况来说，是恩师，是父母，是生命的再造者。

宋钘可说是荀子的学术引路人。正是宋钘把荀子带到了当时最为著名的齐国稷下学宫。春秋战国时代著名的思想家诸如淳于髡、孟子、屈原、邹衍、慎到、田骈、接子、鲁仲连等，都曾经是稷下学宫的学子。

《中论·亡国篇》中说齐桓公创立了稷下学宫，此后，齐国的六任君王，都十分重视教育，也成就了稷下学宫的繁荣昌盛。

稷下学宫的特点是学派林立，辩论成风。汉代学者司马谈《论六家要旨》概括战国诸子为六家："夫阴阳、儒、墨、名、法、道德，此务为治者也，直所从言之异路，有省有不省者。"《史记·太史公自序》刘向、刘歆父子则概括为儒、墨、道、法、阴阳、兵、农、小说等"十家九流"。《孟子·公孙丑下》，更说到稷下学宫的言论自由："无官守，无言责"，可以说是"一人而一议，十人而十议，百人而百议"。《墨子·尚同》，即所谓"百家争鸣"、"处士横议"。《汉书·艺

黄河碛口麒麟湾

文志》说:"诸子十家……各引一端,崇其所善,以此驰说,取合诸侯。"在稷下学宫的讲学者和求学者,都可以自由发表言论,而不会触犯师尊,也不会追究政治责任。当时的辩论是不拘形式的,也不管被批评者接受不接受,大家处在十分平等的地位,都可以畅所欲言。齐国政府为天下学人提供了自由演讲、争论的场所,优厚的生活条件。但是,齐国的统治者并不对稷下学宫的讲学内容施加任何干涉,相反,鼓励学人们自成体系,发表不同的学说、不同的见解。因为明智的统治者清楚,只有这样才能招致天下贤能之士,也懂得"诸子之学皆出于救时之弊"[1],只会给政治、给国家带来好处,而不会伤害到国家。

在稷下讲学的先生,有很高的社会地位。《史记·田敬仲完世家》说:"宣王喜文学游说之士,自如邹衍、淳于髡、田骈、接子、慎到、环渊之徒七十六人,皆赐列第,为上大夫,不治而议论。是以齐稷下学士复盛,且数百千人。"稷下学宫的学者们著书立说之风盛行。不同的学派都可以招收门徒,"授业解惑",费用由齐国政府承担。孟子"后车数十乘,从者数百人"(《孟子·滕文公下》);田骈一人"赀养千钟,徒百人"(《战国策·齐策四》);淳于髡死,有三千弟子为他送葬,戴孝。这些都记载下当年稷下学宫繁花似锦的气象。

《史记·吕不韦列传》中还有这样一段记载:"是时,诸侯多辩士,如荀卿之徒,著书布天下。吕不韦乃使其客人人著所闻,集论以为八览、六论、十二纪,二十余万言。以为备天下万物古今之事,号曰《吕氏春秋》。布咸阳市门,悬千金其上,延诸侯游士宾客有能增损一字者予千金。"这就是传之古今的《吕氏春秋》一字易千金的故事。

稷下学宫的成功,在当时就得到人们的称赞,到汉初,博学之士叔孙通还以"稷嗣君"为号。秦汉之际的博学之士多被称为"稷下生"。可说,稷下学宫的治学态度和办学经验,是我国教育史上一笔宝贵的财富。

荀子曾发明了一个专用名词:"注错习俗",指环境的陶冶和积累。他说:"积耕耨便成为农夫,积砍削便成为工匠,积贩卖便成为商贾。"还说"蓬生麻中,不

【1】见《淮南子·要略训》。

扶而直；白沙在涅，与之俱黑"，对于人而言，则"居楚而楚，居越而越，居夏而夏"。意思都是说环境对人生的重要性，什么样的环境造就什么样的人生。淮南为橘，淮北为枳。芭蕉椰子只可能生长在广东广西海南岛，而黄土高原上，只会是满山遍野的高粱玉米山药蛋。

我想，大概正是稷下学宫这样一种学习环境和学术气氛，造就了荀子的批判精神。

在《荀子传》一书中，还有这样一段对荀子老师宋钘的讲述：

宋钘是一个和善厚道的老人，他生在民间，洞察人世，对统治者为了权势贪欲，"王天下"，国与国激烈争战、人与人趋利争斗甚为痛恶。战争给士民百姓带来的灾难太多了！利害使人都变成了禽兽！他希望在华夏大地上能快些结束相互攻伐征战，人不要再像禽兽，人要保持自己的"本性"。他主张人"情欲固寡"，人要"见侮不辱"，"禁攻寝兵"。他为自己的学说周行天下，奔走呼号，带领他的弟子，设讲坛，写文章，以他的学说与人辩论，要使人们都懂得人的本性是"欲寡"，致力于"救世之战"。他认为人"情欲固寡，五升之饭足矣"。有五升饭食即可满足人的本性的需求，超出了这个限度，便是多欲、贪欲，便是违反人的本性。他希望用这种理论，来让世人不去为权势和贪欲相互争夺，使世人安居乐业。他对别人这样讲，自己也身体力行去做。

宋钘主张"见侮不辱"、"禁攻寝兵"[1]，还主张人之情，"欲寡而不欲多"[2]，"情欲固寡，五升之饭足矣"[3]，认为如此就能免于战乱。宋钘的这些主张接近墨家，反映着"人心思定"的思想。但春秋战国争霸时期，这只能是一种空想，与荀子的"一天下，建国家之权称"的思想相抵触。

稷下学宫的环境，培养出荀子"吾爱吾师，吾更爱真理"的学术精神。就是对自己的师尊，也表现出一股绝不苟同绝不妥协的批判精神。

荀子认为："杀盗非杀人也"，战伐也有正义非正义之分。老师宋钘"禁攻寝兵"的设想，在战国群雄逐鹿中原的争霸战中，只能是"纸上谈兵"，是一种被动

【1】见《庄子·天下》。

【2】见《荀子·正论》。

【3】见《庄子·天下》。

挨打坐以待毙的书生意气，是一种不切实际的理想主义。在《非十二子》篇中，荀子说宋钘："有见于少无见于多"，"蔽于欲而不得知"。并批判宋钘："不知一天下（统一天下），建国家之权称（建立专制国家），上功用（崇尚实用主义）、大俭约而慢差等（把俭朴看得重，而把等级序然看得轻）。曾不足以容辨异、县君臣（不容忍人与人之间有差别，君臣之间有等级）；然而其持之有故，其言之成理，足以欺惑愚众。是墨翟、宋钘也。"

对老师批判的火药味也可谓够浓够猛。

荀子有着许多异乎寻常的思维逻辑：俭朴按说是一种公认美德，但是在荀子"人性恶"的观念中，是一种虚伪或作秀。比如齐国人陈仲子，出身贵族，但他离开食禄万钟的富人哥哥，自食其力，靠编织草鞋为生，远避仕途，以清高自居。荀子批评他："忍情性，綦'豀'利跂，苟以分异人为高，不足以合大众，明大分。"

荀子认为："圣人不爱己"，正当国家危难，用人之际，你远避尘世，自视清高，就是放弃责任，大节已亏。

在荀子身上，有着一股强烈的"天降大任于斯人"的入世情怀。"学得屠龙术，货卖帝王家"，时时显现着出将入相、求取功名的参政议政热情。尽管荀子也口口声声把"达则兼济天下，穷则独善其身"挂在嘴上，但在骨子里是耐不得寂寞，是不甘心"苟全性命于乱世，不求闻达于诸侯"的。

荀子的"强国梦"

从春秋五霸齐桓公、晋文公、楚庄王、吴阖闾、越勾践，到战国七雄齐楚燕韩赵魏秦，在中华这个历史大舞台上，你方唱罢我登台，城头变幻大王旗。循环往复上演着"大国崛起"。

战国末期，中国走到了历史的十字路口，社会正面临着一个大转型时代。此时，做什么样的"制度设计"，有关民族的走向和国家的盛衰。荀子说："杨朱哭衢涂曰：'此夫过举跬步而觉跌千里者夫！'哀哭之。"杨朱是战国时魏国人，主张"为我"，"人不为己，天诛地灭"，"拔一毛利天下而不为"，是极端推崇我行我素，实现自我价值的一种思潮。反对儒家的"仁义"和墨家的"兼爱"。衢涂为十字路口，就是说，在十字路口，走错"跬步"，差之丝毫，失之千里，到时候就哭也来不及了。

一个国家一个民族，做"强国之梦"原本也无可厚非。可是如何实现强国之道，却是值得深思。

是走一条"振穷补不足，布德于民"的休养生息之王道，还是走一条杀鸡取蛋，靠搜刮民脂民膏牺牲民众的现实生存利益，穷兵黩武，征战不息的霸道？

荀子在《强国》、《富国》、《王霸》、《君道》等篇中，谈及了一个国家的制度设计。

荀子在《王霸》一文中表达了这样的观点：掌握国家政权是重要的，但执政者，既可能使国家"大安"，名声"大荣"，也可能使国家"大危"，名声"大累"。这里决定的因素是"何法之道，谁子之与"，即执政者实行一条什么样的治国原则。

荀子在《王霸》中说："挈国以功利，不务张其义，齐其信，唯利之求，内则不惮诈其民而求小利焉，外则不惮诈其与而求大利焉，内不修正其所以有，然常欲人之有。"意思说，治理国家只是急功近利，不考虑社会公义、取信于民，唯利是图。对内则不惜采用欺骗手段，追求眼前小利；对外则不顾国际信誉，一味拓展帝国的版图。自己内部的事务还没打理好，贪欲已经大得不得了。

荀子在《王霸》中还说："如是，则臣下百姓莫不以诈心待其上矣。上诈其下，下诈其上，则上下析也。如是，则敌国轻之，与国疑之，权谋日行，而国不免危削，綦之而亡。"读着荀子这样的告诫，不由人联想到现时流行的一段民谣：中央压地方，地方压百姓，层层加压；下级哄上级，上级哄中央，级级欺瞒。上下已失去良性互动的信誉，只剩欺上瞒下混日子。

荀子明确指出，君主掌握政权后，一定要致力于"治国"，反对"急逐乐而缓治国"的思想和行为。就是说，不要急功近利，好大喜功，仅仅追求装饰门面的虚幻繁华。并强调说:"群射则臣决。楚庄王(应为楚灵王)好细腰,故朝有饿人。"指明君王的喜好会影响到民风和社会风气。

刘志轩、刘如心著《荀子传》中,有一段写荀子从秦国归来后,宋钘与荀子师生之间的一番对话:

> 宋钘问荀子:"荀况,你到秦国去了?"
> "是的。"
> "秦国在列国中横行霸道,当今的贤士皆不愿入秦,唯你敢到那虎狼之邦去。"
> "正因为世人皆咒骂秦国,我才想到那里去亲自考察一番。"
> "所见如何?"
> "我观秦国不只地势险要、物产丰富,且百姓质朴,官吏奉公守法、清正廉洁。自秦孝公至秦昭王,四代国君,一代比一代强盛,决非侥幸,而是在所必然。"
> 宋钘听了荀子对秦国的描绘,吃了一惊:"啊?如此说,统一天下者,非秦莫属了?"
> "有此可能。不过,也不尽然,即如秦国统一了天下,也不可能长久。"
> 宋钘又是一惊:"为何?"
> "弟子在秦国曾与秦王多次交谈,谏言秦国'力术止,义本行',秦王点头应诺。然而,同时又东越黄河,长途跋涉,攻伐赵国的长平。这使我很失望。道德似乎轻如鸿毛,可是很少有人能够举起它。只行霸道,不行王道,丢弃礼义道德信义之国,是决不会长久的。"

就在荀子谏言秦王不久,发生了秦赵之间的"长平之战"。荀子故国四十五万家乡父老的血,使得荀子对秦的"暴政"有了清醒的认识。这不是他倡导的"王天下",而是血腥的"霸天下"。

荀子在《仲尼》篇中,有劝诫秦的词语:"不可仅得其事,不务其道,终非长久之计。"荀子在《议兵》篇中说:"齐之田单,楚之庄,秦之卫鞅,燕之缪蚳,是皆世俗之所谓善用兵者也,是其巧拙强弱则未有以相君也,若其道一也,未及和齐也,揊拮司诈,权谋倾覆,未免盗兵也。"荀子对战国争霸战中的所谓善用兵者田单、商鞅等辈,认为皆世俗之见而已,一律斥之为"盗兵"。

此后历史的进程,正让荀子不幸言中。以霸道也许能征服天下,却无法"马上得天下而马上治天下"。

《荀子传》中，还有这样一段记述：

> 宋钘明白了荀子的话。他很关心自己学生对以后的打算："荀况，莫非你寄希望于齐国了？"
>
> 荀子认真地回答说："齐国本是一个大国，在桓公时曾居五霸之首，历经威王、宣王到闵王都甚强盛，曾经受秦国之约，与秦国并称西帝、东帝，凌驾于诸侯王国之上。它的强大，南足以破楚，西足以屈秦，北足以败燕，中足以灭宋，待到燕赵起而攻之，齐国就像枯树败叶一样，很容易地被打败了。齐闵王和薛公身死国亡，成为天下最大的耻辱。齐襄王即位之后，吸取先王教训，重振国势，恢复国力，重整稷下学宫，招揽流散的学士贤才。今襄王去世，齐王建年轻，若能行王者之政，齐国还是有希望的。"
>
> ……

荀况思想的核心，就是建立一个"令行禁止"、"天下为一"的大一统中央集权国家。

荀子在《正论》篇中说："天下者，至重也，非至强莫之能任；至大也，非至辨莫之能分；至众也，非至明莫之能和。此三至者，非圣人莫之能尽。故非圣人莫之能王。圣人，备道全美者也，是县天下之权称也。"由于天下至重、至大、至众，所以一定要至强、至辨、至明的圣人，道德完备的圣人才能担负起"一天下"君王的重任。荀子在《君子》篇中说："天子……不视而见，不听而聪，不言而信，不虑而知，不动而功，告至备也。天子也者，势至重，形至佚，心至愈；志无所诎，形无所劳，尊无上矣。"将天子圣王描述为无所不能之"神"，给予至

高无上的尊位，为天下之主人。荀子的《解蔽》篇也说："圣也者，尽伦者也；王也者，尽制者也；两尽者，足以为天下极矣。故学者以圣王为师，案以圣王之制为法，法其法，以求其统类，以务象效其人。"能尽社会人伦者为人道之极，能尽治国制度者为人事之极，圣王则兼具此二极，所以称为天下之极，乃为天下学者之师，为天下制度之法。荀子在《王制》篇中，描述了其理想的王道蓝图，认为"王者之人，饰动以礼义，听断以类，明振毫末，举措应变而不穷。"就是说圣王能以礼义约束自己的行为，能用法类审案和听政，明察秋毫，随机应变，世无冤案。[1]

荀子为世人描绘的"圣王"像，只是宗教崇拜中的一幅图腾。遗憾的是，金无足赤，人无十全，这样的"圣王"在人间根本不可能存在。

为建立起专制独裁的大一统帝国，就需要一个"造圣运动"。这就是理论逻辑的必然。

荀子把"大一统帝王"的希望，曾寄望予秦王、齐王、楚王，"众里寻他千百度"。荀子也曾像那个"纵横捭阖"的说客张仪，游说于诸国，想施展他的"治国之道"。荀子还曾在楚国两任兰陵令，尝试了自己"强国梦"的实践。但是，最后如孔子的四处说教一样，终落个"惶惶然如丧家之犬"的悲惨结局。

荀子的学生李斯、韩非子，其实正是继承了老师的衣钵，继续着"大一统帝王"的寻找。

【1】以上论述，参阅杨师群《荀子政治法律思想批判》一文。

秦始皇——"众里寻他千百度"的选择结果

据史载，正雄心勃勃准备完成一统大业的秦始皇，在看到荀子的门生韩非子的书后，对韩的思想大加赞赏，并说了这样的话：我如果能见到这个人，亲聆指教，就死而无憾了。

秦始皇为什么对韩非子的理论如此青睐，一拍即合，"心有灵犀一点通"呢？

在韩非子之前，对秦的建议主要有三方面：商鞅强调法治，提出作为国君要明法令，要用法令来加强对帝国的统治；申不害强调术治，主张国君要注意控制和驾驭臣民的手段；慎到强调势治，认为一国之君必须有为君的威势，以势来加强对天下的统治。

韩非子则是集三为一，把君主的"权术"运用发挥到了淋漓尽致无以复加的地步。韩非子说，术是人君用来驾驭和统治民众的手段，他认为，每位英明的君王都应该使天下的人不得不为自己去监视别人，不得不为自己去窃听别人。如果做到这点，就是身居深宫，也能及时明察四海之内发生的情况。要做到这一点，韩非子强调，就要发动民众来告发"奸人"，并提出，告奸的有赏，不告奸的以包庇罪处以连坐。建立起一套有利于统治一个大国的情报网络，以便使君主即便居深宫而能知四海，能够很有效地驾驭民众，操纵国家机器的运转。正是这一提议，开创了中国"线人"告密的先河。

韩非子除对"权术"的运用外，还特别强调"势"治。他认为，君主只有具备威势才能很好地统治天下。不懂得用势来统治国家的君主，国家就会像一盘散沙。威势是一个国君的"筋力"，有了它，就能"制天下而征诸侯"，就能使老百姓驯顺。他把这种"势"看成是国君的乘马，把"术"看成是驾驭国家的方法，把国家看成乘舆。有势无术，就会因方法不当而出乱子；有术无势，臣下就不一定能服从指挥。

可以说，韩非子的思想为中国几千年的封建专制统治、君主的个人独裁，提供了理论基石。难怪专制暴君秦始皇会一见钟情。

韩非子的老师荀子早在《王霸》一文中，指出为君王进谏的治国方法有三：义、信、权谋。这里，荀子不论是出于"权宜之计"考虑，还是一种行之有效的实用主义，已经提出了使用"权谋"的问题。

其实，在《荀子》三十二篇中，随处可见"权术"的阴影。如《仲尼》篇中"持宠处位终身不厌之术"，"求善处大重，理任大事，擅宠于万乘之国必无后患之术"，"天下之行术"；以及《致士》篇里的"衡听显幽重明退奸进良之术"等等。因此荀子也被后人责诟为"权术之人"，并把对李斯、韩非子的怨愤强加于他身上，"有其师乃有其徒"。

《荀子》文中许多权术之策，看起来实在有些"卑鄙下流"，如他所说："主尊贵之则恭敬而搏，主信爱之则谨慎而嗛，主专任之则拘守而详，主安近之则慎比而不邪，主疏远之则全一而不背，主损绌之则恐惧而不怨……持宠处位终身不厌之术也。虽在贫穷徒处之势亦取象于是矣。"读着这样的词句，荀子善于审时度势看风使舵，玩弄权术以投其所好投机取巧的形象已经跃然纸上。

荀子的"执政理念"，无疑有其真知灼见的一面。然而，世事的辩证关系就是这样无情：有火就有灰。荀子欲施展经国纬世之才，一心充当"帝王师"的抱负，成为命运的软肋或死穴。欲望成为陷阱。

从荀子这些文字中，不难看出一条从荀子到韩非子的"思维轨迹"。

然而，正如鲁迅的"有限有效"说，玩权术尽管名声不好，史书中留下诸如"权相"、"权臣"这些充溢着嘲讽贬抑之词。然而却也有效，秦汉以来，有多少臣宦将相，正是凭靠权术手腕，生赢得荣华富贵，死配享文庙之位。所以，尽管历史的耻辱柱上刻满"前车之鉴"，后继者仍是趋之若鹜。

"黄河之水天上来，奔流到海不复回"。历史的惯性并没有到何处止步的确定。后来任了秦相的李斯也是荀子的得意弟子，他创造性地发展和超越了荀子的"权术"理论。李斯说："秦四世有胜，兵强海内，威行诸侯，非以仁义为之也，以便从事而已。"[1]说话听声，锣鼓听音。李斯的话一语道破天机：为了达到一个崇高的目的，自然可以"便宜从事"，也就是说只要目标崇高，就可以不择手段，无所不用其极。

韩非子对他老师荀子关于"王道"、"仁政"的提法予以嘲讽：家规严厉就没有凶悍的奴仆，慈爱的母亲往往会有败家的儿子。威势可以禁止暴虐，而德厚却不足以制止乱事。他还做出生动比喻：母亲爱护儿子往往超过父亲一倍，而儿子听从父亲的命令却往往超过母亲十倍之多。官吏对百姓不讲仁爱，而民众听从官吏的命令却超过父母一万倍。因此，君王应该"不养恩爱之心，而增威严之势"。人的天性是恶的，君王只有运用自己的权术和威势，并加以严刑酷法，才能纠正人性恶的一面，也才能统治好自己的国家。

荀子在《君道》篇中，更是清晰地描摹着"圣王"、"明君"的形象："城郭不待饰而固，兵刃不待陵而劲，敌国不待服而诎，四海之民不待令而一。"成者为王败者寇，实践是检验真理的唯一准绳。

循着荀子的思维逻辑，李斯、韩非子寻找的"一天下"的"圣主"、"明君"，自然就是非秦始皇莫属了。

《盐铁论·毁学》中"白纸黑字"记载了这样一件史实："李斯之相秦也，始皇任之，人臣无二，然荀卿为之不食。"这说明荀子对李斯任秦相后，弃"仁义"而专"术"、"势"的一系列做法，是有看法的。李斯违背了师尊学说的宗旨，使荀子大失所望，以至用"绝食"来表示抗议。

苏东坡在《经进东坡文集事略荀卿论》一文中写下这样的话语："昔者尝怪李斯事荀卿，既而灭其书，大变古先圣王之法，于其师之道，不啻若寇雠，及今观荀卿之书，然后知李斯之所以事秦者，皆出于荀卿而不足怪也。"这真可谓洞若观火的真知灼见。

细分析从荀子到李斯、韩非子，确实有着一脉相承的蛛丝马迹。在为帝王效力上，只是五十步与百步之差。或者说是真理向前迈进一步就成为谬论。从利民

【1】见《荀子·议兵》。

的王道到专制的霸道，就是这样一个悖论的怪圈。荀子所极力要区分的王道、霸道，在后世看来，成为半斤八两一丘之貉的"春秋无义战"。

"雅儒"异化为"犬儒"的轨迹

荀子写过一篇《儒效》，此文是荀子与秦昭王之间的一番问答：

> 秦昭王问孙卿子曰："儒无益于人之国？"孙卿子曰："儒者法先王，隆礼义，谨乎臣子而致贵其上者也。人主用之，则势在本朝而宜；不用，则退编百姓而悫，必为顺下矣。"

秦昭王问，儒生能对国家有什么用？荀子答：儒者，通历史，晓礼义，他们做臣子，能使政治分明，信义达于四海；他们居穷巷，可使民俗淳美，人心向化。所以，儒者对于国家用处大得很呢。

荀子把"儒"作了这样的划界："大儒者，天子、三公也；小儒者，诸侯、大夫、士也。"此处有一点需要加以说明：孔子虽然连诸侯都够不上，荀子却也把他划入大儒。荀子在《儒效》中，颂扬孔子"社稷之臣、国君之宝也"；并说"通则一天下，穷则独立贵名，……非大儒莫之能立：仲尼、子弓是也"。

荀子把小儒者也有称为俗儒的："……略法先王而足乱世，术缪学杂，举不知法后王而一制度，……是，俗儒者也。"[1]"略法先王而不知其统，……子思唱之，孟轲和之。"[2]可见荀子所称的俗儒，指的是孟轲、子思之流的"思孟学派"。

与俗儒对举的是雅儒。荀子在《儒效》中说："法后王，一制度，……是，雅儒者也。"雅儒指谁，荀子并未指名道姓，但从他阐述的倾向性来看，他是把自己包括在雅儒之列的。

【1】见《儒效》。

【2】见《非十二子》。

此外，荀子还有一些称法：陋儒[1]、散儒[2]、腐儒[3]、贱儒[4]，等等。

不妨把《儒效》看做是荀子的一份"毛遂自荐"书，荀子向秦昭王竭尽全力地宣扬"儒效"之可用，表现出荀子"天生我材必有用"，"长风破浪会有时，直挂云帆济沧海"，渴望着能登堂入室、出将入相，担负起"天下兴衰"之大任的急切欲念。

荀子在《儒效》篇中，向秦昭王"表白心迹"："……谨乎臣子而致贵其上者也。人主用之，则势在本朝而宜；不用，则退编百姓而悫；必为顺下矣。虽穷困冻馁，必不以邪道为贪；无置锥之地而明于持社稷之大义。"在这里，荀子信誓旦旦地表白，儒生们是很懂为臣之道的，知道如何谦卑恭顺，而使君主更为尊贵。君王若用之，他会在朝中做一个称职的官员；若不任用，则会退隐民间而做一个恭顺的良民。即使处境穷困到受冻挨饿，也一定不会用歪门邪道去满足自己的欲望；即使到了没有立锥之地的窘境，也能深明大义而维护国家的利益，完全是一副向君王乞讨生活的嘴脸。

荀子在《王霸》篇中还说了这样一番话，也许可看做是对《儒效》的补充："故下之亲上，欢如父母，可杀而不可使不顺。"下民亲近君王，要像喜爱父母一样，（君王）可以杀他们，君要臣死，臣不得不死，只能顺从。荀子在《君道》篇中也有类似话语："君者，民之原也；原清则流清，原浊则流浊。故有社稷者而不能爱民、不能利民，而求民之亲爱己，不可得也。民不亲不爱，而求为己用，不可得也。民不为己用，不为己死，而求兵之劲，城之固，不可得也。兵不劲，城不固，而求敌之不至，不可得也。敌至而求无危削，不灭亡，不可得也。……故人主欲强固安乐，则莫若反之民。"后世研究者一再强调说，荀子有"爱民"思想。确实不假，在荀子文章中，多处可见荀子提出君王要"爱民"，但荀子所言"爱民"，目的在于"利君"，在于要民众为君所用，为君打仗，为君而死，以求

【1】见《劝学》。

【2】见《劝学》。

【3】见《非相》。

【4】见《非十二子》。

得政权的长久稳固和君王的安逸快乐。一言以蔽之，民众只是被利用的工具，君王才是本原。皮之不存，毛将焉附？

尽管荀子在《君道》篇中也说："故君人者，爱民而安，好士而荣，两者无一焉而亡。"然而更多的则在表述：臣民只有依靠君王的领导，才能进行正常的生产与生活。所以，不是人民养君王，而是君王养人民。

荀子竟然还能向统治者提出如此的"利民建议"："不利而利之，不如利而后利之之利也；不爱而用之，不如爱而后用之之功也。利而后利之，不如利而不利者之利也；爱而后用之，不如爱而不用者之功也。利而不利也，爱而不用也，取天下者也。利而后利之，爱而后用之者，保社稷者也。不利而利之，不爱而用之者，危国家者也。"荀子把话已经说透了，所谓利还是不利，先利还是后利，利而取之还是藏富于民，都是以对国家社稷的利为前提。给予利益然后索取者，爱护人民然后役使者，是能保住社稷之君王。不给予利益却要索取，不爱护人民却要役使者，是危害国家的君王。荀子的理论颇有那个西方黑厚学的祖师爷马基雅维利在《君主论》中所言的意味了。

荀子在《臣道》篇中，更为详尽地阐述了"为臣之道"："事圣君者，有听从无谏争；事中君者，有谏争无谄谀；事暴君者，有补削无挢拂。迫胁于乱时，穷居于暴国，而无所避之，则崇其美，扬其善，违其恶，隐其败，言其所长，不称其所短，以为成俗。"对于圣君，当然是只能百依百顺，"吾皇圣明"；对于昏君，也只能是善意地提出规劝，只能补台，不能拆台，不要"逆拂龙颜"；即使遇到暴君，也只应是"崇其美，扬其善，违其恶，隐其败，言其所长，不称其所短"。荀子在《仲尼》篇中，更为明确地提出"莫若好同之"、"莫若早同之"这样的观点，认为为臣者如果真遇到昏君暴君，其"能恃宠而无后患之术"，没有比随声附和君王之意更好的办法，而且是与其晚附和不如早附和，并将其称为"事君之宝"。其谄媚之骨、奉承之颜毕现。荀子在《荣辱》篇中，表达得就更为露骨了："君上之所恶也，刑法之所大禁也，然且为之，是忘其君也。……人也，下忘其身，内忘其亲，上忘其君，则是人也而曾狗彘之不若也。"那些因违反君王之意，而触犯刑法大禁之人，乃猪狗不如。从荀子文章的字里行间，臣子在君王面前，哪里还有丝毫"人"之尊严的感觉。

荀子在《解蔽》篇中，更是公开为暴君辩护，认为暴君之所以成为暴君，是因为受了奸佞之臣的蒙蔽："昔人君之蔽者，夏桀、殷纣是也。桀蔽于末喜、斯观而不知关龙逢，以惑其心而乱其行；纣蔽于妲己、飞廉而不知微子启，以惑其心而乱其行。故群臣去忠而事私，百姓怨非而不用，贤良退处而隐逃，此其所以丧九牧之地，而虚宗庙之国也。桀死于鬲山，纣县于赤旆，身不先知，人又莫之谏，此蔽塞之祸也。"把暴君丧国应承担的责任，推给妃子和奸臣。由此确立起后世"清君侧"、"只反奸臣，不反昏君"的怪诞荒谬逻辑。[1]

荀子文章中这些为得到君王重用，急切"表白心迹"的话语，活脱脱成为一幅"自画像"。大概在荀子的众多"儒相"之中，应该再加入一个现代流行词——"犬儒"。

犬儒主义是古希腊的一个哲学流派，其代表人物是西诺普的狄奥根尼。这派哲学主张清心寡欲，鄙弃俗世的荣华富贵，追求知识分子的独立人格。有些像我国的魏晋名士。据说狄奥根尼本人住在一个桶里（又有一说是住在瓮里），以讨饭为生。有人讥笑他活得像条狗，他却不恼。"犬儒"之称由此得名。关于狄奥根尼，有段故事很著名：一天，那位罗马史上著名的独裁者亚历山大御驾亲临，慕名前来向狄奥根尼讨教治国方略。当时，狄奥根尼正躺在地上晒太阳。亚历山大问他想要什么赏赐，狄奥根尼回答说："请你走开，不要挡住我的阳光。"

可见，原本"犬儒"一词的含义是说，宁肯像一条自由自在的狗一样活着，也不愿成为帝王笼中的豢养。而现在随着"与时俱进"，"犬儒"一词发生了变化，成为只要主子给骨头，就心甘情愿向主子摇尾巴。这样，"犬儒"派就从现存秩序的激进批评家变成了得到统治者施舍的既得利益者。

由清高洒脱的"雅儒"到功利实用的"犬儒"，原本仅为一步之遥。

也许，以上文字对荀子而言是苛责了。封建社会的士大夫文人，"十年寒窗苦用功"，不就是为"了却君王天下事，赢得生前身后名"？

【1】以上论述参阅了杨师群《荀子政治法律思想批判》一文。

几千年来的中国文化政治轨迹，向来就是"成功的文化人成为政治家，失意的政治家回归文化人"。法家急功近利的"权势"之说，就不必再做过多的诠释注解，明摆着就是直接为统治者献策献计。儒家的"修身、齐家、治国、平天下"的理想，其实也是这一思维模式的翻版。再往深一层思忖，所谓超脱飘逸的老庄哲学，何尝不与儒家、道家的思维有着异曲同工之妙。诸如《老子》五千言中，"以其无私邪故能成其私"，"夫唯不争故天下莫能与之争"，"为无为则无不治"等字句，何尝不是用心良苦地为当政当权阶级献计献策，提供一种"新思维"？再诸如"古之善为道者，非以明民，将以愚之"，"是以圣人之治，虚其心，实其腹，弱其志，强其骨"之类，从这些话语中，我们解读到的不也是殚思竭虑而献上的一套愚民驭民之术？也许老庄道家的本意是一种超脱的教诲，可是力透纸背的仍是一种无以"为帝王师"的懊恼和失落。从历史中我们看到的，不论儒法道，只不过以不同的表达方式，殊途同归地为帝王提供统治的"黑厚学"。[1]

伟岸塑像下的"阿喀琉斯之踵"

在这场旷日持久的荀子故里之争中，安泽县寻得先机，给它来了个"生米煮成熟饭"。

安泽县委县政府决定，斥千万元巨资，在安泽县城东南角，依山傍水，兴建一个占地60余公顷的荀子文化园。荀子文化园除去那些鳞次栉比的仿古亭台楼阁建筑群之外，最为醒目的是耸立于海拔1000多米高处的荀子塑像。这座通高达28米的花岗岩雕像，据说是国内目前最高的一座。荀子手持书卷，高瞻远瞩，一副伟人的轩昂气质。荀子像前，还竖立起32根龙柱，象征《荀子》传世的32篇文章。

2008年10月10日，第五届中国荀子文化节在安泽县荀子文化园开幕，来

【1】以上论述参阅傅国涌的有关文字。

自国内外的诸多专家学者以及安泽县上万名群众参加了开幕式活动，场面蔚为壮观。荀子如若在天有灵，感受到家乡父老的如此盛情，大概可以瞑目九泉，魂归故里了。

荀子有名言："登高而招，臂非加长也，而见者远；顺风而呼，声非加疾也，而闻者彰。"今日之三晋父老乡亲，大概都可以听到荀子穿越时代的风云烟尘，而向我们发来之"远古的呼唤"……

仰望着那28米高的伟岸塑像，我油然而生一个念头：在荀子花岗岩的头颅之下，可还有着巨人的"阿喀琉斯之踵"？

贵妃池释疑死魂灵

引子：对话死魂灵

从太原经"大运高速"，一路往晋西南，就踏上了"大唐蒲东"的故地。位于永济"省道运风路"一侧的雷首山上，人们指认那就是"回眸一笑百媚生，六宫粉黛无颜色"的杨贵妃故里——独头村。

当年的独头村遗址已无迹可寻。1958 年，在苏联专家的提议下，后来遗祸无穷的黄河三门峡水库工程开工，独头村一带由于是淹没区，居民全部迁出。后来苏联专家撤离，被荒芜遗弃的村落又陆续有了人烟，但此村落已不是彼村落，"美人知何去，空遗游客处"。

1994 年，永济市开发旅游资源，修建了这片占地近百亩、仿唐式杨玉环故居的建筑群。这座依山而建的三进院落的宅子，进了山门似的堡门，拾级而上，沿着中轴线依次可经过传说中佣人居住的下院、杨贵妃姐妹兄弟和叔婶居住的中院，以及供奉杨家历代祖宗的祭祀房上院。上院是整个院落群的最高点，从角门出去到西花园，极目远眺，黄河落天走山西，"长河落日圆"。

据杨贵妃故里文管所所长王占一介绍，这些年，陆续慕名前来的中外游客越来越多。最能引起游客兴趣的，是山下的千年古潭——贵妃池。贵妃池是两个相依相傍的古潭，长年有泉眼出水，无论旱涝，泉水都清澈甜美。相传杨贵妃 5 岁时头上曾生过疥疮，头发寸根不生，漂漂亮亮的小女孩成了秃子。后来她常同嫂嫂来这个池潭中洗衣，有时天气热就会用池水洗洗头，日子久了，头上的疮竟结疤脱落；又过了一段时间，长出了满头秀发。王占一说，此水经检测，含有多种微量元素及矿物质。浴后肌肤滑腻光洁，头发也爽滑亮泽。[1]

"归来池苑皆依旧，太液芙蓉未央柳。芙蓉如面柳如眉"。

我久久地凝神凝思着这一潭深水，蓦然间，一个不可思议的现象发生了。清澈如镜的波纹涟漪中，乍地就映出了杨贵妃那张姣美的面容。似是古画四大美女中的模样，又似电视连续剧中杨贵妃饰演者的形象；她似在调皮地嬉笑，又似悲怆地流泪。若隐若现，恍若梦境……

我揉揉眼睛，不敢相信。

潭池中杨贵妃倩影如生。她笑，并对我说起了话：不敢相信自己的眼睛？你可有过这种体验，某个梦境蓦然间就在现实中重现。谁能说清，人生如梦还是梦境就是人生的象征？

我行将开口，遇到了一难题。大名鼎鼎的杨贵妃，芳名叫什么，我该怎么称呼？《旧唐书》与《新唐书》里没写，《资治通鉴》里也没有明确记载，《长恨歌传》只说她是"杨玄琰女"。唐大中九年（公元855年），也就是杨贵妃死后大约100年，郑处诲编撰的《明皇杂录》里才第一次提及"杨贵妃小字玉环"。对此，有一种不同的说法，郑嵎在《津阳门诗注》里说"玉奴，太真小字也"。认为杨贵妃名叫太真。这显然是把杨贵妃的道号混同了名字。前段热播的电视连续剧《杨贵妃秘史》中，杨玉环幼时的名字叫杨玥儿，也不知是出于什么典籍，可有考证？

> **我问**：我该怎么称呼你？叫你杨贵妃，既显得书卷气不像个称呼，又担心"行宫见月伤心色，夜雨闻铃肠断声"，触动你的伤疤，勾起你的伤心往事。
>
> **杨贵妃**：贵妃是官方的书面称呼，我听着也别扭。小时候家乡人有叫我"芙蓉"的，意思可能是我长得水灵，如同出水芙蓉。所以我父母最初给我起的名字就叫"芙蓉"。可自我出嫁后，就再没人这样叫，久已生疏了。我生来手臂上就有

---

[1] 此段传说，据《山西晚报》谢燕撰写杨贵妃一文。

一似玉环的胎记，所以小名叫"玉环"。这名字听来亲切，你就管我叫玉环吧。

　　我：恭敬不如从命，我就冒昧地叫你玉环了。

　　玉环，你在史书上的记载只是寥寥几笔，然而一千多年来，野史外传却是出了一本又一本，连篇累牍。一会儿把你的形象描述成狐媚惑主的红颜祸水，一会儿又把你的形象刻画成酸劲十足的悍女泼妇，直到一千多年后的今天，尤小刚导演的四十九集《杨贵妃秘史》；范冰冰主演的三十集《大唐芙蓉园》；唐国强、王璐瑶、孙海英、吕丽萍联袂献艺的《大唐歌飞》；香港 TVB 拍摄的二十集《唐明皇》；台湾华视拍摄的二十四集《杨贵妃》……各种不同版本的电视连续剧，你方唱罢我登场，同为描写你与唐玄宗的恋情，有的把你描画得如同摆设在宫廷的任人玩赏的一个花瓶，有的又把你和唐玄宗的爱情演绎成一场生死恋。你闭月羞花的"美女本色"，被涂抹成"五花脸"，搞得如同此刻，水中花，镜中月，面目模糊，扑朔迷离。

　　杨玉环：那都是人为的。中国的史家从来这样，有话不能好好说。对于尊贵者，这个避讳，那个禁忌，涂脂抹粉做着美容；对于我们弱女子，什么狐妖惑主，女人是祸水，什么屎盆子也往你头上扣；而那些写书编戏的人，根本不顾及历史真相，为了获得市场效益，挖空心思编排一些黄色段子，哗众取宠吸引人们的眼球。本来眉目清晰的一个人，描来画去，反而变得面目全非了。

　　我：确实如此，历史迷雾覆盖在你身上，充满了疑问和谜团。你的身世之谜，你的婚嫁之谜，你得到帝王的宠幸之谜，你与安禄山所谓关系暧昧之谜，你与诗仙李白的恩怨之谜，你与梅妃是否是情敌之谜，甚至连你是否死在马嵬坡都是谜。今天能够在这里与你邂逅相遇，真是千载难逢的机遇，我有许多话想问你，只是不知你是否愿意给予回答。

　　杨玉环：我在网上看过你的一些作品，知道你还是敢于秉笔直言的。我也有心借你之笔，澄清强加于我身上的不实之词。

身世之谜

　　杨贵妃的身世，一直是个谜，好像真是"九天仙女下凡尘"。直到今天，遍翻典籍，寻访故里，也没能弄明白杨贵妃出生何处，父母是谁。这么一个美人胚子，难道如同美猴王，是从石头缝里蹦出来的？

《旧唐书·杨贵妃传》说："玄宗杨贵妃，高祖令本，金州刺史。父玄琰，蜀州司户。妃早孤，养于叔父河南府士曹玄璬。"这本书里面，只是讲到杨贵妃的父亲杨玄琰，是四川的司户，没有讲到杨贵妃的籍贯。所以后人就根据杨玄琰是在四川任官，据此推断杨贵妃大概应该是出生在四川。

《新唐书·杨贵妃传》说："玄宗贵妃杨氏，隋梁郡通守汪四世孙，徙籍蒲州（今山西蒲坂），遂为永乐人。"书中记载，杨贵妃的祖上迁徙到了蒲州，成为永乐人，这么说，杨贵妃的籍贯就应该是蒲州永乐，也就是现在的山西永济人了。

《旧唐书》和《新唐书》的《杨玄琰传》都说杨玄琰是虢州阌乡人，即现在的河南陕县人，所以又有人根据这个籍贯推断杨贵妃应该是河南人。

杨贵妃是公元756年死的，《旧唐书》是公元945年才开始撰写，距杨贵妃去世已经180多年；《新唐书》编写的时间更晚，是在杨贵妃死后280多年之后。隔两三百年再写前代的历史，已然缺失了许多"第一手资料"，所以写得十分简短且语焉不详。

除正史之外，《杨太真外传》可能是第一部比较详尽的野史或戏说。《杨太真外传》一书里记载：杨贵妃，原名杨芙蓉，小名玉环，道号太真，是"弘农华阴人，后徙居蒲州永乐之独头村"。书中除进一步明确点出杨贵妃"徙居蒲州永乐之独头村"外，又引出一个线头：杨贵妃是"弘农华阴人"，即现在的陕西华阴县人。

唐朝人许子真编著的《全唐文》，大概是有关杨贵妃最早的典籍记载了，它在卷四中，载有"容州普宁县杨妃碑记"一文。根据碑记，显然杨贵妃又成为广西容县人。

于是，杨贵妃的故里

保持着原生态的黄河岸边小村庄

何处，至少已经有了五种说法：陕西华阴、山西蒲州、广西容县，还有四川和河南之说。

这倒真把人搞得云山雾罩，"不识庐山真面目"了。

我把心中的疑团求证杨玉环。

我：我可以理解，一个知名度如此之高的大美女大家都争先恐后地攀乡亲，原本不足为怪，背后既有着巨大的经济利益，也有着"搭班乘车"的攀附心理。但你总应该有一个确切的故乡吧？

杨玉环：史书上的记载，都说杨玄琰是我的老爸。我的这位老爸杨玄琰，大约在我10岁左右的时候就撒下我走了。他留给我的印象，就是祠堂上的那幅画像。杨玄琰死后，我寄养在杨玄琰的弟弟杨玄璬家。杨玄璬当时任河南府士曹，后来又迁往洛阳。慢慢地，从他们家人和来客闲聊中透露的只言片语，我拼凑起关于我身世的一个大致轮廓：杨玄琰并非我的生身亲父，我真正的生父是一个叫杨维的农户人家。我的生母好像是叶氏。人们常说十月怀胎，而我母亲怀胎十二个月，才生下我。我生下就特重，没有称，总有八九斤吧。这和我以后身体特壮实恐怕有关系。村里人关于我的诞生，还有一些传说：我一生出娘胎，满室馨香，我的胎衣如同盛开的一朵莲花。我出生后三天都没睁开眼睛，把母亲急坏了，天天祈祷，直到第三天头上，母亲梦见一个天神为我的眼睛擦拭了一番，我才终于睁开眼睛。"眸如点漆，抱出日下，目不瞬。肌白如玉，相貌绝伦。"这是在广西容县出土的碑石上描绘我的文字。也许是母亲为了孕育我，耗尽了自己的精血，所以生下我不久，就去世了。当时驻守广西的后军都督杨康看到我后，认为是大富大贵之相，非要把我收为他的女儿。我生父又穷又无势，知道不同意也没办法，就哭着把我送到杨康家，说，这是孩儿她的福分，就让她跟上一个好人家，免得跟上我吃不上穿不上。杨康家有两个儿子，杨康为儿子请了私塾先生。我从3岁起，就跟着两个哥哥一起读书。很快，《千字文》、《百家姓》、《论语》、《孟子》，我比两个哥哥背得还熟。这时，我的所谓老爸杨玄琰才出场，他是奉旨巡察容州、蜀州等地。来广西一看到我，喜爱异常，就非要从杨康手中"夺爱"，认我作他的女儿。杨康养育了我好几年，当然舍不得，一开始不从。可官大一级压死人，杨玄琰威逼杨康说，芙蓉是你亲生？许你把芙蓉认作自己的女儿，不许我把芙蓉认作自己的女儿？岂有此理！最后，杨康全家只得嚎哭着把我送到杨玄琰府上。可以说，杨玄琰是我的第三任老爸了。从杨维到杨康再到杨玄琰，我的"三任父亲"都姓杨，这大概就是冥冥之中的命缘。我命中注定是杨家的女儿。

此后，我就随着第三任老爸杨玄琰辗转跋涉，去了四川、山西、陕西等地。[1]

我：想不到你的出身经历如此坎坷曲折，怪不得给众多史家制造出那么多的谜团疑难。照你的说法，此处永济独头村，只不过是你人生旅程的一个驿站？

杨玉环：话还不能这么说。杨玄琰的祖上就已迁到蒲州永乐，就是这个叫独头村的地方。我随杨玄琰省亲回过这个"老家"。说来也是命，或者说是一段宿缘。说不上是因为什么，反正在独头村生活的这段时日，我的一头秀发，竟然脱落得露出了头皮。你想，一头秀发对于女子来说意味着什么？那就是性命一条！我国自古不是就有"绞发托命"之说吗？不瞒你说，那段日子我连死的念头也有。这样丑八怪地活着，生不如死。在唐代，镜子是青铜研磨制成，是很珍贵的奢侈品。在一个农家乡村，到哪里去找？我只能是每天来到这潭池前，以水当镜，顾影自怜。就这样，泪水和着潭水，天天洗面濯首。谁曾想，三个月过去，我那一头秀发不仅长得乌鬓如初，甚至比原先更为黑亮。这真是一潭神水，比现时广告上做得老凶的什么生发精洗发水还要有神效。正因为我的这段经历，独头村原叫秃头村，只是在过了好几代之后，觉得叫秃头村太难听，才改为独头村。照常理说，我随义父、养父，为官四方，浪迹天涯，走过的地方多了，不过是走马灯似地浮光掠影，不会留下什么印象。就算是祖籍出生地，也只是家谱中的一个记载，谁会牵肠挂肚总惦记在心上？但唯独永济独头村非同一般。人总对自己遭遇劫难的地方刻骨铭心，我是把独头村视为我的再生之地，只把梁园当故园。回到独头村，我是真正"魂归故里"了。

我：我明白了，你我在此相遇，看似鬼使神差的邂逅，实际有着逻辑规律的必然。

婚配之谜

我问杨玉环：据我所知，你初始是嫁给唐玄宗的儿子李瑁为妻。也就是说，你与唐玄宗的关系应是"公公与媳妇"的关系。尽管民间有许多"骚公公挑逗儿媳妇"的故事，但你们毕竟是生活在礼教森严的帝宫闱阙，而你又从小受到孔孟儒家的礼教熏陶，对这种"近似乱伦"的关系改变，我想，你内心深处一定有过

---

[1] 据《容州普宁县杨妃碑记》及元、清版本《容县志》。

一场风暴?

杨玉环：听说在我的故里独头村，乡亲们出于一份乡情，专门设置了"贵妃传奇展览馆"。在展览中这样介绍我与寿王的"缘识"：大唐开元二十一年（公元733年），唐玄宗第十八子寿王李瑁出巡河东，在人群中忽然发现一绝世女子，怀抱锦鸡，骑坐墙头，笑意盈盈地看热闹。李瑁一见倾心，回去后念念不忘。几经查访，佳人名叫杨玉环，芳龄15岁，原是蜀州司户杨玄琰的小女儿，因从小父母双亡，跟兄嫂住在一起，就在蒲州（今永济）独头村内。乡亲们的这段传奇，完全是一种民间想象。你遍阅史书，大概也找不到有此记载。日本人南宫博写过一部历史小说《杨贵妃》。他把寿王与我的初次见面，安排在一场皇室宴会上。这还比较接近历史的真实。实际上，我是在叔父杨玄璬招待寿王李瑁的一次宴请上，与寿王结识的。李瑁倒是确如家乡传说的那样，对我真是一见钟情，恩爱有加。他娶回我的第二年，就正式册立我为寿王正妃了。

我：在新旧唐书和其他史籍中，对你与寿王李瑁的这段婚姻记载往往只是一笔带过。好像他只是你闪亮登场前的一个"二传手"，只是在你与唐玄宗的婚配中起到穿针引线的作用，完成使命后就销声匿迹了。但据我了解，你与寿王李瑁在一起至少生活了6年，而且寿王李瑁是当时众多皇子中，唯一只有正妃不立侧妃的。从这一细节也可看出，你与寿王李瑁之间，一定是少年夫妻情深爱浓。第一次出嫁，对任何一个女人来说，也是刻骨铭心的。6年，不是一个短时间，我想其间一定有着缠绵悱恻的爱情故事。尤其是结局经历了一场生离死别的悲剧。在南宫博的《杨贵妃》中还写着，你与寿王李瑁生有二子。

杨玉环：这大概是艺术家的想象，或者说是出于戏剧情节的需要。我一生最大的遗憾就是没有生儿育女。要是有，那可是皇家大事，史书中不可能不记载。我15岁就跟了寿王，可能还算不得是一个成熟的女性。刚刚懂得一点风情，就跟了比我大36岁的三郎。三郎倒是这方面能力极强，在我之前，生有30个王子、30个公主。可是和我在一起之后，不知是由于年龄大了，昔日透支过多，还是我就没有生育能力，反正是我渴望有个孩子，却一直没能如愿。大概，上苍安排一个人，就不会让你诸事遂愿，什么也占了。虽说没有为寿王留下子嗣，但一日夫妻百日恩，我与寿王之间，还是饱尝了一番生离死别。

在《杨贵妃外传》中，关于唐玄宗与杨贵妃的初次相遇，有这样一段描绘：

　　一次，唐玄宗在华清池洗浴，在回宫的走廊上，发现了一个女子。这女子隔着廊儿，在花窗下斜倚着。看那女子背着身子，云鬟半偏，衬着柔软的腰肢，已是动人心魄；待她一回过脸来，那半边腮儿，恰恰被一朵芙蓉花儿掩住，露出那半面粉颊来，使人分辨不出是花儿，还是人面。这女子不知不觉把玄宗的魂儿绊住，玄宗不由自主地向她走去。那女人似有意吊他的胃口，且不即不离地往前走，走走停停，停停走走，总与玄宗保持着一段距离，害得宦官高力士也只好跟着走。这害得唐玄宗神魂颠倒的女人就是杨玉环。

我：我看一些野史外传中，都说你是一个心比天高的女子。当年在华清池唐玄宗与你"一见钟情"，是你施展出了浑身解数，采用了"欲擒故纵"的手法，才把个老皇帝勾搭得如痴如醉。一个当朝的皇帝，当然比一个应个空名挂个虚衔的王爷有价值。每逢看到这样的描述，我总会为你鸣不平。我想，那些史家为尊者讳为长者讳，更何况是九五之尊的皇帝，在他们曲笔带过之处，或许正遮蔽了一段血泪斑斑摧肝裂胆的爱情悲剧。唐玄宗的"横刀夺爱"，岂止是"棒打鸳鸯"，简直就是……

我的话戛然而止。因为我看到杨玉环已经是泪流满面。

杨玉环：谢谢你！谢谢你！知音难觅，理解万岁。

杨玉环抹一把眼泪。

那位擅长写缠绵悱恻爱情诗的李商隐，"心有灵犀一点通"，对寿王李瑁的心境很有共鸣。在《龙池》中写道："龙池赐酒敞云屏，羯鼓声高众乐停。夜半宴归宫漏永，薛王沉醉寿王醒。"华清池帝王赐宴畅饮，薛王喝醉了，寿王却清醒着。只此一笔，一个惆怅若失的寿王李瑁的神态跃然纸上。

李商隐还在《骊山有感》一诗中，以含蓄曲笔提及寿王李瑁："骊岫飞泉泛暖香，九龙呵护玉莲房。平明每幸长生殿，不从金舆惟寿王。"玄宗与杨贵妃游幸，众王都众星捧月趋之若鹜，而唯独寿王李瑁默默无言地避开了。

这是一枚难咽的苦果，寿王李瑁只能"打落门牙和血咽"。

杨玉环：你说寿王他能有什么办法？自古以来，富有天下之帝王，普天之下，莫非王土。不要说要你的女人，就是要你的命，君要臣死，臣不得不死。父要子亡，子不得不亡。寿王既为人臣，复为人子，违背父皇之命，就是不忠不孝的双重罪名。封建伦理，原本就是为封建专权服务的。更何况，唐玄宗本来就是个说一不二的强势皇帝，他翻脸不认人，杀自己亲生儿子不是没有先例。他有那么多王子公主，死一个半个不中意的，对他来说，算不得回事。

《旧唐书》卷一〇七《废太子瑛传》记载了唐玄宗杀他三个儿子的事：太子李瑛、光王李琚、鄂王李瑶，因为武惠妃专宠，自己的母亲失宠，一向跟武惠妃面和心不和。开元二十五年四月，武惠妃的姑爷（咸宜公主的驸马）在武惠妃面前说那三兄弟的坏话。于是，玄宗就把那三个倒霉的王子全都废为庶人，不久还进一步全都赐死。

我：不论唐玄宗及他的御用文人们怎样强词夺理，但这里毕竟还有一道难以逾越的坎。总不能说你是皇帝老儿，你就当着天下人众目睽睽，把儿媳妇搂到自己的怀里吧？！

杨玉环：皇上想干的事情，还怕下面少了察言观色顺水推舟的奸佞之徒？那个历史上有名的"口蜜腹剑"的奸相李林甫看出了玄宗的心思，于是就为皇上出主意说，直接把儿媳妇娶回来，确实也太有碍中国几千年来的伦理道德，也有损陛下"圣君"的形象。不妨找一个借口，打着孝顺的旗号，就说为自己的母亲窦太后荐福，下诏令让我"自愿"离开寿王府，先出家到太真宫做了一个女道士，并赐道号"太真"。并引经据典说，当年唐高宗李治已开先例，他看上了父皇唐太宗的武媚娘，就是后来历史上有名的顺圣皇后武则天。为了把父妾娶回当自己的妃子，当年也是先让武媚娘出家当了尼姑，遮天下人的耳目，绕了一大圈，然后再迎进宫来。在迎我进宫封妃之前，可能作为"父夺子爱"的一个补偿或安慰，玄宗还煞有介事地册封左卫中郎将韦昭训的女儿为寿王妃，婚配给寿王李瑁，并亲自主持了成婚大典。玄宗当年之所以看中我，是因为宠妃武惠妃去世，致使他抑郁寡欢，后宫佳丽无一入眼。这个武惠妃正是寿王的亲生母亲。武惠妃曾连生了三个孩子都没能成活，寿王是武惠妃在连夭三子后存下的唯一血脉。真正是祸不单行，寿王一下子痛失了双重之爱：母爱与妻爱。你说，对帝王而言，除去自己为所欲为，还有什么人性人伦？

我：看来，在你强颜欢笑的背后，其实有着欲哭无泪欲说还休的痛苦。世人只见当面笑，何人曾见背地哭，帝王之宠爱，好痛苦。

杨玉环：如果把话这样一面说，可能让人觉得有"得了便宜还卖乖"之嫌。人往往是处于极度矛盾的心理之中，我既有"生离死别"的不幸之怨，也有"皇恩浩荡"的侥幸之感。

宠幸之谜

《旧唐书》："开元已来，豪贵雄盛，无如杨氏之比也。玄宗凡有游幸，贵妃无不随侍，乘马则高力士执辔授鞭。宫中供贵妃院织锦刺绣之工，凡七百人，其雕刻熔造，又数百人。"此段史载说明，唐玄宗对杨贵妃的宠幸，达到了历代帝王中空前绝后登峰造极的程度。

华浊水在《中国帝王后宫私生活之谜全纪录》一书中，对杨贵妃受到的宠幸有这样几段描述：

> 某年的五月五日，唐玄宗在兴庆池避暑，与杨贵妃白昼睡在水殿中。宫嫔都凭栏倚槛，争着看雌雄两只鸳鸯在水中游戏。玄宗正拥抱贵妃在绡帐内睡觉，他睁开睡眼对众宫嫔说："你们爱水中的鸳鸯，怎么比得上我被底的鸳鸯。"

> 有一年八月，太液池中有几千朵白莲花盛开。玄宗与贵戚们设宴赏花，大家都对白莲花赞不绝口。玄宗指着身边的杨贵妃对大家说："白莲虽美，怎比得上我的这个解语花！"

> 开元末年，江陵地方进贡乳柑橘，玄宗以十枚柑橘种在蓬莱宫，到了天宝十年的九月秋天结实。结了一百五十余颗果实，其中还有两个堪称神奇，竟然像双胞胎结为一体，唐玄宗称之为"合欢果"。玄宗与杨贵妃互相把玩，玄宗说："柑善解人意，知道朕与卿恩爱如同一体，结此象征，从此当永结合欢。"于是便并肩儿双双坐于榻上，剥着合欢果，互相送到嘴里吃了。

> 杨玉环爱吃鲜荔枝，但南方才有荔枝，而且荔枝一过七日就不再新鲜，玄宗为讨贵妃的欢心，不惜千里专程派人去岭南一带飞驿传送荔枝。沿途以快骑传递，每到达一个驿站就换上新的马匹，许多快骑常常为了赶路而累死。杜牧有一首诗是这样描述的："长安回望绣成堆，山顶千门次第开；一骑红尘妃子笑，无人知是荔枝来。"

白居易把杨贵妃受到的宠幸，概括为这样的诗句："回眸一笑百媚生，六宫粉黛无颜色"，"后宫佳丽三千人，三千宠爱在一身"，"春宵苦短日高起，从此君王不早朝"。

我问杨玉环：我曾做这样的设想，即使你一开始对唐玄宗是出于无奈和屈从，甚至对唐玄宗拆散你与寿王的原配婚姻有所怨恨。那么此后在如此浩荡的皇恩下，铁石心肠也融化为柔情似水。能够得到帝王的宠幸，哪怕是一夜的宠幸，难道不正是后宫三千佳丽的夙愿梦想？

杨玉环：你还是挺会揣摩人的心理。现代人不是发明了一个新词，叫先结婚后恋爱。这话用来形容我与三郎的情爱倒是挺贴切。我初受三郎宠幸，实在有打翻了五味瓶的感觉，酸甜苦辣皆在心头。但是相处日久，我发现，三郎不是唐玄宗。这话怎说？就是说，三郎有威严至尊的一面，也有柔情细腻的一面。三郎不仅是帝王，其实也是一个特别懂得体贴人、特别会讨女子欢心的好男人。

我：就是如白居易诗句所说："为感君王辗转思"，在你的内心深处，渐渐地因感谢君恩而转过了念头？

杨玉环：不错，打动人心的往往是细节。在与三郎朝夕相处的日常生活中，他常常会让你有许多感动。比如说，他不要我称他陛下，说他在众弟兄中排行老三，让我就叫他三郎。他也从不管我叫爱妃呀臣卿呀，而是唤我"环儿"。从这称呼中，让你感受到的不是帝后等级森严，而是夫妻恩爱缠绵。再比如，我自幼爱好音乐歌舞，他为了讨我欢心，专门在长安宜春北院，选取宫女数百人，组建起一支"宫廷乐队"。还把当时著名的乐师马仙期、李龟年、贺怀智等一起请进来，进行辅导排演。因为宜春北院里长满梨树，梨花盛开，梨香四溢。所以后人就把戏班子戏场子称作梨园，唐玄宗也就成为梨园弟子们公认的祖师爷。

唐玄宗与杨贵妃关于音乐方面的故事，民间有着许多流传：

有一夜，玄宗梦见十位仙子驾着云从天上下来，她们手中各执乐器悬空而奏。曲度清越，不是人间的凡音，其中有一个仙人说："这是神仙《紫云回》，现在传授给陛下，可为正始之音。"玄宗醒来后余响仿佛还在。第二天命杨贵妃用玉笛演奏，一丝也不差。

有一次在东都，玄宗白天梦见一个容貌艳异的女子，梳着交心髻，大袖宽衣拜倒在床前。玄宗问："你是谁？"那个女子说："妾是陛下凌波池中的龙女，卫宫护驾妾也有功，玄宗陛下洞晓钧天之音，请赐给小女子一支曲。"于是，玄宗在梦中为龙女鼓胡琴，名字叫做《凌波曲》。等到玄宗醒来后还记得曲子，于是在凌波宫临池弹奏这首《凌波曲》。一瞬间，池中的波涛涌起，接着有神女出现在池水中，正是梦中所见的龙女。

开元年间宦官白秀贞从蜀地回来，献给玄宗一把琵琶。琵琶槽是些逻檀木制成，温润如玉，光亮可鉴，有金丝红纹形成的两只凤凰，弦是未呵弥罗国永泰元年所进贡的渌水蚕丝制成，光莹如串起来的珠子瑟瑟作响。杨贵妃抱着这柄琵琶在梨园弹奏，凄清的音韵飘向云外。闻听此乐的杜甫有诗为证："此曲只应天上有，人间能得几回闻。"

《旧唐书》里记载，有一次，玄宗倡议用内地的乐器配合西域传来的五种乐器开一场演奏会。当时贵妃怀抱琵琶，玄宗手持羯鼓，轻歌曼舞，昼夜不息。对此，白居易有诗为证："缓歌曼舞凝丝竹，尽日君王看不足。"杨玉环还是个击磬高手，她演奏时"拊搏之音泠泠然，多新声，虽梨园弟子，莫能及之"。玄宗命人采蓝田美玉雕琢为磬，上面装饰着流苏之类，以金钿珠翠珍怪的东西杂饰。……制作精妙，一时无双。

在对音乐的共同爱好中，两人情投意合。《霓裳羽衣曲》是唐玄宗的得意佳作，杨玉环根据此曲，把它编排成舞蹈，依韵而舞，歌声宛若凤鸣莺啼，舞姿翩若天女散花，深得唐玄宗曲调的意境和情韵。玄宗兴奋不已，亲自为其伴奏。唐玄宗和杨贵妃真称得上是夫唱妇随鸾凤和鸣。俗话说：千古难得是知音。俗话还说：姻缘不是寻觅到的而是碰撞到的。杨玉环阴差阳错鬼使神差，竟然意外得到了唐玄宗这么个知音。"人生得一知音足矣，斯当以手足待之"！

杨玉环说：三郎熟悉音律，对曲乐、舞蹈都颇有研究。就如同后来历史上的南唐李后主李煜、北宋徽宗赵佶，他们如果不是误生帝王家卷入无情的政治斗争漩涡，完全可能成为一个成功的诗人书画家音乐家。

杨玉环又说：我不像长孙皇后那样贤淑明德，作为唐太宗政治联姻上的得力助手，创造了清明盛世的"贞观之治"；我也没有顺圣皇后武则天那么大的政治抱负，要成为君临天下的女皇。我只是一个普普通通的小女子，我没有什么大志向，我向往的就是男欢女爱，白头偕老。我既然入了帝宫，我唯一的念头就是紧紧地捉住我的三郎不放手。

我说：我在《旧唐书》上看到有这样的字句："太真姿质丰艳，善歌舞，通音律，智算过人。每倩盼承迎，动移上意。"《新唐书》上说："冶其容，敏其词，婉变万态，以中上意。"都是说你不仅是靠相貌美艳过人，主要还"智算过人"，有眼色，有心计，善于揣摩圣意，而且是刻意奉迎，"以中上意"。

我说：我在一些野史、外传之类的民间演义中看到，你总会想出许多新鲜点子来，让唐玄宗玩得忘乎所以。比如说你发明了一种叫"风流阵"的玩法，让玄宗领上百十余个小太监，你领上人数对等的宫女，列为阴阳两阵，将锦帛缚在竿头做旗帜。另有一班小黄门，在台阶下击鼓鸣金，作两阵进退之号令。今天阴盛阳衰，明日又阳盛阴衰，凡打败的一方，都要罚饮酒一大杯。击鼓时，小太监和宫女们扭打在一处。一副堕冠横钗的狼狈样子，玩得唐玄宗乐不可支乐此不疲。

我说：你还独出心裁发明了"捉迷藏"的游戏。你与玄宗在皎洁的月光下，用锦帕遮裹眼睛，在殿前的空地上互相追逐嬉戏。你机灵敏捷，总能很快就把唐玄宗捉住。而唐玄宗大概有些老年痴呆，一次次总要扑空。你就故意在身上挂了许多香囊，用香囊挑逗玄宗。每次玄宗总是手中抓了大把的香囊，就是碰不到你的肌肤。这反而激起唐玄宗更大的欲望，每次解下遮眼，把你压在身下，恶狠狠喘吁吁地说：我看你再跑，我看你往哪跑！

我说：尤其让我拍案叫绝的是，据乐师贺怀智的回忆：一天，唐玄宗与亲王下棋，贺怀智在一旁弹琵琶助兴。说你抱了只波斯猫站在一边观棋。眼看着唐玄宗就要输棋，龙颜红一阵白一阵极为难堪。这时只见你不动声色，猛地将怀里的波斯猫往棋盘上一扔，猫爪子把棋盘扰了个乱七八糟。唐玄宗很是赞赏你的急中生智，把他解出困境。

杨玉环抿着嘴笑：那可不是什么心计，是天性。就是一刹那间，一个女子的敏感和直觉。我不是一个有城府的女子，如果我会审时度势权衡轻重，就不会那么任性发脾气，惹得龙颜大怒，二次将我逐出宫门。那可是会惹来杀身灭门大祸的愚蠢。

情敌之谜

在《揭秘杨贵妃被唐玄宗赶出宫的两次出轨事件》一文中[1]，作者讲述了杨玉环两次被逐出宫的细节。

第一次出宫：

这一年的七月，唐玄宗因为杨贵妃"妒悍不逊"，一怒之下，把杨贵妃打发回

【1】 据深圳新闻网 2010 年 1 月 25 日，潘东编辑。

娘家了。谁都知道，皇帝后宫美人无数，彼此嫉妒也是后妃的常态。那么，让杨贵妃如此嫉妒的人是谁呀？就是那个叫梅妃的女人。根据《梅妃传》的记载，梅妃姓江，叫采苹，是福建人。她入宫比杨贵妃还早呢。当年武惠妃去世，唐玄宗不是闷闷不乐吗？高力士就到全国给他海选美女，还没选到杨玉环呢，先在福建发现江采苹了。江采苹不光长得漂亮，也是个才女，九岁就能背《诗经》，长大了更是擅长诗赋。因为有文化，所以比较风雅，特别喜欢清丽脱俗的梅花，把自己屋子周围都种上了梅树，所以唐玄宗才管她叫梅妃。梅妃刚入宫的时候也特别得宠，但是，后来杨贵妃不是来了吗？一山难容二虎，两个人之间难免就彼此嫉妒起来了。这两个美女长得一肥一瘦，就开始彼此进行人身攻击，杨贵妃管梅妃叫梅精，梅妃管杨贵妃叫肥婢。当然，斗到后来，杨贵妃逐渐占了上风，梅妃也就逐渐被冷落。可是，唐玄宗不是风流天子吗？偶尔旧情难忘，又去私会梅妃，结果让杨贵妃抓了个正着，对唐玄宗连损带挖苦，这可把唐玄宗惹恼了。

……玄宗他生气啊，我好歹也是皇帝，后宫佳丽三千人是应该的。当年武惠妃那么得宠，唐玄宗不是照样生了三十个儿子、三十个女儿吗？可见没少寻花问柳。怎么到你杨贵妃这里就不行了呢？你一个妃子，难道还敢管皇帝不成？

……

唐玄宗气头上把杨贵妃送走了，可是送走之后呢？唐玄宗一下子又觉得身边空下来了。杨贵妃在的时候，他背着贵妃跟那些宫娥偷偷调情，倒是充满了冒险的快乐。现在杨贵妃一走，他可以大大方方地宠幸任何一个美人了，他反倒觉得没意思了。

……

这怎么办呢？高力士是老奴才呀，最明白玄宗的心意了。眼看着皇帝如此烦躁不安，他知道，皇帝这是后悔了。

……

还是请皇帝把贵妃迎回来吧。别看唐玄宗当时在朝廷里听不进意见，对高力士这个提议他可是从谏如流，马上采纳。那么怎么接回来呢？唐朝可还是实行宵禁制度的，一到晚上，宫门也关了，各坊的坊门也关了，谁也不许到处走动。这难不倒唐玄宗，他亲自批条子，让禁军去接，皇帝的禁军执行公务，什么门敢不给开呀！可能有人要说，这么兴师动众干什么呀，等第二天早晨再接不也一样吗？可是，唐玄宗当时可是度日如年啊，一分钟也不想多等了，再说了，他也害怕等到天亮。趁着天黑迎回来，就算是丢脸，也只有宦官、禁军这些自己人知道；要是大白天去迎，不是天下人都知道了吗？刚刚把人送回去就又迫不及待地接回来，唐玄宗也丢不起这个面子。

皇帝派人去接，就等于已经先认错了，杨贵妃怎么表示啊？根据《旧唐书·杨贵妃传》的记载，她回宫之后，"伏地谢罪"，也主动认错了。玄宗一看，这不是给我面子吗？更加高兴了，赶紧一把拉起来，安慰了好半天。

第二次出宫：

可是，人总是好了伤疤忘了疼，错误也总是犯了再改，改了再犯。四年之后，唐玄宗天宝九载二月，唐玄宗又一次把杨贵妃送回娘家了。这次又为了什么呢？《资治通鉴》只写了简单的六个字"杨贵妃复忤旨"。到底什么才叫忤旨呢？

……宫闱秘事的神秘性就在这里，真实原因可能永远是个谜了。但是，有一点可以肯定，就是这次杨贵妃的过错比较大。为什么呢？从唐玄宗的态度就可以看出来了。上一次出宫的时候，玄宗不是吃不下饭睡不着觉当天就把杨贵妃接回来了吗？可是这次，唐玄宗似乎很是沉得住气，送回去之后，再没什么表示了。这下子，杨家可着了急。要知道，当时杨家满门富贵不就靠着贵妃吗？如果贵妃失宠了，他们不也得树倒猢狲散吗？怎么办呢？眼看皇帝在气头上，娘家人不好出面，找个说客吧。找谁呢？当时有一个户部郎中叫吉温，伶牙俐齿，心机深沉，是个八面玲珑的家伙。杨家就托他去游说唐玄宗了。怎么游说呢？吉温跟唐玄宗说："妇人识虑不远，违忤圣心，陛下何爱宫中一席之地，不使之就死，岂忍辱之于外舍邪？"杨贵妃是个女人，头发长，见识短，陛下想杀就杀，没有问题。但是，她毕竟是一个妃子，你就是让她死也得在宫里死，怎么忍心让她在外面忍受羞辱呢？唐玄宗一听吉温这样说，大为感动，又绷不住了，赶紧派一个宦官去看杨贵妃。而且，跟上次一样，还是把御馔分了一半给杨贵妃送去。

他哪里真舍得跟贵妃诀别啊！没办法，还是高力士出面，又把杨贵妃给接回来了。按照《资治通鉴》的记载，玄宗对杨贵妃从此"宠待益深"了。

关于梅妃，我还看到这样的文字：

梅妃自此西阁一幸，好几年不见玄宗。荒苔凝碧，垂帘寂寂，再也没有宦官奔走传讯，再也没有宫娥把盏侍宴。深宫孤单凄凉，梅妃整日藉花消愁。忽听到岭南驰到驿使，还以为是贵送梅花给她，芳心窃喜，经询问宫人，才知是进鲜荔枝与杨妃，越发唏嘘难过。默思宫中侍监，只有高力士权势最大，很得玄宗亲信，若欲再邀主宠，除非此人出力不可。梅妃思来想去，便命宫人请来了高力士，梅妃问道："将军曾侍奉皇上，可知皇上还记得有江采苹么？"高力士道："皇上自然是惦念南宫，只因碍着贵妃，不便宣召。"梅妃道："我记得汉武帝时，陈皇后被废，曾出千金赂司马相如，做《长门赋》上献，今日岂无才人？还乞将军代为嘱托，替我拟《长门赋》一篇，以求圣上能再重顾于我。"高力士恐怕得罪杨妃，不敢应承，只推说无人解赋。又说娘娘善诗赋，何不自撰。梅妃长叹数声，援笔蘸墨，立写数行，折起来，并从箧中凑集千金，赠与高力士，托他进呈。力士不便推却，只好持去，待杨妃不在时悄悄地呈与玄宗。玄宗展开一看，题目是《楼东赋》。赋写得凄婉无比，令人读之黯然。

玄宗反复看过，想起梅妃的种种好处，心里很是怅然，但又不敢去见梅妃，便令力士密赐梅妃珍珠一斛。梅妃拒绝了珍珠，并又写了七绝一首《谢一斛珠》，托力士带回，再呈玄宗。玄宗又复展览，但见上面写着：

"柳叶双眉久不描，残妆和泪污红绡。

长门尽日无梳洗，何必珍珠慰寂寥。"

唐玄宗读后怅然不乐，令乐府为诗谱上新曲，曲名叫《一斛珠》[1]。玄宗正在吟玩，忽然杨妃进来将诗句从玄宗手中夺去，杨妃看完掷还玄宗，又见案上有一薛涛笺，笺上写着《楼东赋》一篇，从头至尾看了一遍，不禁大愤道："梅精庸贱，竟敢做此怨词，毁妾倒情有可原，谤讪圣上，该当何罪？应即赐死！"玄宗默然不答。杨妃再三要求赐死梅妃，玄宗道："她无聊作赋，情迹可原，卿不必与她计较。"杨妃却缠着玄宗赐死梅妃，还算玄宗有良心，念及旧情，没有照做。

我以杨贵妃杨玉环与梅妃江采苹的这段你死我活的情斗传闻，求证于杨玉环。

我问：说句当问不当问的话，你别生气。在你与梅妃争宠的这件事上，可是大大影响了你的形象。你与梅妃，"本是同根生，相煎何太急"，你下手也未免太狠了些！必欲置情敌于死地？

没曾想，杨玉环的回答令我大出所料。

杨玉环说：我其实何须作什么辩解，这真应了一句"欲加之罪，何患无辞"。为了说我是个醋瓮醋缸醋坛子，干脆编造出这么个子虚乌有的梅妃江采苹。可历史上有这么个人吗？根本没有。你看《旧唐书》还是《新唐书》，有关于梅妃的记载？没有！你看《资治通鉴》还是唐朝的笔记小说，也没有关于梅妃的只言片语。我知道，最早记载梅妃事迹的传奇小说《梅妃传》，出现在南宋，这时候距离

【1】这首诗曾由歌德从英译本译为德文、发表在《艺术与古代》杂志上，是中国古诗最早译为德文的一首。

唐玄宗时代已经过去了几百年。后来此书收录于陶宗仪的《说郛》和顾元庆的《顾氏文房小说》。但书上连撰者的姓名都不题，只拿个无名氏做搪塞。你想，一个连真名都不敢署的人，对自己说的话会负责任吗？后来集成

的《全唐诗》里，还收了所谓梅妃作的诗《谢一斛珠》。再后来，宋代诗人刘克庄亦有咏《梅妃》诗；明代乌程人吴世美根据《梅妃传》创作有《惊鸿记》传奇，因剧中写梅妃之"惊鸿舞"，故名《惊鸿记》；明清两代关于隋唐的一些历史小说如《隋唐演义》等均有梅妃故事；清代著名戏曲家洪升的《长生殿》也写到梅妃；蔡东藩《唐史演义》中，也有梅妃故事；连篇累牍似乎言词凿凿，其实都是以谬传谬。还是鲁迅先生有一双火眼金睛，看出了问题。他在《稗边小缀》中认为，传后无名氏跋文"亦伪"，故仍"次之宋人著作中"。还说了这样的话："盖见当时图画有把梅美人号梅妃者，泛言唐明皇时人。"鲁迅一针见血地指出：实为作者"因造此传"。既然梅妃这么个对立面就根本不存在，皮之不存，毛将焉附？我又是吃的哪门子醋？

我说：好，否定的彻底。既然假想敌梅妃都不存在其人，那你的二次被逐出宫廷，也是文人的生花妙笔牵强附会？

杨玉环说：我两次被逐出宫门确有其事，这在新旧《唐书》和《资治通鉴》中都有记载。我确实因女人的妒火中烧而惹恼了三郎，二次被逐出宫门。但这种妒火并没有一个固定的对象，所以也就成为一种"无名之火"，说不上在什么时候，因一个什么微不足道的细枝末节，就突然爆发了出来，像是火山的喷发。这种情形，常弄得三郎莫名其妙瞠目结舌。我被逐出宫门事件，只不过是其中比较厉害的两次。

杨玉环又说：你别听白居易老夫子说什么"后宫佳丽三千人，三千宠爱在一身"，可能吗？哪个皇帝三宫六院不花心？吃着碗里的，看着锅里的，更何况唐玄宗这样的风流天子。我给你随便举两件宫廷秘闻：开元初年，玄宗每御幸一个宫女，就在宫女的手臂上标下印记，印文是"风月常新"四个字；印好后再抹上桂红膏，以后水洗也不会褪色。宫女太多了，有时候难以取舍该由哪一个宫女亲近"龙体"，宦官们便想了一个办法：把宫女召集起来，当众掷骰子，得胜者便去侍

夜。于是宫中私下把这种骰子叫做"剃角媒人"。你就从唐玄宗生有 30 个儿子、30 个公主这一现象，就可知道唐玄宗有多么风流了。再说一件，唐玄宗的后宫，何止"三千佳丽"，他那欲壑难填的"尝鲜"心理，每年都要派出专门的"寻花使节"，到全国各地去选美。在长安，大内、大明、兴庆三座宫中，在东都大内、上阳两座行宫，收藏的美女 4 万也不止。面对这样一个"阅尽人间春色"，"让天下充满爱"的风流天子，你还会有一点安全感吗？你每时每刻都是在惶恐不安的焦虑中度日如年。在外人看来，好似每日里都喝酒泡澡、寻欢作乐，谁人知这是今日有酒今日醉，但愿长醉不愿醒的醉生梦死。谁知道过了今天，明天是个啥模样？！梅兰芳的一出京剧《贵妃醉酒》就是我生平的一个形象写照。你说，天天生活在这样一个环境中，这样一种状态下，人能有好心情好脾性吗？

　　我说：德国哲学家海德格尔的哲学，就是对"生命存在"状况的理论阐述：不确定的人生，总是处于焦虑之中。人的焦虑有两种，一种是有具体对象的焦虑，它是因为一个人的存在对自己形成威胁而产生的焦虑，解除这一焦虑的办法，就是针对性地设计防范措施；另有一种焦虑是没有任何具体对象的焦虑，产生于无影无形的生存压力，就是鲁迅所说"无物之阵"。因为失去了化解的目标，所以，此种焦虑才构成了生存形态的最严重危机。"此情无计可消解，才下眉头，又上心头"。

　　杨玉环说：我听不懂那么深奥的哲学理论，我心中常会涌起李商隐的诗句："君思如水向东流，得宠忧移失宠愁"，你不管是得宠还是失宠，都是在忧患焦虑中挣扎。"君恩无常"是古代嫔妃产生焦虑的根本原因。没有一个皇帝不是喜新厌旧的好色之徒。对任何一个人的专宠都是暂时的，随着时间的推移，"总将新桃换旧符"，总会有新的美女取代"昨日黄花"。一旦失宠，别说普通的嫔妃，就是母仪天下的皇后，也无可奈何，只能默默地咀嚼"红颜未老恩先断"的苦果。

　　杨玉环又说：女人不是天生嫉妒毒辣，是后宫那样的特殊环境造就的。皇帝只有一人，今天你不斗倒她，明天她就斗倒你，不是你死，就是我亡，不斗行吗？李白有诗说得好："昔日芙蓉花，今成断根草。以色事他人，能得几时好？"就是这样一种心理潜台词，不时会突然间点燃无名之火。

　　杨玉环还笑着说：我既非处女，还能指望三郎是童男？与帝王说穿了就是一种露水夫妻。

　　我：对于你的两次出宫事件，我可能有着不同常人的解读：正是由于这两次"有惊无险"、"失而复得"的经历，你俩在对方心目中，都以一个新的形象出现：本来，在唐玄宗看来，你只不过是一个贵妃一个漂亮女人；现在，他发现，你对别人百依百顺的皇上也敢赌气使性。身居皇宫，居然不懂逆来顺受，不计后果保留个性。这是一种人性的回归。这样的个性在后宫实在是凤毛麟角，对于久居帝王之尊的玄宗来说，不啻是认识了一个"新新人类"。有了这样的认识，唐玄宗对你的感情一下子得到了升华。另一方面，在你杨玉环的心中，唐玄宗的形象也变了。本来，你只知道玄宗拥有对一切人生杀予夺的权力，可以左右自己的生活，现在你发现，这个皇帝也有着凡夫俗子的七情六欲，也有着一个正常人的感情。原先他与你帝王和后妃的关系变了，你们像一对平常夫妻一样吵架拌嘴，吵翻之后，又像正常百姓夫妻，"船头上吵嘴船艄上好"。暂短的分开，激起更为强烈的思念。吵嘴，成为平淡生活的一种调味品。总之，皇帝已从九五之尊的云端降落，而妃子的侍驾也升华为真情实意，少了虚与委蛇。这大概正是你与唐玄宗的爱情故事感人之处，也才激起历代文人无限想象的空间，撰写出那么多荡气回肠的爱情故事。

谗言之谜

关于李白与杨玉环的关系，有着许多传说和歪批。略列一二：

在《揭秘杨贵妃与唐玄宗、李白之间三角恋的真相》一文中[1]，作者写下这样的文字：

> 由殷桃、黄秋生主演的电视剧《杨贵妃》在湖南卫视热播，剧中杨贵妃与李白扑朔迷离的暧昧关系成了一大看点也备受争议。

> ……从李白的诗歌可以看到，玄宗每次携杨贵妃游玩，都喜欢让李白跟随左右，吟诗佐兴。天宝元年十月，玄宗携杨贵妃往骊山泡温泉，李白跟着去了，完后写了《侍从游宿温泉宫作》等诗；次年初春，玄宗在宫中娱乐，李白奉旨作《宫中行乐词十首》（今天只能看到其中的八首）；仲春，玄宗游宜春苑，李白也去了，奉诏作《龙池柳色初青听新莺百啭歌》；暮春，玄宗与杨贵妃于兴庆宫沉香亭赏牡丹，玄宗想要听新词入曲的演唱，命李白作《清平调词三首》；入夏，玄宗泛舟白莲池，李白作了《白莲花开序》；此外，《春日行》、《阳春歌》等诗，大约也

【1】 据新华网 2010 年 5 月 13 日，crawl 编辑。

是陪侍应制之作。

李白在朝廷充当文学侍从的一年多里，陪着玄宗和杨贵妃到处游玩。据此可以推测，李白是见识过杨贵妃的美貌与歌舞才艺的。……倘若说，擅长歌舞、精通音律的美人杨贵妃对诗歌才华的李白无动于衷，恐怕也不合情理。才子与佳人相遇，虽然没有传出任何绯闻，但是，合理想象一下，惺惺相惜之情应该是有的。

在《杨贵妃与李白的绯闻真实吗？》一文中[1]，作者对李白与杨玉环的关系作了这样的推论：

最有力的证据就是李白那《清平调词三首》！这首千古流传的诗篇，尽管还只是"孤证"，却是铁证！其实也不是"孤证"，李白还有两首诗《长相思》：

（一）

长相思，在长安。

络纬秋啼金井阑，微霜凄凄簟色寒。

孤灯不明思欲绝，卷帷望月空长叹。

美人如花隔云端，上有青冥之长天，下有渌水之波澜。

天长地远魂飞苦，梦魂不到关山难。长相思，摧心肝。

（二）

日色欲尽花含烟，月明如素愁不眠。

赵瑟初停凤凰柱，蜀琴欲奏鸳鸯弦。

此曲有意无人传，愿随春风寄燕然。

忆君迢迢隔青天，昔日横波目，今为流泪泉。

不信妾肠断，归来看取明镜前。

同在长安，让伟大的诗人如此摧肝裂肺，但是却咫尺天涯，又近又远、相隔云端的如花美人，究竟会是谁呢？许多历史学家和文学家曾经多方考证，认为这首诗（尤其是第一首）一定有寄托。我以为，确实是有寄托，显然，那个让大诗人"孤灯不明思欲绝，卷帷望月空长叹"的美人，其实不就是那个风华绝代的天仙一般的美人杨玉环——杨贵妃吗？第二首《长相思》写作在后，这两首非同时所作，《李太白全集》中分排在卷三和卷六。但异曲同工的是，这两首诗不仅题目相同，连内容也似乎在相互映照，仿佛是两个饱受相思之苦的情人之间的内心独白，是两颗心苦苦相互思念的真实写照，一映一和，成为李诗中最温柔最动情的

【1】据王若谷新浪博客文。

千古绝唱。后一首诗其实是想象杨玉环对自己的思念。这么一解释，我们对两首《长相思》的背景、写作意图，应该就一目了然，一通百通了。不是么！因此我的结论出来了：如果说《清平调词三首》是诗仙李白写给杨玉环的情书，那么《长相思二首》就是杨玉环和李白"环白恋"的记录和证明。我认为：不排除是杨贵妃对李白多次抛媚眼，所以被唐玄宗吃醋而逐出朝廷。

这是一种说法。李白是因唐玄宗吃他的醋而被逐出宫廷。这倒是颇为吸引眼球的具有帝王宫闱才子佳人双重看点的三角恋爱故事。

还有一种说法：

先前开元年间宫禁中种着红、紫、浅红、通白颜色不同的名贵木芍药，就是今天的牡丹花。玄宗移植到兴庆池东沉香亭的前边，等到木芍药盛开的时候，玄宗诏选梨园弟子演奏16种乐曲，名乐师李龟年在歌坛久负盛名，他手捧檀板正要唱歌。玄宗说："赏名花，对妃子，怎么可以再唱旧乐词？"接着命李龟年持金花笺宣赐翰林学士李白写了《清平乐词》三篇。这三首著名的词表面上写牡丹，其实写的是杨贵妃的天资绝色。

第一首：
云想衣裳花想容，春风拂槛露华浓。
若非群玉山头见，会向瑶台月下逢。

第二首：
一枝红艳露凝香，云雨巫山枉断肠。
借问汉宫谁得似？可怜飞燕倚新妆。

第三首：
名花倾国两相欢，长得君王带笑看。
解释春风无限恨，沉香亭北倚阑干。

于是李龟年捧词唱歌，梨园弟子按调抚丝竹，杨贵妃手持玻璃七宝杯，杯里面盛满了西凉州出产的葡萄美酒，笑着接受了李白的恭维。玄宗调紫玉笛按声倚曲。每当曲子演奏一遍将换的时候，他便拖长了声调来讨杨贵妃的欢心。但是高力士以为李白脱靴为耻，过了几天杨贵妃重吟李白写的词，高力士诋毁李白说："老奴还以为妃子听了李白的词怨入骨髓，却不料像这样拳拳珍爱。"杨贵妃大惊问："李学士的词怎么了？"高力士说："以汉朝的赵飞燕比喻妃子，太过分了。"杨贵妃由此而嫉恨李白。唐玄宗曾经三次想重用李白，因为杨贵妃的缘故而罢手。

在《李白对唐玄宗宠幸杨贵妃的讽谏》一文中[1]，这层意思就写得更为明确了：

> ……通过对李白《阳春歌》,《宫中行乐词》,《乌栖曲》,《古风》其二、四十三,《古朗月行》,《春日行》,《雪谗诗赠友人》等诗的具体分析，认为上述诗篇都是李白对唐玄宗的讽谏之作。这些诗作不仅大胆地揭露了天宝时期的唐玄宗倦于朝政、宠幸杨贵妃的荒淫享乐生活，指出了他这样做已经给当时政治上带来的严重危害，而且还提出了宠幸杨贵妃将会带来亡国之灾的警告。李白对唐玄宗的再三讽谏，体现了李白对国家命运的关注和忧虑，更表现了李白忠诚无畏的品格。

这是另一种说法：李白被逐出宫是因为他对唐玄宗与杨贵妃的关系给予辛辣的嘲讽，惹得杨贵妃向唐玄宗进了谗言。此两种见仁见智的说法，都与李白那三首脍炙人口的《清平乐》有关。同样的诗作，却是"横看成岭侧成峰"，得出了截然不同的结论。

我问杨玉环：由于李白的诗才诗名，我对史籍外传甚至民间戏言中关于你与李白之间关系的描述，都格外予以关注。我当然不会相信关于你与李白的流言蜚语，这在现实中完全没有可能。这种说法反映出的是对你婚配现象的打抱不平，为什么如花似玉的年龄就要去侍奉一个花甲之人？所以才想象出这么个"才子佳人"的风流故事。我们且不去理它。关于另一种说法，李白被逐出宫是由于你向玄宗进了谗言，这一说法流行很广。我看《新唐书·李白传》就是持这一说法。说李白没有得到玄宗的任用，被逐出长安，根源在于杨贵妃的屡次"沮止"。原因就是《清平乐》诗中"借问汉宫谁得似？可怜飞燕倚新妆"词句。在《警世通言》一书中，写有"李谪仙醉草吓蛮书"一章，就详尽地讲述了高力士因忌恨李白让他当庭为之脱靴，而拿《清平乐》诗句大做文章，挑唆你说是李白以赵飞燕讽喻了你，说得有鼻子有眼。我相信其中必有些蹊跷，实情究竟是怎么回事？

杨玉环：我确实是很敬慕李白之才，在我们那个时代，李白的潇洒飘逸，就赢得诗仙一说。"一袭长衫青风过，一剑一酒天下游。御剑乘风千秋名，万世举眉齐声吟。"我还没见到他的时候，已经能背诵他的许多诗句。又有谁对李白汪洋恣肆之才会不产生爱慕之情呢？我印象极深，李白和玄宗初次见面，当时玄宗正在

---

[1] 据中国李白网 2004 年 5 月 25 日，孟繁森文。

用餐，听说李白来了，赤着个脚跑到李白面前，把李白拉到龙案旁，给他盛了一碗汤。玄宗的举动把李白给吓傻了，愣在了那儿，一动不动。谁见过皇上这样对待臣下的？就是礼贤下士尊重读书人，也没有这么做的。我听玄宗说，他当时一见李白，长就一副仙风道骨，感觉"恍若天人"。由此可见，李白在当时就很让人肃然起敬。但这种爱慕之情，跟什么"三角之恋"根本风马牛不相及。

杨玉环又说：那时候，李白的身份不过是个"翰林应召"，说白了就是随时听从召唤，用诗词娱乐皇帝及嫔妃。说高力士挑拨的那首《清平乐》，不就是一句"可怜飞燕倚新妆"吗？我难道弱智到听不出李白诗句中的真实含义？当时在唐朝，凡是有一点文化知识的人都知道，"飞燕"这个词语是用来形容一个女孩子长得漂亮。飞燕指的是赵飞燕，是汉成帝的宠妃，后来位列皇后之尊。她本名叫赵宜生，因其舞姿轻盈如燕飞凤舞，所以宫人都称呼她"飞燕"，倒把她真名忘记了。我听说，她表演的一种舞步，手如拈花颤动，身形似风轻移，汉成帝为观赏她的舞技表演，在后宫太液池的瀛洲高树上，专门为她设立了舞台。汉成帝还命宫女手中托一水晶盘，让赵飞燕在盘上旋转起舞，这就是后人传为神奇的"掌上舞"。我还听说这样一个细节：有一次赵飞燕翩跹起舞，跳起《归风送远曲》，汉成帝击玉环打着节拍，冯无方吹笙伴奏。突然间一阵风起，赵飞燕险些跌入池中，多亏冯无方抓住她薄如蝉翼的云水裙，才有惊无险。赵飞燕的纤巧与我的丰满，形成两种不同审美的强烈对比，所以才产生了后世"环肥燕瘦，各具其态"这一成语。后来，苏东坡还写下"短长肥瘦各有态，玉环飞燕谁敢憎"这样的诗句。我从小就熟读四书五经，这点历史知识和文学素养还是有的。李白用"飞燕"一词，不论是形容相貌还是比喻舞姿，实际上都是对我的刻意奉承，完全是出于一种讨好的动机。我还会吟诵李白赞叹赵飞燕诗中的词句："飞燕皇后轻身舞，紫宫夫人绝世歌。"你分析，鉴于上述心理，就算高力士从中挑唆，我就会这边锣一响，那边就顺竿上，给人当枪使？

杨玉环又说：越是有才华的人，越渴望着能有一个得以施展自己才华的舞台。李白虽然桀骜不驯恃才傲物，但他也不能完全超越当时"学而优则仕"的窠臼。和当时唐朝绝大部分的文人理想一样，李白的梦想就是"长风破浪会有时，直挂云帆济沧海"，出将入相做"帝王师"，只不过不屑于走一般文人都趋之若鹜的科举之途。那时朝里盛传李白与迦叶司马的对话。迦叶司马问道："以青莲高才，取青紫如拾芥，何不游长安应举？"李白道："目今朝政紊乱，公道全无，请托者登高第，纳贿者获科名。非此二者，虽有孔孟之贤，晁董之才，无由自达。白所以流连诗酒，免受盲试官之气耳。"他自绝了应试科举之途，可总还是要想办法进长安，想办法得到玄宗的赏识。我听说，李白为了能实现自己的抱负，走过一条十分坎坷曲折之路。你知道，道教在唐朝是非常兴盛的，原因很简单，唐高祖李渊拜老子李耳为祖先，因为他们都是李姓人。而李耳又是道教的创教人，所以道教被定为唐朝的"国教"。当时有一个在道教中重量级的人物，他叫元丹丘，与皇亲国戚上层权贵都有密切的联系。而恰好李白与这个元丹丘的关系特铁。李白在仕途碰了不少钉子后，把自己怀才不遇的苦衷说给元丹丘听，元丹丘当即就拍胸脯承诺，把李白引荐给朝廷。可是，元丹丘与唐玄宗并没有直接联系，他走了一条"曲线救国"的路。他把李白引荐给了一个人，玉真公主，就是玄宗的亲妹妹，是个道姑。上有所好，下必趋之。当时有很多皇亲国戚都是道教成员，玉真公主就是其中之一。元丹丘给玉真公主写了封信，让李白带到长安去找她。遗憾的是李白急匆匆地跑到长安，却没能见上玉真公主一面。只是留下了元丹丘的那封推荐信。李白在长安漂泊浪迹的日子，认识了长安的风流公子张垍，张垍是宰相张悦的大儿子，又被招为玄宗的女婿，大唐的驸马。李白认为终于找到了一条通天之路。可是，张垍见了李白，一番客套之后，便把李白随便安排在郊区一间残破的楼阁里面，让他去等消息。那地方偏得很，结果李白在那待了一两个月，仍是"泥牛入海无消息"。最后李白实在是等不下去了，便留诗一首怅然而去。这时候已到了天宝元年。大概到这时，玉真公主才看到元丹丘给她的推荐信。于是派人辗转找到李白，这才把李白推荐给唐玄宗，也才有了李白与唐玄宗的第一次见面。你说，李白的这次机遇来得容易吗？他会不百倍珍惜，而图一时嘴巴上痛快以吟诗作赋来嘲讽，断送了自己的锦绣前程？

我：你的话我还真是闻所未闻，言之成理。那么，李白被逐出长安的真正原因又是什么呢？

杨玉环：我不知道你看过范传正的《唐左拾遗翰林学士李公新墓碑序》一文没有？他在文中说，玄宗甚爱其才，只是顾虑经常醉酒醺醺的李白出入宫中，不经意中在外边泄露了宫闱秘闻，"恐掇后患，惜而逐之"。唐朝在许多方面沿袭汉制，汉朝的法律，外传朝中言语是大罪。我听玄宗说过，汉大臣夏侯胜一次出了朝廷，告诉外人宣帝跟他说过的话，遭到宣帝的严厉斥责，从此不敢再说；京房把汉元帝跟他说的话跟御史大夫郑君说了，郑君又跟张博说了，张博悄悄记了下来，后来因此被杀了头。任何朝代都会对朝廷内幕严加保密。玄宗之所以打消了一度有过的任命李白为中书舍人的念头，主要原因就是李白太爱喝酒，太容易喝醉，喝醉后嘴上又缺少把门的。

乐师李龟年记述了他奉旨去唤李白时的情形：

天子与贵妃在兴庆池东沉香亭观赏牡丹。玄宗说："对妃子，赏名花，新花安用旧曲？"于是命梨园长李龟年召李白入宫。李龟年四处寻找也不见李白的踪迹，有人告说，你到长安街市的酒肆中找去，定能找到。于是，李龟年一径寻到长安街市的酒肆。刚到酒肆近旁，只听得酒楼上有人歌云："三杯通大道，一斗合自然。但得酒中趣，勿为醒者传。"李龟年道："这歌的不是李学士是谁？"大踏步上楼梯来，只见李白独占一个小小座头，桌上花瓶内供一枝碧桃花，独自对花而酌，已吃得酩酊大醉，手执巨觥，兀自不放。李龟年上前道："圣上在沉香亭宣召学士，快去！"众酒客闻得有圣旨，一时惊骇，都站起来闲看。李白全然不理，张开醉眼，向李龟年念一句陶渊明的诗，道是："我醉欲眠君且去。"念了这句诗，就瞑然欲睡。李龟年也有三分主意，向楼窗往下一招，七八个从者，一齐上楼，不由分说，手忙脚乱，抬李学士到了门前，上了玉花骢，众人左扶右持，龟年策马在后相随，直跑到五凤楼前。天子又遣内侍来催促了，敕赐走马入宫。龟年遂不扶李白下马，同内侍帮扶，直至后宫，过了兴庆池，来到沉香亭。天子见李白在马上双眸紧闭，兀自未醒，命内侍铺紫氍毹于亭侧，扶白下马少卧。亲往省视，见白口流涎沫，天子亲以龙袖拭之。贵妃奏道："妾闻冷水沃面，可以解醒。"乃命内侍汲兴庆池水，使宫女含而喷之。白梦中惊醒，见御驾，大惊，俯伏道："臣罪该万死！臣乃酒中之仙，幸陛下恕臣！"天子御手搀起道："今日同妃子赏名花，不可无新词，所以召卿，可作《清平调》三章。"李龟年取金花笺授白，白带醉一挥，立成三首。

杨玉环：李白的喝酒那是出了大名的。昼夜畅饮，斗酒不醉，喝酒之后，诗才愈见敏捷，自称"斗酒诗百篇"。李白不仅有"诗仙"之称，还另有"酒仙"之称。在李白的诗中，留下了太多与酒有关的诗句："古来圣贤皆寂寞，惟有饮者留其名"，"会须一饮三百杯，但愿长醉不愿醒"，"五花马，千金裘，呼儿将出换美酒"，"青莲居士谪仙人，酒肆逃名三十春"等等连篇累牍。所以，李白每次都是醉醺醺地去见玄宗，见了也是腾云驾雾深一脚浅一脚。时日一长，尽管每次他都能够写出锦绣诗章，但毕竟让唐玄宗心中不舒服。可是因此而怪罪或免职，又有些"投鼠忌器"，因为李白毕竟不同于一般文人，他的名气实在是太大了，"天下谁人不识君"。所以，唐玄宗思来想去，顾此而言

黄河崖畔古民居砖雕

他，给了李白一个"赐金放还"的圣旨。

李白成为"因酒耽搁前程"的一个典型案例。

祸国之谜

唐玄宗是唐王朝盛极而衰大转折中的一位皇帝，历史上对他的评价见仁见智褒贬不一。

唐玄宗初期，任用姚崇、宋璟、张九龄等忠直贤良之人为相，整顿武周后期以来的弊政，社会经济继"贞观之治"后持续发展，被后世称为"开元之治"。历史上记载了一个细节：有一段时间，宰相韩休和萧嵩共掌朝政，韩休正直，见玄宗有什么过失，总是直言谏诤；而萧嵩恰恰相反，总是顺从唐玄宗。有一次，上朝回来，唐玄宗照镜子，显得闷闷不乐，左右内侍知道玄宗还在生韩休的气，就劝说："韩休为相后陛下消瘦了，干脆把他罢了官，免得再受他的窝囊气。"唐玄宗沉思默想了好一阵，回答说："我虽然瘦了，而天下人一定肥了。萧嵩来奏事，一味拣我爱听的说，他走后我心里却很不踏实。韩休虽然当时弄得我很不高兴，可晚上睡得安稳。我只能图一头。用韩休不是为了我一个人。"杜甫在《忆昔》一诗中说："忆昔开元全盛日，小邑犹藏万家室。稻米流脂粟米白，公私仓廪俱丰实……"唐人在经历了中唐的动荡之后，对"开元盛世"更为怀念。

但是，在取得这些成就后，唐玄宗沉浸于一片"明君"的赞扬声中，对于谏诤再听不进去。任用了历史上那个"口蜜腹剑"的奸相李林甫，罢免了敢于直谏的张九龄。李林甫任相长达19年，排斥正直能干的大臣，重用一批奸佞小人，政局每况愈下。李林甫死后，又任用了杨贵妃的堂兄杨国忠，终于引发了"安史之乱"。唐玄宗一生前后判若两人的所作所为，为历史提供了王朝兴盛衰乱的"资治通鉴"，成为民间"政声人去后，民意闲谈时"的议论话题。元稹《宫词》中的诗句："白头宫女在，闲坐说玄宗"；韦应物《与村老对饮》的诗句："乡村年少生离乱，见话先朝如梦中"；王建《赠阎少保》的诗句："问事爱知天宝里，识人皆是武皇前"。

唐玄宗由"宵衣旰食"的"英主"，转变为"春宵苦短日高起，从此君王不早朝"的"昏君"，杨贵妃自然成为惑君乱国的"红颜祸水"。

司马光在《资治通鉴》卷二一六记载："甲辰，禄山生日，上及贵妃赐衣服、宝器、酒馔甚厚。后三日，召禄山入禁中，贵妃以锦绣为大襁褓，裹禄山，使宫人以彩舆舁之。上闻后宫喧笑，问其故，左右以贵妃三日洗禄儿对。上自往观之，喜，赐贵妃洗儿金银钱，复厚赐禄山，尽欢而罢。自是禄山出入宫掖不禁，或与贵妃对食，或通宵不出，颇有丑声闻于外，上亦不疑也。"

正史中司马温公的一席话，更是坐实了杨贵妃的"罪名"。尤其其中一句"禄山出入宫掖不禁，或与贵妃对食，或通宵不出，颇有丑声闻于外"，更是含糊其辞地曝光了与"安史之乱"叛臣安禄山的一段暧昧。

诸多野史和外传别传中，更是充斥着"杨贵妃与安禄山暧昧关系"的花边新闻：

许啸天在《唐宫二十朝演义》中，对杨贵妃与安禄山这样描述：

> 安禄山身体有三百斤重，原是十分肥胖的人。肥人最是怕热，他三杯酒下肚，更觉得浑身燥热，玄宗见他满脸热得通红，抓头挖耳，便命他脱去外服，袒怀取凉。谁知禄山脱去了外服，还是汗淋如雨，玄宗命他索性把上衣脱尽，赤膊对坐。玄宗见禄山长着一身白肉，便笑说道："好肥白的孩儿。"一言未了，高力士报说："杨娘娘驾到！"慌得安禄山扯住衣襟，向身上乱遮乱盖，贵妃已到了跟前。禄山赤着膊，趴在地上磕头说道："臣儿失礼，罪该万死！"贵妃笑扶着禄山的肥臂，命他起来，又笑说道："谁家母亲不见她孩儿肌肤，何失礼之有？"禄山听贵妃如此说法，便也依旧赤着膊坐下。……安禄山从此以后，不独在皇帝跟前常常赤膊相对，便是对着贵妃，一声嚷热，尽把上衣脱去。贵妃却最爱看禄山的一身白肉，见皇帝不在跟前，便是禄山不赤膊，也要命他赤膊的。

《通鉴纪事本末·安史之乱》有这样记载：

> 天宝十年正月三日，是安禄山的生日，唐玄宗和杨贵妃赐给安禄山丰厚的生日礼物。过罢生日的第三天，杨贵妃特召安禄山进见，替他这个"大儿子"举行洗三仪式。杨贵妃让人把安禄山当做婴儿放在大澡盆中，为他洗澡，洗完澡后，

又用锦绣料子特制的大襁褓，包裹住安禄山，让宫女们把他放在一个彩轿上抬着，在后宫花园中转来转去，口呼"禄儿、禄儿"，嬉戏取乐。"洗三"是中国古代诞生礼中非常重要的一个仪式。婴儿出生后第三日，要举行沐浴仪式，会集亲友为婴儿祝吉，这就是"洗三"，也叫做"三朝洗儿"。"洗三"的用意，一是洗涤污秽，消灾免难；二是祈祥求福，图个吉利。给小儿"洗三"自然是正常不过了，给干儿子"洗三"，大概只有杨贵妃做得出来。

李阳泉在《中国文明的秘密档案》一书中，则作了更为露骨的表达：

唐玄宗宠幸杨贵妃到了无以复加的地步，然而，杨玉环却不甘心只占有一个皇帝，偏偏喜欢上了胡儿安禄山。安禄山为了赢得玄宗的赏识，在贵妃面前大献殷勤，他虽然比杨贵妃大十几岁，却请求给贵妃当干儿子。杨贵妃故意笑而不答。唐玄宗却鼓励贵妃收下这个"好孩儿"。自从杨贵妃当了安禄山的"干娘"，与安禄山来往就有了名分，你来我往，勾搭成奸。……毕竟安禄山强壮有力，动作野蛮，刺激了杨玉环的情欲。玄宗不在时两人偷偷幽会，一次安禄山用力过猛，竟然在她的酥胸上抓出一道道伤痕。杨玉环无法向玄宗交代，只好以锦缎遮在胸前，称为"诃子"，这便是后世"乳罩"的起源。"禄山之爪"成了典故。事后安禄山私下对人说："贵妃人乳，滑腻如塞上酥！"

我以此求证杨玉环。

我：关于你给安禄山"洗三"之事，千年以来传得沸沸扬扬。仅从文字上看，也让人觉得确实有着"暧昧"的意味。

听我说时，杨玉环已气得柳眉倒挂，杏眼圆睁。

杨玉环：你们男人有句话：以小人之心，度君子之腹。世人总是用一种阴暗的心理看女人。原本一件顺理成章的平常事，到了这些风流文人笔下，就成了黄色段子花边新闻。那次，玄宗让我初次见识安禄山，他就像鸡啄米一样向我俩磕头不止，嘴里奏道："外臣罪该万死，有心腹之言，不敢奏明万岁和娘娘。"你当他是什么话？恕他无罪，让他说出来，他说的竟然是："这原是臣一时孩儿之见，只因臣见了娘娘面貌，便想起臣的生母来，却与娘娘的面貌相似，是以心中万分悲伤。如今既蒙万岁和娘娘天祥宏恩，恕臣无罪，臣该万死，求娘娘收臣为养子，则虽立赐臣死，心亦慰矣。"你说搞笑不搞笑？尽管你不难听出他的邀宠谄媚心理，但毕竟是一个比我大十几岁的肥胖家伙，没有三百斤也总有二百七八，猛然就提出要当我的干儿子，当时笑得我简直把中午吃的饭也要喷出来了。安禄山自认我为干娘，自己就把关系套得近乎了一层。这个人还颇有歪才，常有些不同寻常的举动，给你一个惊喜。他以后不论何时，只要是我和玄宗同时在座，他对我是倒身磕头就拜，而对玄宗只是拱一拱手。玄宗惊诧地问，吾儿为何只拜母后，不拜父皇？安禄山大大咧咧地说：胡儿家，只知有母而不知有父，是以不拜。说得玄宗哈哈大笑，不以为忤逆。玄宗常常拿安禄山开玩笑取乐，他也乐得装痴卖傻，以丑态博得我俩开心。有一次，玄宗拍着安禄山大腹便便的肚子说，吾儿腹中何物，如此庞大，莫非粪桶一个，装满了屎尿。安禄山顺嘴就答，吾皇差矣，臣腹中更无他物，只有赤心耳。他其实就是装蒜成一个丑角，但是在话语言谈中，却是极有心计也极有技巧，常常能讨得玄宗欢心。

杨玉环又说：说到那次"洗三"，我原本也没当回事，只认为是安禄山诸多搞笑中的一次。压根儿没想到会演绎出这么恶心人的说法。你想，一个三十多岁的肥胖男人，却要"扮嫩"。有一次，安禄山生日的第三天，皇上赐浴华清池。他浴毕，竟让人用七色碎锦结成一个小儿摇篮，用素绢把自己裹成一个褥褓中的婴孩，卧在里面，让七八个宫女抬到了我和玄宗的面前。安禄山奶声奶气地口唤妈妈，还叫嚷着要吃奶。把个玄宗笑得直不起腰，赶忙上前又抚又拍，吩咐高力士还不快赏"洗儿钱"。

杨玉环还说：不知你看过姚汝能的《安禄山事迹》一书没有？那上面有对当时情景的描述，在安禄山生日的后三天，召安禄山进宫。贵妃以绣绷子绷禄山，令内人以彩舆昇之，欢呼动地。玄宗使人问之，报云："贵妃与禄山作三日洗儿，洗了又绷禄山，是以欢笑。"玄宗就观之，大悦，因加赏赐贵妃洗儿金银钱物，极乐而罢。自是，宫中皆呼禄山为禄儿，不禁其出入。你琢磨此事，"洗三"是玄宗的一种恩宠，没有皇上的圣旨，连太子也不能随便出入后宫。那些后宫中的男人，必须是丧失了功能的太监。偏偏到我这里，在玄宗眼皮底下，就有了可乘之机？再说，安禄山当时还不是叛将，正在极力扮演忠臣。一个正在力图邀宠的臣子，敢动皇上妃子的念头？他即便有贼心，他有贼胆吗？再再说，按姚汝能在《安禄山事迹》中对"洗三"一事的记载，一切都是在大庭广众之中，众目睽睽之下，就算我俩都真个色胆包天，也还不至于到利令智昏的地步吧？再再再说，姚汝能说："玄宗观之，大悦。"我想天底下恐怕还不会有一个男人，对自己女人的宠爱，竟然到心甘情愿自己弄顶"绿帽子"戴吧？

我：司马光的《资治通鉴》，一向还被人们看做是严肃的正史。看来这个温国公太想为帝王提供治国借鉴的"素质教材"了，所以不惜拿了污水往红颜薄命的女子身上泼。其实，我在许多史籍中，都看到对司马光此论的质疑。清代编的

《历代御批通鉴辑鉴》里，曾明确地指出："通鉴载……考此皆出《禄山事迹》及《天宝遗事》诸稗史，恐非实录，今不取。"清代著名学者袁枚更直接地为你鸣不平："杨妃洗儿事，新旧唐书皆不载，而温公通鉴乃采《天宝遗事》以入之。岂不知此种小说，乃村巷俚言……乃据以污唐家宫闱耶？"而关于《天宝遗事》一书，早在南宋初，洪迈先生便指出其"固鄙浅不足取，然颇能误后生。"

  我：被后世赞为歌颂了你与唐玄宗"在天愿作比翼鸟，在地愿为连理枝"爱情绝唱的《长恨歌》，白居易的本意是要"惩尤物，窒乱阶，垂于将来"的。就像他《新乐府》中"鉴嬖惑"的《李夫人》一样，是持"红颜祸水"观点的。《李夫人》中写道："伤心不独汉武帝，自古及今皆如斯。君不见……泰陵一掬泪，马嵬坡下念杨妃，纵令妍姿艳质化为土，此恨长在无销期。"这不妨可看做是对《长恨歌》创作意图的一个注脚。

  我还说：徐夤在《开元即事》中写下这样的诗句："堂上有兵天不用，幄中无策印空多"，"未必蛾眉能破国，千秋休恨马嵬坡"。已经对传统这一"红颜祸水"的说法提出了反驳。鲁迅对上层统治者和御用文人们奉行的"红颜祸水"的封建史学观更是给了辛辣的嘲讽："中国的男人，本来大半都可以做圣贤，可惜全被女人毁掉了。商是妲己闹亡的；周是褒姒弄坏的；秦……虽然史无明文，我们也假定他是因为女人，大约未必十分错，而董卓可是的确给貂蝉害死了。"

  ……

当我正在喋喋不休，不经意间把目光向杨玉环一瞥时，只见杨玉环早已是泪流满面，泣而无声了。

马嵬之谜

关于杨贵妃之死，《旧唐书》上只是寥寥几笔："贵妃从幸至马嵬，禁军大将陈玄礼密启太子，诛国忠父子。既而四军不散，玄宗遣力士宣问，对曰'贼本尚在'，盖指贵妃也。力士复奏，帝不获已，与妃诏，遂缢死于佛室。时年三十八，瘗于驿西道侧。"

一条鲜活的生命，就这样香消玉殒。三十芳龄尘与土，成为帝王的"替罪羊"。

我：马嵬坡成为一段爱情的坟墓。我看到，当陈玄礼奏称"国忠既诛，贵妃不宜再侍候陛下，请赐其死以塞天下怨"时，唐玄宗起初是不忍的，为你辩护说："贵妃常居深宫，安知国忠反谋！"最后还是高力士劝玄宗："贵妃原是无罪，但将士已杀国忠，贵妃尚侍左右，终未能安众心。愿陛下俯从所请，将士安，陛下亦安了。"我能够想象到，玄宗猛然间面对这样一场突如其来的变故，要让他对自己心爱的女人狠下杀手，内心一定是非常矛盾、非常痛苦的。

我看到这样的描述：

> 唐玄宗顿时觉得是当头一棒。他愣了一下，说了一句："朕当自处之。"转身就回到驿站门里了。进入驿站，唐玄宗顿时觉得天旋地转，简直都站不住了，他倚靠在拐杖上，垂着头，呆在那里不动了。这一两天来，发生的事情太多了，他简直无法想象，事情怎么会变成这个样子呢！他不是盛世天子吗？怎么忽然连首都长安都保不住，来到这个地方呢！他和贵妃不是神仙眷属吗？怎么忽然要让他处死贵妃！普通老百姓夫妇尚且能够互相扶持，白头偕老，自己堂堂一个皇帝怎么居然连爱妃都保护不了了呢！看着皇帝久久不说话，韦见素的儿子韦谔急了，他上前说道："今众怒难犯，安危在晷刻，愿陛下速决！"说罢，连着给玄宗磕了几个头，血都流下来了。这时候，高力士在旁边说话了。他说："贵妃诚无罪，然将士已杀国忠，而贵妃在陛下左右，岂敢自安！愿陛下审思之，将士安，则陛下安矣。"

我：高力士的话说得太透彻了，如果不杀你，将士们恐怕就要连玄宗也一起杀掉了！于是，一个严峻的现实摆到了玄宗的面前。白居易的诗句说唐玄宗"汉皇重色思倾国"，也许，唐玄宗真能做到"不爱江山爱美人"，但现在不再是爱江山还是爱美人的问题，现在是你能不能为了一个心爱的女人，赔上自己老命的问题。

杨玉环：又回到那句话了，唐玄宗毕竟不是三郎。唐玄宗终究是个政治家，不是情圣。元好问有诗句："问世间情为何物，直教人生死相许"，岂是那么容易做到。裴多菲还有诗句说什么"生命诚可贵，爱情价更高"，应该反过来说"爱情诚可贵，生命价更高"。命都没有了，皮之不存，毛将焉附，那还谈得上什么爱情。唐玄宗做出的选择原本也在我的预料之中。

唐玄宗让高力士把杨贵妃领到佛堂里，和杨贵妃作最后诀别。杨贵妃说："愿大家好住。妾诚负国恩，死无所恨。"唐玄宗也含着眼泪说："愿妃子善地受生。"

礼佛之后，高力士就把杨贵妃勒死在佛堂之中。这就是白居易《长恨歌》所说的"六军不发无奈何，宛转蛾眉马前死。花钿委地无人收，翠翘金雀玉搔头。君王掩面救不得，回看血泪相和流。"杨贵妃22岁来到唐玄宗身边，陪伴唐玄宗度过了16年最快乐的日子，最后，又用自己的生命换来了唐玄宗的平安。绝代佳人，就这样死于非命。对于这场悲剧，清人袁枚愤然写道："到底君王负前盟，江山情重美人轻，玉环领略夫妻味，从此人间不再生。"

白居易的《长恨歌》里，还写有这样的诗句："七月七日长生殿，夜半无人私语时。在天愿作比翼鸟，在地愿为连理枝。天长地久有时尽，此恨绵绵无绝期。"

农历七月初七，是民间传说牛郎织女相会的日子，俗称七夕。"明月几时有，把酒问青天"，唐玄宗与杨贵妃在长生殿上演了海誓山盟的一幕：

杨玉环斜倚着玄宗，低声说："今夜双星渡河相会，真是一件韵事。"

玄宗道："他双星相会，一年才一次，不及朕与妃，可以每时每刻相守。"

杨玉环却无端地落下泪。玄宗十分心疼，替她拭去泪水，问她为什么事感伤。杨玉环道："妾想那双星，虽然一年只是一会，却是地久天长，年年皆有今日，而妾与陛下，恐怕不能似他们那样长久。"

玄宗道："朕与妃生同衾，死同穴，这难道不是长久么？"

杨玉环黯然道："长门孤冷，秋扇抛残，妾每阅前史，心中多有凄恻。"

玄宗急道："朕不是如此薄幸之人，今夜可对双星起誓——"说着便携住杨玉环的手，同至案几前，拱手作揖道："双星在上，我李隆基与杨玉环，情似海深，愿生生世世永为夫妇。"

杨玉环亦敛衣道："愿如誓言，若有违此盟，双星作证，不得令终。"接着她侧身握住玄宗的双手道："今夕密誓，妾死生不负。"

言犹在耳，万事转头皆成空。

　　杨玉环：其实，我何尝不知，与帝王之爱，连露水夫妻都不如。所谓的"帝王一诺，驷马难追"，还有什么"君无戏言"，在爱情方面，这些话维持不了一炷香。如今的唐玄宗早已不是当年的临淄王，再没有了从玄武门夺关斩将，一直杀到太极殿的男儿豪气。徒唤奈何，竟保不住一个自己心爱的女子。

杨玉环还向我披露了一个此时最为隐秘的细节：

杨玉环：就在我将要离去的一瞬间，三郎复执我的手说，现在我真想禅位帝王，与你像一对患难夫妻一样去逃难。可惜悔之晚矣，我俩竟连这样一个愿望也不可得呀。后来我听说，至此，玄宗心灰意懒。我一走，他就决意要禅位给太子李亨，李亨起初不受，玄宗还说出这样的话：我年老体衰精力不逮，你不来替我分忧，就是不孝；国家正在危难之际，你不承担起拯救天下的大任就是不忠。你愿做一个不忠不孝之人？这样，李亨才接受了皇位，是为肃宗。我相信那一刻，三郎真是把帝位看做一种不堪重负，他是真心实意想当一个平民百姓。

我问杨玉环：当在马嵬坡"君王掩面救不得，回看血泪相和流"时，我想你一定非常绝望。夫妻本是同林鸟，大难临头各自飞。权倾天下的一代帝王，到头来却保不住一个自己心爱小女子的性命。

杨玉环：你恐怕想象不到，我那时倒是出奇的平静。当七尺白绫套在脖子上时，你猜，我脑子里转的是什么念头？我心中涌起昔日的一件往事：广东岭南地区，进贡给玄宗一只白色鹦鹉，这只鹦鹉伶牙俐齿，会说人话。我和三郎都很喜欢，称为"雪衣女"。三郎见雪衣女很通神性，就让我教它念《多心经》，这只白鹦鹉竟然真能把这篇佛经吟诵下来。有一天，这只白鹦鹉突然飞到我的梳妆台上，莫明其妙地说了一句："雪衣女昨夜梦见被鸷鸟所搏。"这句话让我苦思冥想了好几天，茶食无味，一直琢磨是什么意思。你说，我也从来没教过它这么一句话呀。后来有一天，我和三郎去别殿游玩，将雪衣女放置在步辇竿上一同带去。忽然一只黑鹰从天上扑下来，将雪衣女一口啄死。你说怪不怪？雪衣女的话是这么一个预言。那时，我心上就笼罩了一层不祥的阴影。谁曾想，在马嵬坡果然终得应验。那一刻我一直想，也许，那只白鹦鹉就是我的象征！当年，我与三郎还给那只白鹦鹉寻了一个风景幽静之处把它葬了。如今西安附近还留有这个"鹦鹉冢"。我想，白鹦鹉再命运不测，当年还有我们为之下葬，我如今竟落个死无葬身之地。"尔今死去侬收葬"，"他年葬侬知是谁"？我的命，真正还不如那只白鹦鹉。

生死之谜

陆游有诗句："死去元知万事空"，人走如灯灭，化作一缕青烟，化为一抔黄土。然而，杨贵妃杨玉环不仅生前给世人留下那么多的疑团，就是身后，是死是活，身葬何处，也成为一个谜。

《中国历史名人悬案全破译》一书，对杨贵妃的最后归宿就列出了四种说法：

一是"死于马嵬坡"：即是前文描述的情节。高力士将杨玉环引入佛堂缢死，并召陈玄礼等人验看。还流传下一个细节：说在运尸下葬之时，杨贵妃一只锦鞋掉落，被一个老太捡拾。后这个老太以这只锦鞋示游人观看，每次收百钱，据此发财。这是比较流行的一种说法。

第二种说法是俞平伯的考证：他认为，马嵬坡兵变一年后，唐玄宗重返长安迁葬杨贵妃，却找不到杨的尸首。"马嵬坡下泥土中，不见玉颜空死处。"由此俞老先生推断，当时很可能使了掉包计，以侍女代死。在混乱中杨贵妃得以逃生。对于验尸云云，俞老先生给出的解释是：陈玄礼处于当时情景，决不会认真验看。出于形势无奈，陈玄礼以一个军人叛迫皇帝裁后，已属大逆不道，如再仔细验看贵妃遗体，亵渎之罪大矣。后来杨贵妃隐匿到女道士院，真正成为"杨真人"。这也是前缘后世的因果报应。

第三种说法是杨贵妃死于乱军之中：主要见于一些唐诗中的描述。李益七绝《过马嵬》和七律《过马嵬二首》中有"托君休洗莲花血"和"太真血染马蹄尽"诗句，说明杨玉环死于乱刃。杜甫《哀江头》有"明眸皓齿今何在，血污游魂归不得"之句，"血污"二字暗示非缢死于马嵬驿，因为缢死是不会有血的。张祐《华清宫和杜舍人》的"血埋妃子艳"；杜牧《华清宫三十韵》的"喧呼马嵬血，零落羽林枪"；温庭筠《马嵬驿》的"返魂无验表烟灭，埋血空生碧草愁"等，似乎都在证实着这一说法。

第四种说法是说杨贵妃漂流到了国外：日本民间和学术界，认为杨玉环逃亡日本。马嵬驿杨玉环并没有死，在唐玄宗南逃川蜀的途中，寿王李瑁是负责后勤保障，他岂能眼睁睁看着杨玉环丧命？她是在他的精心安排护送下南逃，扬帆出海，漂至日本。日本久谷町久津，至今还保存着许多杨贵妃的庙宇、坟墓、传说、器物，并传说她在日本的政坛上又活跃了30年，到68岁才死去。日本山口县号称"杨贵妃之乡"，建有杨贵妃墓。1963年有一位日本姑娘向电视观众展示了自己的一本家谱，说她就是杨贵妃的后人。甚至连在中国颇得人气的日本著名影星山口百惠也自称是杨贵妃的后裔。

白居易《长恨歌》中"马嵬坡下泥土中，不见玉颜空死处"的诗句，留存下贵妃生死的千年之谜。

我：俗话说，活要见人，死要见尸。你是"上穷碧落下黄泉，两处茫茫皆不见"，好像人间蒸发，冥府失踪。你到底是生是死，人躲何处，魂归哪里？

杨玉环：你还记得白居易《长恨歌》中最后的描写吗？

> 忽闻海上有仙山，山在虚无缥缈间。
> 楼阁玲珑五云起，其中绰约多仙子。
> 中有一人字太真，雪肤花貌参差是。
> 金阙西厢叩玉扃，转教小玉报双成。
> 闻道汉家天子使，九华帐里梦魂惊。
> 揽衣推枕起徘徊，珠箔银屏迤逦开。
> 云髻半偏新睡觉，花冠不整下堂来。
> 风吹仙袂飘飘举，犹似霓裳羽衣舞。
> 玉容寂寞泪阑干，梨花一枝春带雨。
> 含情凝睇谢君王，一别音容两渺茫。
> 昭阳殿里恩爱绝，蓬莱宫中日月长。
> 回头下望人寰处，不见长安见尘雾。
> 惟将旧物表深情，钿合金钗寄将去。
> 钗留一股合一扇，钗擘黄金合分钿。
> 但教心似金钿坚，天上人间会相见。

白居易这么一个写实主义的大诗人，这段详尽的描绘，绝不可能是空穴来风。其实，亡命日本，这才是最接近真实的传说。日本有《中国传来的故事》，说的就是这件事。其实当时，也确实在佛堂前自缢，那一刻我已经断绝尘念，这个纷扰污浊的尘世又有什么可留恋的呢？也许是我命不该绝，只是闭过气去处于昏迷状态。当时兵荒马乱，人们还要急急逃亡，也顾不及验尸细查，是我的好姐妹谢阿蛮和琴师马仙斯帮助我，先是秘密向东南方逃去，来到襄阳，后又漂泊到武汉，下扬州，最终在日本遣唐使团团长藤原刷雄的帮助下，搭上日本使团回国的大船，漂洋过海，到了日本山口县的久津[1]。前几年，日本著名影星山口百惠不是还公开说自己就是我的后代吗？如果是八竿子也挨不上边的人，哪会随便认一个外国人是自己的祖宗？其实当年，我也让谢姐和马师把这个消息透给唐玄宗，所以也才有了唐玄宗派方士到日本来寻我。你想，唐玄宗是何等精明之人，他如果不是得到确切消息，真会痴迷到让人"上穷碧落下黄泉，两处茫茫皆不见"地傻找？只是这件事在当年讳莫如深，所以白居易老夫子才在《长恨歌》中语焉不详写下那段海外仙岛传奇。地点是假托，情景倒是真切的。唐玄宗给我带来两尊佛像，我也以玉簪让方士带回。

杨玉环还说：俞平伯老先生的考证功夫确实了得。他在《论诗词曲杂著》中，对白居易的《长恨歌》和陈鸿的《长恨歌传》作了考证。他认为白居易的《长恨歌》、陈鸿的《长恨歌传》之本意，盖另有所指。如果以"长恨"为篇名，写至马嵬已足够了，何必还要在后面假设临邛道士和玉妃太真呢？兹事之由，俞先生认为，杨贵妃并未死于马嵬驿。当时六军哗变，贵妃被劫，钗钿委地，诗中明言唐玄宗"救不得"，所以正史所载的赐死之诏旨，当时绝不会有。陈鸿的《长恨歌传》所言"使人牵之而去"，是说杨贵妃被使者牵去藏匿远地了。白居易《长恨歌》说唐玄宗回銮后要为杨贵妃改葬，结果是"马嵬坡下泥土中，不见玉颜空死处"，连尸骨都找不到，这就更证实贵妃未死于马嵬驿。值得注意的是，陈鸿作《长恨歌传》时，唯恐后人不明，特为点出："世所知者有《玄宗本纪》在。"而"世所不闻"者，今传有《长恨歌》，这分明暗示杨贵妃并未死。俞平伯老先生竟然能在纷乱杂芜的各家之说中，独见真知，判断出我是流落海外。虽没点明地点，也够让人惊叹。

我：央视的百家讲坛，曾播出过作家叶广芩的《杨贵妃下落之谜》。叶广芩专程渡海赴日，到山口县久津村一探究竟。这里有杨贵妃的雕像、墓塔，还有资料记载："天宝十五年七月，唐玄宗爱妃杨玉环乘空栌舟（没有橹的船）于久津唐渡口登岸，登岸后不久死去，里人相寄，葬于庙后……"这个村子是一个海流的回

---

[1]《中国传来的故事》，载《文化译丛》1984年第五期。

旋地，船正好可以在这里登陆。这番考证，似乎印证了你的说法。

尾声：芳迹何处寻

不知不觉间，夜幕渐渐笼罩了深潭，杨玉环的影子越发缥缈虚幻。我欲待再问些什么时，杨玉环就像起初不期而遇，现在又不辞而别了。

一切似乎都未曾发生过，只有两眼深潭，在无言地诉说。

杨贵妃杨玉环，真是一个充满神秘的人物。

偏头关悲歌杨家将

残阳何意照空城

山西作家采风团"走马黄河"的第一站是偏关。偏关，古称偏头关，因为"地形东仰西伏，似人首之偏隆"，因此得名。黄河落天走山西首先流入偏头关境内，滔滔黄河和巍巍长城在这里交汇，内长城和外长城在这里聚首，是晋蒙交界之处。偏头关与雁门关、宁武关并称为长城"外三关"，史称"九寨屏藩，三关首镇"。由于偏头关三面环山，地形险要，历来是兵家必争之地。古来就有"宣大以蔽京师，偏头以蔽冀晋"的说法。

偏头关的险峻在老牛湾得以充分展现：崖边那座高大的墩台，人称"望河楼"，楼底单边长 12 米，高 20 余米，分两层，下部为长条石砌筑，上部为砖砌。楼顶平台处原建有"楼橹"，既可供守城将士遮风避雨，又能储存武器燃料等。

墩台没有楼梯可上，当年的值更士兵都是用从上层垂下来的一根绳子攀登上去。"望河楼"成为最佳观景点，极目远眺，高瞻远瞩，历代战争中为军事防御而构筑的古长城遗迹

沧桑偏头关

隐约可现，烽火台、古城堡更是星罗棋布，呈现出边塞古关的独特风貌。

偏关县委宣传部李部长对县志历史很有研究，从偏关县城驱车前往老牛湾的路上，他如数家珍般为我们讲述着这个县城古老而沧桑的历史：

"……远在新石器时代，这里就有人类繁衍生息。县境内吴城、黄龙池、梨园、美稷城都留存有原始人类生存的足迹，属龙山文化遗址。你在村落的地上，随处可见石器残片和绳纹瓦片，我们说笑话，一个不小心你就踩上了秦砖汉瓦。到春秋战国时期，赵武灵王略中山破胡林，取其地置儋林郡。这是最早的历史记载。后来，五代刘崇在晋阳称帝，首次于偏关立寨，据险设关，扼守西北。偏头关初建时称偏头寨，元朝时改为偏头关。秦汉属雁代，隋属马邑，唐设唐隆镇，名将尉迟敬德驻守此地，在关东建九龙寺。到宋代，杨家将威镇三关，在这一带与辽兵浴血奋战，精忠报国，留下了许多可歌可泣的故事，一直在民间流传……"

我们这一代人，就是看着《杨家将》的连环画、听着刘兰芳《杨家将》的评书长大的。此刻站立于望河楼制高点，黄河奔涌，八面来风，耳边就情不自禁地回荡起诗人白桦为山西电视台拍摄的电视连续剧《杨家将》写的片头曲《千年悲歌》：

一座高耸入云的山峰	一座高耸入云的山峰
永远站立在北国的边境	永远站立在北国的边境
一千年的感慨	一千年的不解
一千年的不平	一千年的激愤
辨不完的忠和奸	争不完的是与非
说不完杨家将满门的报国心	讲不完杨家将忠贞的爱国情
鲜血洒在战场	头颅抛在荒丘
公道自在人心	毁誉交给后人
思念留在民间	平安留在故土
一千年的悲歌从古唱到今	一千年的眼泪从古流到今

屈原在《国殇》中吟诵："人不出兮往不返，诚既勇兮又以武，身首异兮为鬼雄……"

杨家将可谓世代忠良：传说中金沙滩一役，杨家将七郎八虎，大郎在"鸿门宴"上饮毒酒身亡；二郎绝地自尽；三郎被千斤闸压死；四郎重伤被俘；五郎被五台山僧人所救，出家为僧；七郎搬兵时，被潘仁美乱箭射死；幸存的六郎杨延昭，最后的结局也是"将军百战死"。杨继业、杨延昭、杨宗保、杨文广，爷孙四代前仆后继为国捐躯（也有一种历史考证，认为杨宗保与杨文广是一代人）。男人死光了，又有穆桂英挂帅、十二寡妇征西继续为国报效。而杨氏唯一留存的血脉杨延辉杨四郎，重伤被俘后因"投敌变节"，而让亲生母亲佘太君"大义灭亲"。元好问有诗句："野蔓有情萦战骨，残阳何意照空城。"杨家将满门悲壮的故事，用一个家族的生命和鲜血在给历史画上惊叹号的同时，也留下了巨大的问号！

或喋血疆场满门忠烈，或投降变节满门抄斩，正反两极同构了两千年封建历史的血泪悲剧。

鲁迅先生在《狂人日记》中写下这样的警言："我翻开历史一查，这历史没有年代，歪歪斜斜的每页上都写着'仁义道德'几个字。我横竖睡不着，仔细看了半夜，才从字缝里看出字来，满本都写着两个字是'吃人'！"

李陵碑下成大节

杨家将的故事和戏文中最催人泪下的是《李陵碑》。我看过京剧《李陵碑》，剧情大意是：宋辽交兵，杨继业被困二狼山，派遣七郎延嗣突围搬兵。元帅潘仁美之子潘豹曾因摆设擂台比武被杨七郎打死，为报杀子之仇，潘仁美不但不发救兵，反将七郎乱箭射死。杨继业盼子不归，夜梦七郎身带箭伤，哭诉被害经过，甚为惊诧。醒来后，放心不下，又命六郎延昭突围探听消息，父子洒泪分别。将士饥寒交迫，退守至苏武庙，杨继业见庙前竖立李陵碑，愤恨李陵叛汉，联想到自己的处境十分绝望，遂碰碑而死。

京剧《李陵碑》取材于《杨家将演义》。

杨家将故事产生得很早，北宋欧阳修在《供备库副使杨君墓志铭》一文中写有这样的字句："继业有子延昭，……父子皆为名将，其智勇号称'无敌'，至今天下之士，至于里儿野竖，皆能道之。"欧阳修此文写于1051年，而杨继业和杨延昭分别卒于986年和1014年，可见杨家父子死后不久，人们已经口碑相传。

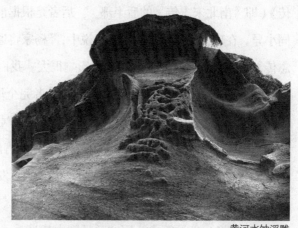

黄河水蚀浮雕

到了南宋，杨家将的故事不但以口头方式在民间传播，而且被说唱艺人编成了话本。罗烨《醉翁谈录》甲集卷一《舌耕叙引·说开辟》所列南宋话本，已有《杨令公》和《五郎为僧》两目。据宋末元初徐大焯《烬余录》甲编所载：当时民间已把杨家英雄称为"杨家将"。《辍耕录》卷二十五所载金院本名目中有《打王枢密》。说明在金代时，杨家将故事已被搬上舞台了。元代是杂剧鼎盛时期，而杂剧家往往多从话本和民间传说中取材，因此，深受人民喜爱的杨家将故事自然成为元杂剧的重要题材。现完整保存下来的有关杨家将的元杂剧有五个：王仲元的《谢金吾诈拆清风府》[1]，朱凯的《昊天塔孟良盗骨殖》[2]，无名氏的《八大王开诏救忠臣》、《焦光赞活拿萧天佑》、《杨六郎调兵破天阵》[3]。此外据《北词广正谱》载，关汉卿也著有《孟良盗骨》一剧，可惜全剧已经失传。

明代是我国小说发展的鼎盛时期，《三国演义》、《西游记》、《水浒》都是这一时期的成就。杨家将小说就是杨家将故事的集大成之作，它是在明嘉靖、万历年间，由文人把话本、杂剧和口头传说中各种分散的杨家将故事加以搜集、整理改编而成的。当时的杨家将小说有多少种，我们不得而知，流传下来的有两种：一为《杨家将通俗演义》（又名《杨家将世代忠勇演义志传》），一为《北宋志

【1】见《元曲选》丁集上。

【2】见《元曲选》戊集下。

【3】均见《孤本元明杂剧》第二十二册。

传》（即《南北宋志传》的后半部）。后者是根据前者改编而成，因此两者之间大同小异。在现存的这两部杨家将小说中，《杨家将通俗演义》流传较少，而《北宋志传》却风靡一时，对后世的文学影响很大。我们现在所见早期戏剧，都与《北宋志传》有着直接或间接的关系。它们或者完全取材于《北宋志传》，如《李陵碑》、《呼延赞表功》、《神火将军》、《孟良盗马》、《穆柯寨》、《洪羊洞》等；或者部分取材于《北宋志传》，如《四郎探母》、《清官册》、《五郎出家》、《金沙滩》、《寇准背靴》等；或者受到了《北宋志传》的启发，从而加以发展和创造，如以杨排风这个杨家烧火丫环为主人公的《打孟良》、《打焦赞》等[1]。

《杨家将演义》第十八回"呼延赞大战辽兵，李陵碑杨业死节"中，这样描述了杨业之死：

> 且说潘仁美大军已离汴京，迤逦望瓜州进发。来到黄龙隘下寨，分立两大营：呼延赞屯东壁，自屯西壁。仁美乃与牙将刘君其、贺国舅、秦昭庆、米教练四人议曰："我深恨杨业父子，怀恨莫伸。此一回欲尽陷之，不想有保官呼延赞在，又难于施计矣。"……
>
> 西营潘仁美探知呼延赞已回汴京，不胜之喜，因与众将商议出战。米教练进曰："招讨可发战书于番人，约日交战，徐好定计。"仁美即遣骑将，赍战书去见番将萧拗懒。萧拗懒得书怒曰："明日准定交锋。"批回来书，召众将议曰："潘仁美不足惧。杨业父子，骁勇莫敌，近闻与主将不睦，正宜乘其隙而图之。离此一望之地，有陈家谷，山势高险。得一人部众埋伏两旁，诱敌人进于谷中，团合围之，必可擒矣。"耶律斜轸应声而出曰："小将愿往。"拗懒曰："君若去，必能办事。"斜轸即引骑军七千余人前行。拗懒又唤过耶律奚底曰："汝引马军一万，明日见阵。杨家父子深知战法，须缓缓佯输，引入伏中。号炮一起，截出力战。"奚底领计去了。拗懒分遣已定，着骑军前诣宋营缉探动静。
>
> 潘仁美已得回书，与刘君其议曰："明日谁当初阵？"君其曰："杨先锋出战，招讨率兵应之。"仁美召业入帐中问曰："番将索战，先锋不宜造次。倘有疏虞，堕君之锐气也。"杨业禀曰："明日是十恶大败日，出军不利，且呼延总管催粮未到，番兵势正锐；须待省机而进，则可成功矣。"仁美怒曰："敌兵临寨，何所抵对？倘总管一月不到，尚待一月耶？今若推延不出，我当申奏朝廷，看汝能逃罪否？"

【1】以上资料据裴效维宝文堂书店 1980 年版《杨家将演义》前言。

业知事不免，乃曰："番将此来，奇变莫测。他处平坦之地，不必提防。此去陈家谷，山势险峻，恐有埋伏。招讨当发兵于此截战，末将率所部当中而入，庶或克敌。不然，全军难保也。"仁美曰："汝但行，吾自有兵来应。"

……

次日黎明，杨业率二子与贺怀浦，列阵于狼牙村。遥见番兵漫山塞野而来，鼓声大震。耶律奚底横大斧，立马于阵前，厉声曰："宋将速降，免动干戈。不然，屠汝等无遗类矣。"杨业激怒，骂曰："背逆蠢蛮，限死临头，犹敢来拒敌天兵耶？"言罢舞刀跃马，直取奚底。奚底绰斧迎战。两下呐喊。二人战上数合，奚底拨马便走。业骤马追之。杨延昭、贺怀浦催动后军，乘势杀入，番兵各弃戈而遁。奚底见杨业赶来，且战且走。杨业以平野之地，料无伏兵，尽力追击。将近陈家谷口，萧挞懒于山坡上放起号炮。耶律斜轸伏兵并起，番兵四下围绕而来。

杨业只料谷口有宋兵来应，回望不见一骑，大惊，复马杀回，已被斜轸截住谷口。番众万弩齐发，箭如雨点。宋军死者不计其数。比及延昭、延嗣二骑拼死冲入，矢石交下，不能得进。耶律奚底回兵抄出东壁，正遇贺怀浦。二骑相交，战不两合，被奚底一斧劈于马下。部众尽被番兵所杀。延昭谓延嗣曰："汝速杀出围中，前往潘招讨处求救。吾杀入谷口，保着爹爹。"延嗣奋勇冲出重围而去。且说延昭望见谷中杀气连天，知是南军被围，怒声如霄，直杀进谷口。正遇番将陈天寿，交马战才一合，将天寿刺落马下。杀散围兵，进入谷中。杨业转战出东壁，遇见延昭来，乃急叫曰："番兵众甚，汝宜急走，不可两遭其擒。"延昭泣曰："儿冲开血路，救爹爹出去。"即举枪血战，冲开重围。萧挞懒从旁攻入，将杨业兵断为两处。延昭回望其父未出，欲复杀入，奈部下从军死尽，只得奔往南路，以待救兵。

时杨业与番兵鏖战不已，身上血映征袍。因登高而望，见四下皆是劲敌，乃长叹曰："本欲立尺寸功以报国，不期竟至于此！吾之存亡未知，若使更被番人所擒，辱莫大焉。"视部下，尚有百余人。业谓曰："汝等各有父母妻子，与我俱死无益。可速沿山走回，以报天子。"众泣曰："将军为王事到此，吾辈安忍生还？"遂拥业走出胡原，见一石碑，上刻"李陵碑"三字。业自思曰："汉李陵不忠于国，安用此为哉？"顾谓众军曰："吾不能保汝等，此处是我报主之所，众人当自为计。"言罢，抛了金盔，连叫数声："皇天！皇天！实鉴此心。"遂触碑而死。可惜太原豪杰，今朝一命胡尘。静轩有诗叹曰：

> 矢尽兵亡战力摧，陈家谷口马难回。
>
> 李陵碑下成大节，千古行人为感悲。

杨业既撞李陵碑而死，番兵喊声杀到。业众力战不屈，尽皆陷没。番将近前枭了首级。

裴效维在宝文堂书店1980年版《杨家将演义》的前言中，有这样两段说明：

这次重印《北宋志传》没有沿用它的原名，而采用了通俗的《杨家将演义》之名。这是因为，此书所写主要不是北宋之事，而是杨家将故事，原名《北宋志传》本来就不很确切，《杨家将演义》则名副其实，而又为读者所熟知。

关于《北宋志传》的作者，据明万历年间三台馆刊《南北宋志传》卷首三台馆主人序说："昔大本先生，建邑之博洽士也，遍览群书，涉猎诸史，乃综核宋事，汇为一书，名曰《南北宋两传演义》。""大本"显然是大木之误。大木姓熊，号钟谷，福建建阳人，约生于明嘉靖年间，以编著和刊行通俗小说而知名。因此，此书作者为熊大木，似乎较为可信。

熊大木在《大宋中兴英烈传序》中说："稗官野史实记正史之未备，若使的以事迹显然不泯者得录，则是书竟难以成野史之余意矣……则史书小说有不同者，不足怪矣。"熊大木坦言了小说与史书的不同，认可自己的书中，有许多由史实推衍演绎加工创作的成分。

正史与传说的叠影

《宋史·杨业传》中是这样记载杨业之死：

雍熙三年，大兵北征，以忠武军节度使潘美为云、应路行营都部署，命业副之。以西上阁门使、蔚州刺史王侁，军器库使、顺州团练使刘文裕护其军。诸军连拔云、应、寰、朔四州，师次桑干河，会曹彬之师不利，诸路班师，美等归代州。未几，诏迁四州之民于内地，令美等以所部之兵护之。时，契丹国母萧氏，与其大臣耶律汉宁、南北皮室及五押惕隐领众十余万，复陷寰州。业谓美等曰："今辽兵益盛，不可与战。朝廷止令取数州之民，但领兵出大石路，先遣人密告云、朔州守将，俟大军离代州日，令云州之众先出。我师次应州，契丹必来拒，即令朔州民出城，直入石碣谷。遣强弩千人列于谷口，以骑士援于中路，则三州之众，保万全矣。"侁沮其议曰："领数万精兵而畏懦如此。但趋雁门北川中，鼓行而往。"文裕亦赞成之。业曰："不可，此必败之势也。"优曰："君侯素号无敌，今见敌逗挠不战，得非有他志乎？"业曰："业非避死，盖时有未到，徒令杀伤士卒而功不立。今君责业以不死，当为诸公先。"将行，泣谓美曰："此行必不利。业太原降将，份当死，上不杀，宠以连帅，授之兵柄。非纵敌不击，盖伺其便，将立尺寸功以报国恩。今诸君责业以避敌，业当先死于敌。"因指陈家谷曰："诸君于此张兵强弩，为左右翼以援，俟业转战至此，即以步兵夹击救之，不然，无遗类矣。"美即与优领麾下兵阵于谷口。自寅至巳，优使人登托逻台望之，以为契丹败走，欲争其功，即领兵离谷口。美不能制，乃缘灰河西南行二十里。俄闻业败，即麾兵却走。业力战，自午至暮，果至谷口。望见无人，即拊膺大恸，再率帐下士力战，身被数十创，士卒殆尽，业犹手刃数十百人。马重伤不能进，遂为契丹所擒。其子延玉亦没焉。业因太息曰："上遇我厚，期讨贼捍边以报，而又为奸臣所迫，致王师败绩，何面目求活耶？"乃不食，三日死。

从《宋史·杨业传》的记载可以看出，小说戏剧与正史出现了三点不同，且不说这里涉及宋朝的监军制度。宋太祖陈桥兵变黄袍加身，所以对执掌兵权的人特别不放心，设立了"监军"制度，以起到相互制约的作用。纵观宋朝的许多重要战役，弊端多出于此。总是忠臣以鲜血和生命为昏君奸臣的失策失误买单。也且不说为何把历史上的潘美形象丑化成小说戏剧中的潘仁美，此中有着红脸忠臣白脸奸臣设置对立面，塑造英雄人物两元论的创作潜意识。单从小说戏剧对史实中杨业死节的改变，给我们带来的思考。

《辽史·萧挞凛传》中，是这样的记载：

统和四年，宋杨继业率兵由代州来侵，攻陷城邑。挞凛以诸军副部署，从枢密使耶律斜轸败之，擒继业于朔州。

《辽史·耶律斜轸传》中，对杨业之死记载得较为详细：

斜轸闻继业出兵，令萧达凛伏兵于路。明旦，继业兵至，斜轸拥众为战势。继业麾帜而前，斜轸佯退。伏兵发，斜轸进攻，继业退走，至狼牙村，宋军皆溃。继业为流矢所中，被擒。斜轸责曰："汝与我国角胜三十余年，今日何面目相见？"继业但称死罪而已。……既擒，三日死。

对这一条史料，因为《宋史》中未曾记载，所以，有人认为这是杨业晚节不忠的表现。对同一史料，敌对双方出现差异原本是自然的事情，但不论《宋史》还是《辽史》，白纸黑字都是记录杨业被俘不食三日而亡，而不是碰死在李陵碑下！

当时的历史条件，信息传递极为封闭，所以败军首先传回的消息是杨业"力尽被擒"。以至于宋太宗对杨业的抚恤，还不如级别比他低四级的战死的贺怀浦。

杨世铎在《两宋演义》第六回"饷尽粮绝北汉降宋"一书中，记载了杨业当年从北汉归降宋朝时的情形：

> 第二天，宋太宗来到城北，登上城台，设宴备乐。刘继元率领原来北汉的百官，缟衣素帽，待罪于台下。太宗令人传旨特赦，请继元升台，并加封刘继元，赏赐甚厚。然后，太宗令刘继元引宋军入城。没想到城上立着一员金甲银盔的大将，高声喊道：
>
> "主子降宋，我却不降，愿与宋军拼个你死我活！"
>
> 宋军仰头往城上看，那将不是别人，就是北汉建雄节度使刘继业。这刘继业是北汉名将，骁勇剽悍，足智多谋，不论北方的辽朝还是南方的宋朝，提起刘继业都要惧怕三分。宋军将刘继业不肯投降的事报告给太宗，太宗爱继业忠勇，很想把他引为己用，便令继元好言抚慰。继元立即派出亲信入城，同继业讲明不得不降的苦衷，劝他不如屈志出降，保全满城百姓。继业大哭一场，才开城迎入宋军。
>
> 太宗入城，召见继业，立即授予右领军卫大将军，并加厚赐。原来继业姓杨，太原人士，因为追随北汉主刘崇，赐姓为刘，降宋后仍恢复原姓，单名业。后人称为杨令公。

元好问《遗山诗集·晋阳故城书事》中"薛王出降民不降，屋瓦乱飞如箭镞"的诗句，正是赞叹杨业"宁作玉碎，不为瓦全"的刚烈性格。

俟宋太宗得知杨业的真实情况，才修正了起初因误传而做出的错误决定，重新给予杨业以显赫"哀荣"。

《宋史·杨业传》中记载：

> 死，帝闻之痛惜甚，俄下诏曰："执干戈而卫社稷，闻鼓鼙而思将帅。尽力死敌，立节迈伦，不有追崇，曷彰义烈！故云州观察使杨业诚坚金石，气激风云。挺陇上之雄才，本山西之茂族。自委戎乘，式资战功。方提貔虎之师，以效边陲之用；而群帅败约，援兵不前。独以孤军，陷绝境于沙漠；劲果飙厉，有死不回。求之古人，何以此此！是用特等徽典，以旌遗忠；魂而有灵，知我深意。可

赠太尉、大同军节度。"

中国人向来对死者的赞颂是不惜好词的。宋太宗追赠杨业为太尉、大同节度，并厚恤杨家。对杨业之死负有主要责任的监军王侁和刘文裕都被除名，分别流放金州与登州，而对同样负有重要责任的潘美的处分就相对轻得多，只是削去了三个虚衔，这大概因为潘美与宋太宗是亲家，皇家也徇私情。

大概为了表现英雄人物"为有牺牲多壮志"的崇高境界，表现"要压倒一切敌人，而绝不被任何敌人所屈服"的豪迈气概，杨业的"绝食三天而亡"，显然死得有些憋屈窝囊，于是，历史中的真实叙述，拔高或曰升华为文人墨客笔下"一头撞向李陵碑"这样的悲壮场面。

这一改变，反映出一种民族文化的集体潜意识。

司马迁为李陵辩白

王昌龄那首脍炙人口的《出塞》诗："秦时明月汉时关，万里长征人未还。但使龙城飞将在，不教胡马度阴山。"写的是汉朝飞将军李广。李陵是李广之孙。

《汉书·李广传》中有这样一则情节："广出猎，见草中石，以为虎而射之，中石没矢，视之，石也。"正是惊叹李广如此神力。卢纶作《塞下曲》一诗赞曰："林暗草惊风，将军夜引弓。平明寻白羽，没在石棱中。"

李陵就是出身于这样一个英武世家。

司马迁在《史记·李将军传》中，这样记载李陵：

> 李陵既壮，选为建章监，监诸骑。善射，爱士卒。天子以为李氏世将，而使将八百骑。尝深入匈奴二千余里，过居延[1]视地形，无所见虏而还。拜为骑都尉，将丹阳楚人五千人，教射酒泉、张掖以屯卫胡。
>
> 数岁，天汉二年秋，贰师将军李广利将三万骑击匈奴右贤王于祁连天山，而

【1】据《正义·括地志》：居延海在甘州张掖县东北六十四里。

使陵将其射士步兵五千人出居延北可千余里，欲以分匈奴兵，毋令专走贰师也。陵既至期还，而单于以兵八万围击陵军。陵军五千人，兵矢既尽，士死者过半，而所杀伤匈奴亦万余人。且引且战，连斗八日，还未到居延百余里，匈奴遮狭绝道，陵食乏而救兵不到，虏急击招降陵。陵曰："无面目报陛下。"遂降匈奴。

其兵尽没，余亡散得归汉者四百余人。

单于既得陵，素闻其家声，及战又壮，乃以其女妻陵而贵之。汉闻，族陵母妻子。自是之后，李氏名败，而陇西之士居门下者皆以为耻焉。

太史公曰：传曰"其身正，不令而行；其身不正，虽令不从"，其李将军之谓也？余睹李将军悛悛如鄙人，口不能道辞。及死之日，天下知与不知，皆为尽哀。彼其忠实心诚信于士大夫也？谚曰"桃李不言，下自成蹊"。此言虽小，可以谕大也。

司马迁秉笔直书写得清楚：李陵颇有其祖遗风，曾率八百之众而深入匈奴境地二千里。汉武帝赞叹于李陵孤胆英雄，"拜为骑都尉"。乐府歌词对李陵赞曰："一身能擘两面三刀雕弧，虏骑千里只似无；偏听偏坐金鞍调白羽，纷纷射杀五单于。"

公元前99年，汉武帝派李陵率五千步兵策应主帅李广利抗击匈奴。李陵在回师路上，遭遇单于八万骑兵的"遮狭绝道"。李陵率五千步卒浴血奋战，"连斗八日"，杀伤匈奴万余人，杀得匈奴人闻风丧胆。但终因"兵矢既尽"、"其兵尽没"，寡不敌众，"食乏而救兵不到"，终至兵败被擒，"遂降匈奴"。

《汉书•李广传》中记载了司马迁为李陵辩白的情节：

陵败处去塞百余里，边塞以闻。上欲陵死战，召陵母及妇，使相者视之，无死丧色。后闻陵降，上怒甚，责问陈步乐，步乐自杀。群臣皆罪陵。上以问太史令司马迁，迁盛言："陵事亲孝，与士信，常奋不顾身以殉国家之急。其素所畜（蓄）积也，有国士之风。今举事一不幸，全躯保妻子之臣随而媒蘖其短[1]，诚可痛也！且陵提步卒不满五千，深𨁏[2]戎马之地，抑数万之师，虏救死扶伤不暇，悉举引弓之民共攻之。转斗千里，矢尽道穷，士张空拳，冒白刃，北首争死敌，得人之死力，虽古名将不过也。身虽陷败，然其所摧败亦足暴于天下。彼之不死，宜欲得当以报汉也。"……上以迁诬罔，欲沮贰师，为陵游说，下迁腐刑。

【1】书中原注：孟康曰：媒，酒教；蘖，谓酿成其罪也。

【2】书中原注：𨁏，践也。

汉朝得知李陵投降的消息，朝野震惊。汉武帝盛怒之下，残忍地下令杀了李陵的母亲、妻子和孩子，灭其满门。汉武帝还召集群臣，廷议李陵的投敌变节行为，"群臣皆罪陵"，大臣们都顺着汉武帝，一致谴责李陵贪生怕死，投降变节的不忠行为。只有太史司马迁直言不讳地为李陵的"投降变节"作辩护："李将军以五千步兵，抗击十几倍于己之敌，还歼灭了万余匈奴骑兵，虽古之名将也不过如此了，可说是对得起天下人了。如果不是弹尽粮绝，李将军是绝不会投降的。再说，我感觉，以李将军的才干，可能是不甘就此了却一生，投降只是非常之时的权宜之计，或许是想着日后寻找机会，报答皇恩。"

　　司马迁"心有灵犀一点通"，以其仁厚慈爱之心，以其对人性的深刻洞察，敏锐感觉到李陵彼时彼地的心理。后来，李陵在《答苏武书》中，袒露了自己为什么投敌变节的复杂而矛盾心理："陵岂偷生之士，而惜死之人哉？宁有背君亲，捐妻子，而反为利者乎？然陵不死，有所为也，故欲如前书之言，报恩于国主耳"。"陵自不难刺七寸切心以自明，刎亡粉切颈以见志，顾国家于我已矣"。对于一个久历沙场九死一生的战将而言，"将军百战死"，"马革裹尸归"，早将生死置之度外。李陵的投降实属无奈之举，他不甘心就这样功名未建英年早逝，原企盼暂忍眼前"韩信胯下之辱"，而建未来奇世之功。可是结果却是事与愿违，如他书中所述："上念老母，临年被戮，妻子无辜，并为黥鲵"，"志未从而怨已成，计未从而骨肉受刑，此陵所以仰天椎心而泣血也"。臣有忠心而君恩已绝，汉武帝断绝了李陵的后路，弄得他有家难奔、有国难投。

　　《汉书·苏武传》中也为李陵写下这样的文字："径万里兮度沙幕，为君将兮奋匈奴。路穷绝兮矢刃摧，士众灭兮名已聩。老母已死，虽欲报恩将安归？"

　　当年在北海牧羊的苏武，被作为持节的民族英雄荣归故里之时，李陵写下《赠苏武别诗》："褰裳路踟蹰，彷徨不能归。浮云日千里，安知我心悲。思得琼树枝，以解长渴饥。"[1]这是何等悲怆绝望的哀鸣？！

　　世上到处阳关道，摆在李陵面前的只有独木桥。李陵只能死心塌地做他的

【1】见《艺文类聚》卷二十九。

"汉奸"。

我一直惊叹于汉语的"顾名思义"：汉奸汉奸，造词者当指背叛于大汉民族的奸佞。李陵作为背叛大汉王朝而卖身投靠蛮族胡人的万劫不复的"叛徒"，被钉上了历史的耻辱柱。虽然那个王朝早已灰飞烟灭，而李陵的骂名却千年无改，连杨业在怒撞李陵碑时还说了这样的话："汉李陵不忠于国，安用此为哉？"我不知道，当随着大国版图的扩张，历史演

昔日最为繁忙的黄河水陆码头——碛口

变为"胡汉一家"，"五十六个民族都是亲兄弟"后，我们又该如何重新界定"汉奸"、"叛徒"的定义？李陵是不是也需要来个平反昭雪，恢复名誉？

汉代的"罢黜百家，独尊儒术"，什么时候把孙子兵法中的"胜败乃兵家常事"，偷换成"不成功则成仁"的儒家文化？再说，即使是一个人真的"背叛"，又与其妻儿老小何涉？竟要遭此灭族之灾！甚至还要牵连到所有为其辩护之人？！司马迁作为史官，为李陵直言辩护，付出了惨重的代价。司马迁在《报任安书》(《报任少卿书》)一文中悲述了自己的心情：

> 夫仆与李陵俱居门下，素非能相善也，趣舍异路，未尝衔杯酒，接殷勤之余欢。然仆观其为人，自守奇士，事亲孝，与士信，临财廉，取予义，分别有让，恭俭下人，常思奋不顾身，以徇国家之急。其素所蓄积也，仆以为有国士之风。
>
> ……为李陵游说，遂下于理。拳拳之忠，终不能自列。因为诬上，卒从吏议。家贫，货赂不足以自赎，交游莫救，左右亲近不为壹言。身非木石，独与法吏为伍，深幽囹圄之中，谁可告愬者！此正少卿所亲见，仆行事岂不然乎？李陵既生降，隤其家声，而仆又佴之蚕室，重为天下观笑。悲夫！悲夫！

据汉朝的刑法，死刑有两种减免办法：一是拿五十万钱赎罪，二是受"宫刑"，司马迁官小家贫，当然拿不出这么多钱赎罪。宫刑既残酷地摧残人体，也是对精神的极大侮辱。司马迁曾悲痛欲绝地想到自杀。正是一种秉笔直书为历史留下一份真实的使命感荡漾于胸，司马迁才决心忍辱负重，在《报任安书》中作了这样的自白："盖文王拘而演《周易》；仲尼厄而作《春秋》；屈原放逐，乃赋《离骚》；左丘失明，厥有《国语》；孙子膑脚，《兵法》修列；不韦迁蜀，世传《吕览》；韩非囚秦，《说难》、《孤愤》；《诗》三百篇，大底圣贤发愤之所为作也。"司马迁忍辱负重成就了一部伟大著作——《史记》。

《汉书•李广传》中记载："单于壮陵，以女妻之，立为右校王。"李陵死后，匈奴人建李陵碑于内蒙古临河县作为凭吊，据《临河县志》记载，在叹李陵的一首诗中说："谁教孤军陷，将军百战空。汉家恩意薄，录罪不录功。谁与纪边功，三军悲路穷。残碑沉沙漠，夕照野花红。"

由此可见，李陵碑竖立于内蒙古临河县，而非山西雁北陈家谷。两地距离之遥，远隔千山万水，杨业在陈家谷力竭被擒，即便他有此"雄心壮志冲云天"，却并没有一块"李陵碑"可供其"壮怀激烈"。可叹了文人墨客的一片良苦用心。

前车之覆，后车之鉴。大历史的烟云积淀为价值观的记忆，成为一个民族的潜意识。

佘太君大义灭子全忠孝

杨家将在惨烈的金沙滩之役后，虎门七子非殒即伤，杨五郎万念俱灰出家五台山当了和尚，只剩下杨延辉杨四郎一条血脉，因重伤被俘，被辽国萧国后招为驸马。戏剧《四郎探母》就是描写杨延辉回乡省亲的故事。

山药蛋派的代表作家赵树理，也根据这一传说，编写了上党梆子《三关排宴》。

下面是第五场《责子》的摘录文字：

佘太君：畜生呀，畜生！（四郎跪）是你叛国求荣，认贼作母，国法家规，皆所不容，如今虽是母子相逢，唉！老身也顾不得你了呀！（拭泪）桂英，要你吩咐准备公文一件，囚车一辆，将你四伯父解往京都！

穆桂英：这……（不知如何是好）

佘太君：快去！

穆桂英：（略迟疑）遵命！（愕然下）

杨延辉：母亲，啊呀老娘！儿纵有不赦之罪，还望母亲看在母子份上，容儿一时！

佘太君：你说这母子之情吗？唉！（起立）

（念诗）虎争龙斗数十秋，

　　　　七郎八虎一无留。

　　　　眼前重见亲生子，

　　　　反惹老身满面羞。

（唱）提起来母子情令人难受，

　　　众儿郎一个个血染荒丘。

　　　只剩下这一个亲生骨肉，

　　　十余载分南北转恩成仇。

　　　看起来有你在不如无有，

　　　有你在叫老身气塞咽喉！（过，坐下）

杨延辉：娘呀！

（唱）自从我兄弟们幽州分手，

　　　兄的兄弟的弟尸骨难收。

　　　不孝儿总还是杨门之后，

　　　求老娘高高手把儿收留。

佘太君：畜生！

（唱）小畜生算什么杨门之后，

　　　我杨家忠烈名岂容你丢。

（垛板）想当年那辽邦设下虎口，

　　　　你弟兄去赴会大战幽州。

　　　　你兄长一个个命丧敌手，

　　　　不成功已成仁壮烈千秋。

　　　　惟有你小畜生投降萧后，

……

十余年来事敌寇，

……

畜生你算啥杨门后，

你叫我杨家羞不羞?

得新萘忘故主不如猪狗，

还妄想返辽邦与虎为俦。

我大宋锦江山天阔地厚，

也无处容你这无耻的下流!

杨四郎求情于焦光普，焦光普是这样立场：

焦光普：唉！四哥呀！

（唱）老令公遭围困不能逃走，

碰死在李陵碑宁死不投。

为大将舍不得抛头断首，

当年间你还要闯什么幽州?

杨四郎求情于杨排风，杨排风是这等口气：

杨排风：四爷呀！

（唱）只因你说了个杨门之后，

倒惹得老太君老泪横流。（转垛板）

自从你在幽州失落敌手，

老太君就为你日夜担忧。

只盼你有一日逃出虎口，

回到了天波府重新聚头。

到后来听得你投降萧后，

气得她老人家大骂不休。

每逢着亲友们将你问候，

老太君就觉得气塞咽喉。

来议和她早把主意拿就，

要讨你回朝来依法追究。（转流水）

老太君主意定不好转扭，

　　　　劝四爷再无须苦苦哀求。

　　　　真要是老太君将你宽宥，

　　　　回杨府我还是替你发愁。

　　　　全家人禀忠心扬眉昂首，

　　　　你算个什么人混在里头。

　　　　手下人也不愿把你侍候，

　　　　对外人又不便让你出头。

　　　　像这样活下去将将就就，

　　　　也不过是一个无期长囚。

　　　　劝四爷你还是思前想后，

　　　　老太君她怎好把你收留？

　　十年生死两茫茫，亲人遥隔天涯海角，好容易盼来了久别重逢，谁曾想竟是如此处境，杨四郎你还有何路可走？

　　赵树理为杨四郎安排的是这样的结局：

杨延辉：（唱）老母亲她不愿把儿宽宥，

　　　　　　　小排风一番话讲出情由。

　　　（白）娘啊！

　　　（唱）你把儿原当作连心之肉，

　　　　　　　只可恨不孝儿不肯回头。

　　　　　　　看起来我竟是无路可走，

　　（过，思想异常矛盾，看见架上武器，下了决心，抽出剑来）

　　　　　　　也罢！

　　　（唱）不如我一身死万事皆休！（自刎而亡）

　　创作是作家观念的反映，在赵树理的观念中，一失足成千古恨，对"叛徒"而言，只剩下死路一条。

　　杨延辉杨四郎成为宋朝的李陵。历史在螺旋式重演，老谱将复印般袭用。

　　我听说过一个志愿军战俘的故事：他曾是一位志愿军师长，由于美军出其不意地仁川登陆，该师全军覆没。在战俘营里，他坚贞不屈，仍进行过坚决的斗争。板门店谈判双方释放战俘，许多人选择了去台湾。他义无反顾地选择了回祖国。这些没有把最后一颗子弹留给自己而苟活下来的战俘，被认为是"没有民族气节"，丢尽了"中国人的脸"。这些回国的战俘被以审查的名义集中到"农场"秘密监禁。多年后回到社会，形同贱民，纳入地富反坏一类。三十多年之后，该师长在街头摆个修自行车摊以糊口度日。改革开放以后，一位台湾富商回国省亲，邂逅相遇碰到了这位师长，当街跪倒在他面前痛哭失声。原来，这是当年"变节"去了台湾的老部下。老部下以为首长坚贞不屈早已做了高官，万不料沦落至此！[1]

我还听说过，人们以嘲笑的口吻谈论着朝鲜战场上的美国兵：美国兵就是怕死，只要一被俘，马上会从衣服口袋里掏出一张纸，上面用中文、朝鲜文写着："不要杀我，我投降。按照国际公约，不能虐杀放下武器的俘虏。"当年的革命样板戏《奇袭白虎团》是一出反映抗美援朝的戏剧。印象很深地记得美国兵被俘后，操着小丑的腔调乞求说："中国话我学会的不少，你们的俘虏政策我的统统的知道，只要长官放我命一条，顶好的顶好。"这与电影戏剧中，我军"怕死不当共产党"，"八路军宁死不投降"的视死如归形成鲜明对比。后来还得知，这"护身符"不是个人行为，而完全是"组织安排"。美国人认为，生命至高无上。"人在阵地在"、"拼一个够本，拼两个赚一个"不是勇敢，而是愚蠢或者鲁莽。"舍生取义"、"杀身成仁"、"宁死不当俘虏"的信念，不符合西方"人的生命高于一切"的"活命哲学"。

另有一座"李将军碑"

2009年访美期间，我参观了闻名已久的葛底斯堡古战场。

1863年盛夏时节，美国内战中的南北两军在葛底斯堡猝然相遇，血战三日，伤亡五万。尤其是在被后世军事评论家称为"世界军事史上最血腥的一小时"里，双方的阵亡人数就达一万四千。

【1】见报告文学《被俘将军和他的士兵》。

葛底斯堡之役后，南军失去战略主动权，再也未能向北推进。北军扭转颓势，转入进攻。葛底斯堡战役被称为美国内战的转折点。

　　我先来到了葛底斯堡国家公墓。一进国家公墓大门，首先映入眼帘的是高耸入云的死难将士纪念碑。八角形基座，圆柱顶上立有自由女神铜像，左手抱剑，右手低垂，持一胜利的花环。这座死难将士纪念碑大概寓意着"为自由而战"。碑下草坪里，是一排排首尾相衔的卧式墓碑。这些墓碑上没有姓氏名讳，只镌刻着一个阿拉伯数字编号。墓碑十分简朴，只是一块块巴掌大的花岗石，略微露出地面。当年战役结束，恰是流火七月，尸体骤然腐烂，臭气冲天。在瘟疫爆发的威胁下，成千上万的尸体火速掩埋。阵亡者没有现代军人的金属铭牌，也无遗书无战友辨认，甚至找不到一张能确认死者身份的纸片。于是，这些曾经拥有亲人、个性和姓名的年轻的血肉之躯，就化为一个个冰冷的数字。沿着墓园外墙的弧线，肃穆地立着一排排后续竖起的墓碑，碑前有松枝编织的花环，非常规格化地统一祭献。在花环的中央，都有一个类似中国结式的红色蝴蝶结，颇给人"杜鹃啼血"的意味。

　　与我们国内的烈士陵园有一个截然不同的地方，这里安葬的不仅是战胜者一方，也有战败的南方各州的死亡将士，当年浴血奋战的敌对双方，如今都相安无事地静静躺在一起。记得我最初的诧异：南军，那不是反动派吗？慢慢地，你会从这些墓碑的布置中，品味出一丝异样的感觉：在这里，没有胜利者和战败者之分，只有对捐躯者的肃然起敬。

　　作家郑义在《葛底斯堡赋》一文中，对南北军双方战斗的结局作了这样的描述：

　　南北战争结束于一场著名的请降场面，双方举止令人动容。

　　　1865年4月，一败再败的南军走上了绝路。为了挽救自己忠勇的部下，李将军决定投降。有人提议化整为零上山打游击，如同独立战争时期祖辈们对付英国人那样，但李一口回绝。他认为游击战就意味着无休无止地战斗与杀戮。战争是军人的责任，决不能转嫁给无辜的人民。他对部下说："除了去见格兰特将军，我已没有任何办法，我宁愿去死一千次。"

一百四十多年前的四月天，和今年大概是一样的吧？在李将军策马走向北军统帅格兰特将军驻地的路径上，也许会留心到田野上四处盛开的春花。四月的维吉尼亚，田野芬芳而潮润，正是丁香和樱花开放的时节。李将军信马由缰，军服的高领使他脖子有些不舒服。为了在这个必将载入史册的耻辱的日子里保持尊严，他特地换了一身灰色的新军装，挂上嵌有珠宝的佩剑，戴上做工精致的长筒鹿皮手套，蹬上擦得锃亮的带有马刺的高腰皮靴。温暖阳光下，衣领上缀的三颗将星和全身军饰闪闪发光。败军之将，还可能上绞刑架，他必须有最完美的军容。

在南方首都里士满正西，阿巴拉契亚山脉以东的一个名叫阿波马托克斯的小镇外，在一座小小的二层红砖房里，李见到了对手格兰特。邋遢的格兰特依旧是一身皱皱巴巴的军装，裤子和皮靴上还溅了泥水，没有马刺没有佩剑，像一个套上将军制服的农民。只是叙旧，并不谈投降事宜。一切都是刻意安排的，为了不使战败者受伤害，谈判是简捷的。遵照林肯总统的意思，格兰特将军表现了最大的宽厚。为投降的全体南军官兵签署了回家通行证，保证不追究战争罪行，发给口粮。为了军人的尊严，军官保留佩剑佩枪坐骑；士兵保留马骡，则是为了春天的耕种。没有一个战俘，没有仇恨与报复。分手的时候，李将军向格兰特将军致握手礼，并向北军众将领鞠躬致意。目送鬓发如霜的老将军上马离去，格兰特将军和他的军官们举帽致意。李将军亦举帽回礼。一片无言的静默中，马蹄声远去。

格兰特将军回到军营，起草致林肯总统的电报。北军营地，有人忍不住点燃了欢庆的礼炮，即刻被格兰特严令禁止。

消息传到华盛顿，白宫当晚举行盛大庆祝晚宴。林肯下令乐队演奏著名南方歌曲《迪克西的土地》以示敬意。他说，从现在起，南方人又是我们的骨肉兄弟了。

三天后，举行正式受降仪式。

南军仗剑肩枪，列队行进，军旗在一片片灰色军装上高高飘扬。北军队列里响起嘹亮军号，向曾兵戎相见的弟兄们致最高敬意……

有人说，这是美国内战史上最辉煌的一刻。

在葛底斯堡，最令人惊诧的碑该是李将军纪念碑了。这是一幢可称为雄伟的纪念碑，须仰视才得见。游览路线从碑后通过，停下车，要走几步方能绕到正面。一眼看上去，确实庄严宏大，高约十米，碑座通体灰色花岗岩，分四层渐次收束：顶上是李将军骑马挽缰的铜像；第二层碑座高度与视线相平，上立一组铜雕群像；正中为一青年军官，骑马举旗，面色肃穆。左右各有三士兵，或吹号或持枪或射击或抡枪托肉搏，英气逼人。看着看着，疑惑油然升起：南军不是力图维护奴隶制度的反动军队吗？这李将军不正是这支"奴隶主军队"的头子吗？赢得胜利的北军将领们，我尚未看到为谁立了碑，而为这么个败军之将立碑是什么意思？在一个自由终于战胜奴役的神圣战场上，建立这样一座纪念碑，不是对先烈的亵渎吗？

我在李将军碑下眺望那一片碧血荒草的战场，内心充满异样的感动。在我从小爱憎分明的教育背景中，寻觅不到这种感动的因由，但总有一种使人心颤的说不清的情感油然而生。

由李将军碑，我就不由得联想到李陵碑，真有些阴错阳差鬼使神差的意味。怎么就这样无巧不成书的两位将军都姓"李"？同样的败军之将，同样的受降之人，却遭遇了霄壤之别的命运。

中国几千年的封建史，"杀降"的记载比比皆是：

《东周列国志》中记载，战国时代秦赵长平之战，秦将白起大杀赵国降卒，"四十万卒，一夜俱尽。血流淙淙有声，杨谷之水，皆变为丹，至今号为丹水"。

《汉书》中记载，楚霸王项羽打败秦将章邯，获秦降卒二十余万，最后全部坑杀于新安城南！

《二十五史精华》第四册《明史精华》在张献忠条目下载，攻下四川后，"嗜杀，坑成都民于中园。杀各卫籍军九十九万。又遣四将军分屠各府县，名草杀"。

在《三国演义》与《水浒传》中，各种战后的虐杀行为更是五花八门……

还有另一种"殉葬模式"：大规模的文物发掘，从殷墟中开掘出了更惊人的事实，奴隶主建造宗庙公堂时，有奠基、置础、安门、落成等仪式，每一仪式不可缺少的内容是大量活埋奴隶作为祭品，在殷墟小屯发掘出来的商王宫殿遗迹中，正房屋基下面埋有奴隶和狗，以为奠基之用；而大门内外左右，则埋有持戈牵犬的奴隶，以为守门之用！据已发掘的甲骨文记载中，被杀祭的奴隶已达一万四千一百九十七人！鲁迅先生曾愤激沉郁地写道：所谓"四千年文明之邦"不过是"大小无数的人肉的宴席，即从有文明以来一直排到现在，人们就在这会场中吃人，被吃，以凶人的愚妄的欢呼，将悲惨的弱者的呼号遮掩"。在这惊心动魄的宴席面前，又是谁安排了吃人和被吃的命运呢？

令我惊诧而不能不记一笔的是，当初的辽国也流传着杨家将的故事。杨业多次大败契丹军队，但辽国国君尊其忠勇，下令只许活捉而不许伤害杨业。后来，辽将耶律奚底将杨业射于马下，应该说立了大

西湾民居

功，然而国君不但不奖励，反因抗旨而没有重用他。[1]北京密云县的古北口，当时是契丹人的领地，在那里我们可以看到，有一座契丹人为杨业修建的"杨无敌庙"。他们在为敌国的英雄建庙？一个少数民族的"气度胸怀"，超越了大汉民族的儒教文化！

偏头关的望河楼，一个历史的制高点！黄河与长城在这里交汇："滚滚黄河东逝水，浪沙淘尽千古英雄"；"把我们的血肉，筑成我们新的长城"；"我站在猎猎风中，恨不能荡尽绵绵心疼"。……面对这片鲜血浸染的古战场，凝眸竭虑，思接千载，悄然动容，泪洒荒丘。这究竟是中西文化、民族文化的差异，还是人格尊严的沦丧，人性爱心的缺失？

【1】见《辽史·耶律奚底传》卷八十三。

温公祠解析《辨奸论》

温公祠展开的历史画卷

早就闻知山西省夏县是司马光的故里，在那里有一座巍峨壮观的温公祠。然而咫尺天涯，在山西生活了五十年，却一直是只闻其名，未谋其面。

夏县温公祠

在庚寅年深秋一个暮色苍茫的时分，我们走进了温公祠。满院的古柏参天，庙堂森严，触景生情，蓦然间就联想到杜甫的诗句："蜀相祠堂何处寻，锦官城外柏森森；映阶碧草自春色，隔叶黄鹂空好音。"

导游小姐的介绍如数家珍："司马光，字君实，号迂夫，晚年号迂叟。北宋年间陕州夏县涑水乡人，也就是我们现在的山西省运城地区夏县人。因此，世人也称司马光为涑水先生、御赐太师、温国公、谥文正。生于 1019 年，卒于 1086 年，享年是 68 岁。司马光是北宋著名的书法家、政治家、文学家和史学家，我们大家知道，司马光在童年就因为砸缸被称为神童，倾其毕生精力所著《资治通鉴》，更使他名垂千古……"

《宋史·司马光》记载："光生七岁，凛然如成人……群儿戏于庭，一儿登瓮，足跌没水中，众皆弃去，光持石击瓮破之，水迸，儿得活。其后京、洛间画以为图。"从宋史记载看，当年，在东京、洛阳一带，已经把司马光砸缸的故事绘成图画，广为流传。直到百世千年之后，司马光砸缸的故事，随着赵丽蓉老太太的小品，更是播扬得家喻户晓。

《宋史·司马光》还记载：宋神宗熙宁年间，王安石在宋神宗的支持下变法实行新政，司马光竭力反对，与王安石在宋神宗前争论不休，强调祖宗之法不可变。神宗任命司马光为枢密副使（相当于副宰相），司马光坚辞不就，上疏请求外任。熙宁四年（1071 年），他放任西京御史台，自此居洛阳 15 年，不问政事。官运蹉跎文运兴，就是在这段时日，司马光编撰成 294 卷 300 万字的编年体史书《资治通鉴》。自此，《资治通鉴》与司马迁的《史记》成为中国史书经典之双璧，司马光与司马迁也被后世誉为中国史学界"两司马"。

《资治通鉴》上起周威烈王二十三年（前 403 年），下迄五代后周世宗显德六年（959 年），共记载了 16 个朝代 1362 年的历史。司马光在《进资治通鉴表》中说："臣今筋骨癯瘁，目视昏近，齿牙无几，神识衰耗，目前所谓，旋踵而忘。臣之精力，尽于此书。"司马光为此书可谓是付出毕生精力。清代学者王鸣盛说："此天地间必不可无之书，亦学者必不可不读之书。"宋神宗以其书"有鉴于往事，以资于治道"，赐书名《资治通鉴》，并亲为写序。

随着导游小姐的娓娓道来，我们走进了一部巨著、一个人物、一段历史。

"熙宁新政"引出《辨奸论》

说起司马光，不能不提王安石，两人是一对政见上的死对头。

导游小姐在杏花碑亭的讲解中，不经意间提到这样一句："这块碑是司马光的叔叔司马沂的神道碑。这块碑文是由王安石所撰写。大家都知道，在当时，司马光与王安石，他们两人的政见是完全对立的，甚至到了水火不相容的地步。但两人私下关系非常好，王安石称司马光是'君子人也'。"

言者可能无意，听者却引起了绵绵思古之情愫。

司马光与王安石两人同朝为官，又都为社稷栋梁之材，确实有过一段"高山流水觅知音"的友谊。司马光就曾这样评价王安石："方介甫（王安石字介甫）自小官以至禁从，其学行名声暴著于天下，士大夫识与不识，皆谓介甫不用则已，用之则必能兴起太平。"认为王安石从小县令做到京官，官声极好。其人不当大任则已，一旦身肩大任，则太平盛世指日可待，天下苍生都会承受他的恩泽。话语中充满"我以我血荐轩辕"的激情。而且据史载，王安石在鄞县做了20年的地方官，后来正是激烈的反对派欧阳修推荐王安石到京城当了"群牧判官"，后又提携为"度支判官"（相当于现在的财政部长），为王安石铺垫了仕途之路。

王安石虽然是个认准了一条死理九牛二虎也拉不回的"拗相公"（当时人给王安石起的绰号），他即便在回击司马光的《答司马谏议书》时，也深念旧情，写下这样的文字："窃以为与君实（司马光的字）游处相好之日久，而议事每不合，所操之太多异故也……重念蒙君实视遇厚，于反复不宜卤莽，故今具道所以，冀君实或见恕也。"并对司马光的人品人格作出肯定的评价："司马君实，君子人也！"

然而，权力场上只有永恒的利益而无长久的友谊。

宋神宗熙宁二年（1069年），王安石被擢升为御史中丞（副宰相），一开始，"士大夫多以为得人"，而独有吕诲出语惊人，他对司马光说："安石好执偏见，天下必受其祸。"

王安石为相后，就雷厉风行地实行他的"熙宁新政"。

王安石的变法，就是要"榷制兼并，均济贫乏"，抑制土豪劣绅，救济贫穷百姓。这样一来，必然触及到大官僚大地主阶层的利益。于是，士大夫阶层中所谓"君子"之流群起反对。吕诲上疏神宗说："大奸似忠，大诈似信，安石外示朴野，中藏巧诈。……罔上欺下，臣窃忧之。"苏东坡的弟弟苏辙质疑王安石的"均输法"，他说："今设官置吏，簿书廪禄，为费已厚，非良不售，非贿不行。是官买之价，比民必贵，及其卖也，弊复如前。"国子监范纯仁弹劾王安石说："小人之言听之若可采，行之必有累。盖知小忘大，贪近昧远，愿加深察。"司马光也写了一封长达3400余字的"公开信"《与王介甫书》，全面否定王安石的变法，其中的文字变成了这样的语气："今介甫从政始期年，而士大夫在朝廷及四方来者，莫不非议介甫，如出一口；下至闾阎细民，小吏走卒，亦窃窃怨叹，人人归咎于介甫。"

"熙宁新政"把坚持变法的荆国公王安石和反对变法的温国公司马光，推为对立双方的领军人物。

让我们先看看王安石面对的反对派阵容：除司马光挂帅领衔外，还有"唐宋八大家"之一，写出《朋党论》、《醉翁亭记》等名篇的欧阳修；有那个因写下"居庙堂之高，则忧其民；处江湖之远，则忧其君"、"先天下之忧而忧，后天下之乐而乐"等名句的范仲淹；有以诗文和书法而名满天下的苏洵苏轼苏辙父子仨，还有韩琦、晏殊、富弼等一大批名高望重的元老大臣。

苏东坡的父亲苏洵专门撰写了广为流传的《辨奸论》一文，把攻击的矛头直指王安石。在文章中，苏老夫子旁征博引，借骂晋代王衍和唐德宗时奸相卢杞："阴贼阴狠"、"欺世盗名"，指桑骂槐含沙射影，劝谏宋神宗"误天下苍生者，必此人也"。

苏洵在《辨奸论》一文中，还写有这样的字句："夫面垢不忘洗，衣垢不忘浣，此人之至情也，今也不然，衣臣虏之衣，食犬彘之食，囚首丧面，而谈诗书，此岂其情也哉？凡事之不近人情者，鲜不为大奸慝。"囚首指不梳头，丧面指不洗脸，据史书记载，王安石经常因读书达到废寝忘食的地步，常常忘了洗脸换衣。苏洵的文章写得话中有话弦外有音：凡是办事不入常情常理之人，必定是祸国殃民的大奸慝。正是在此文中，苏洵用了那句在"文革"大批判中被反复引用的名句："月晕而风，础润而雨"。说明从一些细枝末节之中，就可以预见风雨。

关于王安石的"特立独行"违背常情常理之情节，史籍与民间有许多故事：

嘉祐四年（1059年），王安石就向宋仁宗进呈过《言事书》，宣扬革新变法的必要性。仁宗皇帝也曾为所动，但不久就发生了"鱼饵事件"。有一次仁宗皇帝宴请众大臣，作为一种"自助餐"形式，仁宗皇帝让每个大臣自己到御池中去钓鱼，然后，由皇家的御厨用钓上来的鱼，做每个人想吃的菜。大臣们都"谨遵圣旨"拿上鱼钩和鱼饵去钓鱼。而只有王安石，心不在焉地坐在一张台子前，可能仍在沉思他的改革方案。王安石下意识地把眼前盛在金盘子里的球状鱼饵，一粒一粒地全部吃光。王安石的这一举止，使仁宗皇帝认定此人定是一个虚伪矫情的伪君子，是故意在皇上面前极力表现自我，以期引起注意。也许正是这一"鱼饵事件"，使得宋仁宗改变了对王安石的看法。

民间还流传着王安石不少此类笑话：王安石的夫人常常抱怨，弄不清自家的官人究竟喜欢吃什么菜。有一位朋友认定，王安石是喜欢吃鹿肉丝。他的依据是，他宴请王安石时，亲眼看到王安石将一盘子鹿肉丝吃得干干净净。王夫人问，宴请时那盘鹿肉丝放在什么位置？那位朋友答，放在王安石面前。王夫人说，你改天宴请时把鹿肉丝放得远一点再试试。后来，那位朋友按王夫人的建议，宴请时把鹿肉丝放得远了点，而把另一盘菜摆在王安石面前。结果，王安石将面前的菜吃得干干净净，而根本没去动那盘鹿肉丝。

一次洗澡，王安石的一个朋友用一件干净的衣袍换走了王安石的脏衣服，想看看他反应如何。谁知，王安石压根没有觉察，照直穿上新袍子就走。朋友问他穿着谁的衣服，王安石茫然不知衣服已经换过了。

还有许多关于王安石这方面的传说：说他平时根本不知道自己吃的是什么，以及滋味如何，老婆给什么就吃什么；看戏时，粲然一笑，并非受到戏剧的感动，而是他苦思的哲学问题突然有了答案。

当代文人如欧阳修、苏东坡父子、司马光等都认为，这是王安石为赢得苦读名誉的"作秀"。这种人必心藏险恶，一旦得势，必有非常人之举。所以劝诫宋神宗，千万不要重用王安石。苏洵在《辨奸论》结束时说："使斯人而不用也，则吾言为过，而斯人有不遇之叹，孰知祸之至于此哉！不然，天下将被其祸，而吾获知言之名，悲夫！"就是说，苏洵宁背"妄言之名"，也不愿"不幸言中"，而让天下黎民百姓遭殃。这恐怕代表了当时绝大多数士大夫阶层的看法。

一篇《辨奸论》引出"试玉要烧三日满，辨才需待七年期"的哲学思辨话题。

改革派很容易蜕变为既得利益者

宋王朝自宋仁宗以来，为改变宋朝积弱积贫的现状，有识之士呼唤改革之声一直不绝于耳。早在景祐三年，范仲淹就献上文章《百官图》，对当朝宰相吕夷简的"干部组织路线"提出弹劾。《百官图》实际上是一幅"百丑图"，勾勒出了统治集团在用人问题上的腐败现象。范仲淹因此文横遭贬谪。此后，欧阳修一篇《朋党论》朝野震撼，终至宋仁宗庆历四年，吕夷简被罢相，范仲淹、晏殊、欧阳修等改革派占了上风。因这次改革发生在宋仁宗庆历年间，所以后世称之为"庆历新政"。这成为宋朝改革的先声。在封建时代，每当进步的变革措施实行之后，总要触及一部分既得利益者，这部分人，人数少而能量大，后来在反对派的反扑下，"庆历新政"很快政亡人息。

夏县司马光故里塑像

王安石的变法，发生在宋神宗熙宁年间，所以也被称作"熙宁新政"。令人百思不得其解的诡异之处是，持激烈态度反"熙宁新政"的人，恰恰是当年在宋仁宗年间极力推行"庆历新政"的人。而"庆历新政"的"明黜陟、修武备、抑侥幸、精贡举、择长官、均公田、厚农桑、减徭役……"等内容，正是王安石在"熙宁新政"中要推行的。为什么当年变法改革的动力，时过境迁，竟然成为变法改革的阻力了呢？

执政党是很容易蜕变为保守党的。

我们从宋代的园林史中，也许能管中窥豹，略知一二。从宋代始，大官僚大地主掀起一股大兴园林之风。这一历史背景，可以追溯到宋太祖建立宋朝之初。宋太祖赵匡胤为防范他人也仿效自己"黄袍加身"，于是上演了一出"杯酒释兵权"的闹剧。他在剥夺大臣军权的同时，作为一种心理补偿，提倡他们"多择好田，为子孙立永久万世之业"。所以宋朝官僚的土地兼并十分剧烈，"势官富姓，占地无限"，"天下田畴半为形势（有权有势之人）所占"。我们在苏州看到的园林之始祖——"沧浪亭"，即是宋代大官僚所建。

在史载和民间的口碑中，司马光官声很好，一直被认为是清廉自律的好官。有一个"司马光典地葬妻"的故事，千年百世以来在民间广为流传：说的是司马光任官四十年，是宋仁宗、宋英宗、宋神宗、宋哲宗的四朝元老。官可谓高矣，禄可谓厚矣，然其"于物澹然无所好"，"恶衣菲食以其身"。为官一生，唯在济阳有薄田三顷，他的妻子死时，因为无以为葬，只得卖田以充置棺椁。

就是这样一个清廉官员的形象，在封建体制的大格局中，仍然是"三年清知府，十万雪花银"。据《元城先生语录》中所引刘安世语之说，司马光的"独乐园在洛中诸园中，最为简素"。但就是司马光的独乐园，也"占地二十亩，亭台楼阁，除了读书堂之南有屋一区之外，沼北有横屋六楹，名曰种竹斋"。而我们此次在夏县司马光故里所看到的"温公祠"更是规模宏大，仅陵园部分，据导游小姐介绍，就占地五十多亩。

其实，这些现象是无须用"阶级观念"进行美化和讳言的，一部数千年的封建史就是这样演变过来，不必说如司马光这样世代为官的官宦世家，就是原本的一介寒士一旦科举鱼跃龙门，进入官场就是堕入了大染缸，任你再洁身自好，也是常在河边走，怎能不湿脚。

王安石的"熙宁新政"，就是触及了众多"富了和尚穷了庙"的既得利益者。

郭沫若曾说："宋之亡，亡于司马光等人。"郭沫若极会审时度势察言观色顺水推舟，他的话代表了当年主流意识形态对王安石和司马光的评价。

一千年来，凡是倡导改革变法的人士，几乎都推崇王安石而贬抑司马光。

那个因了诗句"我劝天公重抖擞，不拘一格降人才"而流芳后世的龚自珍，是19世纪前期开先风的思想家，面对重重社会危机，怀抱匡时济世的愿望，指陈时弊，倡言"更法"，他推崇王安石："少好读王介甫《上宋仁宗皇帝书》，手录凡九通，慨然有经世之志。"

那个戊戌变法的领军人物梁启超，可能出于兔死狐悲物伤同类的"心有灵犀一点通"，给王安石及其新法以全新的评价："呜呼，皋夔伊周，邈哉邈乎，其详不可得闻，若乃于三代下求完人，惟公庶足以当之矣。"

此后，20世纪50~70年代，以马克思主义的世界观价值观分析历史，更是对王安石予以了肯定："王安石变法是地主阶级的一个改革运动，王安石代表了地主阶级及其国家的广泛利益，同时更多地代表了中小地主阶级的利益，在实现其富国强兵，加强宋朝封建专制统治的同时，还推动了宋代社会生产力的发展和历史的前进。而以司马光为首的守旧派代表了大地主、大官僚等顽固反动势力的利益，他们的政治运动阻碍了历史前进。"

及至"史无前例"的文化大革命期间，历史研究完全沦为阶级斗争的工具，特别是在"批林批孔"、"评法批儒"运动中，王安石及其变法作为儒法斗争的典型教材再次被罩上光环。王安石被加上"法家"的桂冠，王安石与司马光的政见分歧被概括为儒法斗争和两条路线斗争，"环绕着王安石变法而展开的这场儒法斗争，归根到底，反映了中小地主阶级和大地主阶级之间兼并与反兼并的斗争。"而司马光则是尊儒反法的代表，"尊儒反法思潮在中国代表着最反动最黑暗的政治势力的利益"。

由此，王安石和司马光之对立，成为"改革派"与"保守派"，"新党"与"旧党"两个阶级两条路线的对立。司马光被钉上了历史的耻辱柱。

朝真暮伪何人辨，古往今来底事无

其实，还原历史的真相，远不是后来用"红脸白脸"、"忠臣奸臣"所概括的那么简明清晰。历史的进程总是线索纷纭泥沙俱下，历史人物也是诸色斑驳鱼龙混杂。

改革开放以后，我们从"两元论"、"两分法"的狭隘框架中走出，随着阶级斗争学说退出历史评价的主导价值体系，对于王安石与司马光之争的评价，又出现了新的变化："熙宁新法"的两派对立，主要是因观念上差异而形成的政见不同。与历史上的党同伐异，唯权是争完全不同。变法派与反变法派之争，仅是政策性的分歧。比如司马光反对"青苗法"，是怕实行"青苗法"以后，会破坏"常平仓"的制度。司马光说，放青苗钱之事小，而废"常平仓"之害大。温国公司马光与荆国公王安石都是变法改革派，只是变法的主张、方针、政策不同，因而出现两个截然对立的政治集团。当时国家的财政拮据，如何把经济搞上去是当务之急。但两人的解决办法却迥然不同。司马光认为："治天下譬如室屋，敝则修之，非大坏则不更造。"说国家创业艰难，而败家却如倾屋决水。执政者当如蹈虎尾，如涉春冰，不可轻言变动。而王安石则主张"乱世用重典，急病施猛药"，对国家制度作出重大变更，推行全面的改革。司马光提出的"富国安民"与王安石提出的"富国强兵"，在实质上没有区别，致使二公由挚友变成政敌，在于二公的理财主张不同。司马光的理财方式在于节流，王安石的理财方针在于开源。

有这样一个细节表现了两人不同的理财观：熙宁元年（1068年），宰相曾公亮鉴于河北大灾，要求宋神宗取消郊祀后按惯例对大臣的赏赐，由此引发了一场朝野的大争论。宋朝自建国以来，俸禄不高，但有许多"灰色收入"。每逢国之祭祀或岁末年终，皇上都会给大臣一笔赏赐，类似于我们现在的"红包"和公务员的年终奖或者多发一月工资。这成为一条不成文的"潜规则"。司马光一向对皇帝的这类赏赐认为是非分之物。嘉祐八年，宋仁宗诏赐臣下百余万，司马光上疏说："国家近来多事之秋，民穷国困，中外窘迫"，自己坚辞不受，也奏请皇上免了这项。所以此次宰相曾公亮的提议，得到了司马光的附议。他也认为国库日见空虚，上下都应该节俭，还是取消为好。

王安石表示反对，认为不必放着田野里不收，而在磨眼里死抠。改变国家现状的办法，是开源而非节流。王安石认为：国用不足，由未得善理财之人耳，善理财者，民不加赋而国用足。（王安石的话里有潜台词：他自担任"财政部长"一职以来，一向被认为是"理财能手"。）

司马光认为：天下安有此理？天地所生财货百物，不在民，则在官，彼设法争民，其害乃甚于加赋。不要搜刮了民脂民膏，养肥了贪官污吏。苏东坡也与司马光持类似看法，他给皇帝写信说："百姓足，君孰与不足？……臣不知陛下所谓富者富民欤，抑富国欤？"

王安石针锋相对：认为恰恰相反，财物是创造出来的，"因天下之力，以生天下之财，取天下之财，以供天下之费"。

宋神宗熙宁七年（1074年），河北闹了一次大旱灾，一连十个月没下雨，农民断粮，到处逃荒。"帝忧于色，欲尽罢法度之不善者"，有个官员郑侠趁机画了一幅《流民图》献给宋神宗说："旱由安石所致，去安石，十日不雨，即乞斩臣宣德门外，以正欺君之罪。"神宗的祖母曹太后和母亲高太后也在神宗面前不断掏耳朵，说王安石的变法搞得天怒人怨，现在上天已经示警，逼着神宗马上停止新法。

正是在这一背景下，王安石呼喊出了那句震撼后世的"三不足"名言："天变不足畏，祖宗不足法，人言不足恤。"

王安石变法的实际效果已经是无须赘言了，《警世通言》中有一篇《拗相公饮恨半山堂》作了形象的讲述。王安石变法中的"青苗法"、"保甲法"等等，也许初始出发点是好的，但终因超越了历史阶段和下边"歪嘴和尚"的念歪经，结果是搞得民不聊生怨声载道。

王安石变法的弊端，在其身后得到了更为充分的暴露：从神宗、哲宗到徽宗时，上两代留下的储备还很充足。那个历史上的大奸相，也是新党的后继人蔡京夸称："今泉币所积赢五千万"，并实施"丰亨豫大"的治国路线，一副大手大脚花钱如流水的盛世模样。宋徽宗也为这一假象所迷惑，于政和七年（1117年）下《诫谕不更改政事手诏》，其中颁布这样的词语："于太平丰亨豫大极盛之时，欲为五季变乱裁损之计。"意思就是说，我们处在富足安乐的盛世，怎能采用战乱时期小里小气的治国方针呢？宋徽宗将诏书榜于朝堂，警告那些煞风景反对他花钱的言官。于是，"今朝有酒今朝醉"成为宋徽宗时期的主调。王安石的变法，实在是赚了个"国富民穷"。

王安石创造的经济泡沫终究破碎，只落得个"国破山河在"。北宋国亡，徽钦二帝被虏，于是，王安石也成了祸国殃民的奸相。

林语堂在《苏东坡传》[1]一书中，对王安石作出如是评价："对国家命运来说，最危险的莫过于一个思想错误却固执己见的理想家"，"神圣的目标向来是最危险的。一旦目标神圣化，实行的手段必然日渐卑鄙"。

一会儿，大宋王朝是亡于奸相司马光之手；一会儿，大宋王朝又是亡于权相王安石之手。历史成为一个任人涂抹的京剧脸谱。大奸似忠，大忠若伪。"周公恐惧流言后，王莽谦恭未篡时"，"但爱臧生能诈圣，可知宁子解佯愚"。

千秋青史谁裁定？历史从来都是由胜利者书写，胜利者是信口雌黄指鹿为马翻手为云覆手为雨的权势话语。难怪白居易发出感喟："朝真暮伪何人辨，古往今来底事无。"

司马光和王安石一对"拗相公"

夏县温公祠司马光塑像

苏洵在《辨奸论》中，还弦外有音地说了这样的话："月晕而风，础润而雨，人人知之……而贤者有不知，其何故也？好恶乱其中，而利害夺其外也。"人的私欲成为遮蔽人的眼睛、影响价值判断的误区。据说，欧阳修曾劝苏洵为了自己的前程，要主动接近王安石。上面那句话的"贤者"就是暗指欧阳修。司马光非常认同苏洵的观点，并以自己的实际行动实践了"岂因个人荣与辱，误却社稷危或盛"。

史载，司马光是一个秉性刚直，敢于犯颜直谏的忠

【1】林语堂《苏东坡传》，海南出版社1992年6月第1版，1994年6月第3次印刷。

臣。司马光为官五十余年，上奏章百数十次，所言均系保国安民之策。

宋仁宗得病之初，皇储一直没确定下来。关于立太子之事，历来是一个具有极大风险的敏感话题，因此群臣都缄口不言。司马光在并州任通判时，就曾三次上奏提及此事，这次又当面向宋仁宗直谏。过了一段时日，司马光见仁宗皇帝仍迟迟不下诏书，再次不避忌讳上书说：确立皇储太子，乃关系到社稷安危的千秋大计，请陛下不要听信小人妄言，认为陛下正当壮年，何必马上做这种不吉利的事。那些小人都是从一己私利出发，只想在匆忙之际，拥立一个对他们有利的王子当继承人。历史上此类教训太多了，像"定策国老"、"门生天子"这样大权旁落的灾祸，真是说都说不完。宋仁宗看了司马光犯颜直谏的话极为震惊，认为说得很有道理，于是不久就立英宗为太子。

司马光在他的从政生涯中，一直坚持这种原则，被称为"社稷之臣"。连宋神宗这样支持变法的皇帝，也感慨地说，像司马光这样的人如果常在我的左右，我就可以不犯错误了。

司马光在王安石变法问题上也是持这样一种耿直执拗的态度。

宋神宗死后，继承皇位的是他不满十岁的儿子，即宋哲宗赵煦，而实权则落入宋神宗的母亲皇太后高氏手中。高太后一向反对新政，她一临朝，就重新起用反对变法的旧党，把反对新法最激烈的司马光召回汴京担任宰相。司马光当时已是重病在身，但他不顾自己的病弱之躯，上台伊始，就以一往无前果敢决绝的态度尽废"熙宁新法"。有人劝阻司马光说，神宗刚刚去世，马上改变先皇执政时的政略，恐怕会留下隐患！更警告他说，如果有人一旦以父子之义离间圣上，那你就要大祸临头了。司马光义无反顾地说："先帝之法，其善者虽百世不可变也；若王安石、吕惠卿所建为天下害者，改之当如救焚拯溺，况太皇太后以母改子，非子改父也。"就这样，司马光在众多官员的彷徨犹豫中，在不到八个月的时间里，矫枉过正，把新法一律废除。连一直作为同盟军的苏东坡也觉得有些做得太过分了，提议说把有些经实践证明还不错的保留下来。然而，司马光斩尽杀绝一条不留，直到临闭眼前，仍念念不忘地说："新法不去，我死不瞑目。"又一个九牛二虎拉不回头的"拗相公"！

究竟是激进变法的王安石代表了历史进步的方向，还是求稳守成的司马光维护了国家的长治久安？千秋功罪，谁人来与评说？！

历史把"分道扬镳"化解为"志同道合"

暗淡了时代争论的刀光剑影，疏离了生存利害的得失权衡，在经历了那么多的乌托邦梦幻之后，人们已然厌倦了意识形态的高调，开始把关注的目光更多地投向个人的品格和操守。

司马光与王安石虽然政见不同，信念却都很诚挚，私生活也高洁，在金钱方面也都视同粪土。

林语堂在《苏东坡传》中讲述了两人在私生活上一个类似的故事：

有一次，王安石夫人吴氏替丈夫买了一个姨太太。那个女人出现在他面前，王安石诧异地问她："怎么回事？"

"夫人要我侍候你。"

"你是谁？"王安石又问。

她说："我丈夫替军队负责载运米粮，船沉了，船货全毁。我们卖掉一切财产，还赔不出来。所以我丈夫把我卖了，好填补空缺。"

"你身价多少？"王安石问。

"九百缗。"

王安石把她丈夫找来，叫女人跟他回去，身价银子也不必还了。

无独有偶，这两个政见迥然不同的对手，却有着相似的经历。也是林语堂在《苏东坡传》中记载：

司马光年轻时担任通判，太太没生儿子。太守夫人给他找了一名侍妾。司马光置之不理。他太太以为自己碍事，就叫侍儿等她出门后再盛装夜入他的书斋。司马光发现侍儿待在他房里，惊问道："夫人不在，你胆敢进来？"就把她打发走了。

历史上的许多政治家为了自己的信念，的确可以做到"灭人欲，昭天理"。

苏辙在《诗病五事》一文中这样说王安石的变法："不忍贫民而深疾富民，志欲破富民以惠贫民。"王安石写过一篇《河北民》的诗：

　　河北民，生近二边长苦辛。

　　家家养子学耕织，输与官家事夷狄。

　　今年大旱千里赤，州县仍催给河役。

　　老少相携来就南，南人丰年自无食。

　　悲愁天地白日昏，路旁过者无颜色。

　　汝生不及贞观中，斗粟数钱无兵戎。

从诗中，我们不难读懂王安石看到当时农村百姓已濒临绝境，而官府横征暴敛置民众生死于不顾，吏治腐败已到了非改不可的地步。按他自己的说法就是，打破豪门富室的垄断和兼并，救民于水火。显然，王安石的变法是站在贫困民众的立场。

令人叹为观止的是，司马光也写过类似的诗《又是和夜雨宿村舍》：

　　积雨久未阕，岂徒行客忧。

　　夜闻屋中人，叹息悲田畴。

　　方春播殖时，种食皆外求。

　　鞭诃犯赤日，酷烈惭赢牛。

　　草秽竞禾长，从人借锄耰。

　　晨耦载星起，日暗未能休。

　　岂无一时勤，所觊岁有秋。

　　今兹昏垫灾，大野成洪流。

　　……

　　贩鬻固所昧，敢诧市井游。

　　欲依盗贼群，丑不闲戈矛。

　　已载任天地，无益徒为愁。

　　一身无死所，况为妻儿谋。

　　……

从诗中我们可以感受到司马光关心民情民瘼的大悲悯情怀。眼看着春旱秋涝，自然灾害不断，农民颗粒无收，为了生存活命，只得四处乞食，卖儿鬻女，甚至把良民逼得铤而走险落草为寇。司马光在给宋神宗的奏折中谏言："绿林、赤眉、黄巾、黑山之徒，自何而有？皆疲于赋敛，复值饥饿，穷困无聊之民耳。此乃宗庙社稷之忧。"司马光一向主张"怀民以仁"，同情民众疾苦，关注民生。他多次向宋神宗上的奏章都是，要求体恤农民疾苦，轻徭薄赋。他看到不少地方的农民"谷未离场，帛未下机，已非己有矣"。他认为，农业是"天下之首务"，养农是根本问题，因此当政者应该是取消各种苛捐杂税，减轻农民徭役，办好"常平仓"，帮助农民致富。

所以，司马光对给农民带来灾难的"青苗法"、"保甲法"等"熙宁新法"深恶痛绝。司马光还写过不少此类的诗，如《道旁田家》、《苦雨》等，都有着"居庙堂之高，则忧其民"的悲农悯农情怀。这构成了他极力反对王安石变法的心理基础。

两个原本可能成为志同道合的知音，却在不同变革的设想中分道扬镳。

牟宗山在《历史哲学》中曾感叹于中国"有革命无变法"，认为造反、革命推动的是"气"，是感性的产物；而变法需要理性。而中国的变革者，缺少的恰是理性，多是意气之争。他们很少能心平气和地与不同政见者和衷共济，平等协商，动不动就是"辟邪说，难壬人"。犹如鲁迅所说，中国的变革，就是挪动一张桌子，也会酿成流血事件。

杏花碑前沧桑大历史

在夏县温公祠，耸立着两块司马光神道碑。我国古时，把通往墓地的路称为神道，所以后人就把记载司马光生平事迹的碑称为神道碑了。神道碑俗称就是墓碑。

司马光卒于元祐元年（1086 年），是死在宰相任上。比他的政敌王安石迟死五个月，死在同一年。司马光"欲以身殉社稷，躬亲庶政，不舍昼夜"，弥留之际，司马光自知寿数已至时日不长，乃手书一纸付吕公著，说："吾以身付医，以家事付愚子，唯国事未有所托，今以属公。"司马光临终说的最后一句话是："吾无过人者，但平生所为，未尝有不可对人言者耳。"据《宋史》记载："京师人为之罢市往吊，鬻衣以致奠，巷哭以过车者，盖以千万数"，灵枢送往夏县时，"民哭公甚哀，如哭其私亲。四方来会葬者盖数万人"，"家家挂象，饭食必祝"。可谓盛况空前。

正是因为司马光这种"鞠躬尽瘁，死而后已"的精神，皇上钦赐"忠清粹德"碑，由大文豪苏东坡撰文并手书。

讲解员在杏花碑亭为我们详细讲解了司马光神道碑的来龙去脉：

"我们把苏东坡撰写的这块碑，又称作杏花碑。为什么呢？就是在司马光死后的第九年，那些变法派们又重掌朝纲，要对司马光进行报复。于是把这块神道碑砸断，并凿去碑文，把它掩埋。这一埋就是五十多年。咱们这片土地，已经是被金国所占领，就是在金完颜氏皇统九年，也就是 1148 年（应为 1149 年）的时候，夏县县令王庭直上任之后，来祭拜司马光。来到之后，发现在司马光墓地的百米之处，长着一棵非常奇特的杏树，这棵杏树长得虬枝蟠曲，周映交护，如幄如盖，非常茂盛。王庭直县令非常好奇，就在杏花树下试挖，结果就挖出了这块碑。经过仔细确认，它就是司马光的神道碑。可是由于毁坏严重，上面许多字迹都已模糊不清。当时王庭直县令并未灰心，经过多方寻找，终于在司马光的后人司马通、司马锉的家中，找到苏轼原碑的墨本。于是命人将碑一分为四，将其规整，以原宽为高，重新镌刻，立在了亭上。因为碑是从杏花树下挖出的，所以又称为杏花碑。咱们的杏花碑，全碑共计 2760 余字，是我国目前所保存的苏东坡碑文中，文字最多，文采最好的一篇，是国家一级文物。"

导游小姐的讲解，引出一段往事：1093 年，历史又翻了一次烙饼。宋哲宗亲政，重新任用王安石变法派的章惇为宰

夏县温公祠司马光墓

夏县温公祠司马光墓地

相。章惇以王安石事业继承人的姿态自居，向司马光一派进行了"反攻倒算"。章惇甚至提出，要将司马光的坟墓掘开，暴骨鞭尸……尽管最后在同僚的劝阻下，没有付诸实施，但也已经如导游小姐所说，造成了"断碑毁迹"的后果。

据《温公司马光》一文记载：历经宋、金、元三朝后，明嘉靖二年（1523年），巡按山西监察御使朱实昌在拜谒司马光陵时，看到了杏花碑和县令王庭直的"重立司马温公神道碑记"后，感到有再立碑之需要，于是，命人在稷王山采石选料，并亲笔书丹，重刻苏轼碑文。又配用原宋哲宗皇帝的御篆"忠清粹德碑"和原碑座——巨大的负重赑屃，依照宋碑规制，终于再现了原碑浩气雄风，铸成这座"华夏第一碑"。我们看到了碑亭前的一副对联："清忠发越秀峨嵋，粹德辉煌流涑水。"横批为"圣世山斗"。

导游小姐为我们介绍了这座"华夏第一碑"：

"这是全国最大的一只出海赑屃，这块碑是司马光的神道碑，通高是8.8米，宽度是1.76米，厚度是0.5米，号称华夏第一碑，这块神道碑分为三个部分，上面的碑首是由宋哲宗皇帝亲笔御撰，'忠清粹德'碑，中间的碑身不是北宋的，是后来在明朝（1523年）的时候，山西巡察御史朱世昌仿照司马光的原神道碑杏花碑重立的一块神道碑。碑身上还是苏轼的文章，但字体是朱世昌的字体。刚才在杏花亭的那块碑是北宋的，文和字都是苏轼的，这块是后来重立的。这块碑用的是整块石料，是从稷王山运来的。在运它过来的时候，在沿路挖井取水，冬天泼上水结成冰以后，靠滚木慢慢滑过来的。当时用了一万个工人，花了三年的时间才运过来，相当不容易。最后再来看这个底座赑屃，它也是北宋原物，是目前中国最大的一只出海赑屃。因为这个赑屃是龙的儿子，是神灵，所以一直流传这么一句话：摸摸赑屃的头，凡事不用愁；捅捅赑屃的鼻孔，能活九十九，拍拍赑屃的背，好活一辈辈；绕着赑屃转一圈，能够长寿一万年。"

导游小姐的话引得大家哄堂大笑。于是乎，大家借着导游小姐的吉言，纷纷绕着走，又是摸头，又是捅鼻，又是拍背，不亦乐乎。

我久久望着这个最大的出海赑屃，及它所驮的号称华夏第一碑的司马光神道碑。

龙生九子，子子不同。赑屃是形似龟状的龙子龙孙。我们民间向有"千年的王八万年的龟"之说，以龟驮碑，自然是寓含了树碑立传流芳千古之意。但是，碑垂青史也罢，钉上耻辱柱也罢，也没能把一个历史人物"盖棺论定"。杏花碑亭里的断碑残迹，在无声然而顽强地向我们讲述着："伤心秦汉经行处，宫阙万间都做了土。"胜者为王化作土，败者如寇亦成土。只有那人性的高风亮节，超越于庙堂话语的御赐敕封，永世留芳于百姓的口碑之中。

《雁丘词》沧桑元好问

《雁丘词》展开的话题

"走马黄河"一路，不断看到金元两代交替时期一代宗师元好问的诗词。在山西代州南楼，看到元好问《辛丑代州南楼》；在山西浑源县龙山，看到元好问的《游龙山》；在山西平陆虞坂道上，看到元好问的《虞坂行》；在黄河三门峡，又看到他的《水调歌头·赋三门津》："黄河九天上，人鬼瞰重关。长风怒卷高浪，飞洒日光寒。峻以吕梁千仞，壮似钱塘八月，直下洗尘寰，万象入横溃，依旧一峰闲……"

刘海兰在《金朝一代文冠元好问》一文中，有这样的记载："由于编撰史书的需要，元好问常年奔走在黄河流域的中下流地带"，看来，元好问数百年前，也曾像我们山西作家一样"走马黄河"，走一路写一路，留下许多锦绣诗篇。

万里黄河万卷书，有一位大诗人与我们同行作伴，真是何等幸哉！

元好问无愧于诗词大家。据郝经所撰《遗山先生墓志铭》记载，元好问的诗作"共千五百余篇"。元好问留存下来的词有384首，合称为《遗山乐府》。历代研究者对元好问的诗词倍加推崇：金代诗文大家赵秉文说他的诗是"少陵以来无此作也"；郝晋卿称其诗"规模李杜，凌轹苏黄"；刘熙载称元好问的词是"集两宋之大成"，兼备豪放和婉约两种风格；近代郭象升在《古文学家别集类案》中评价元好问："遗山笔力奇伟，吸纳万流，遗集四十卷，与《金史》相为表里。"历代评论家公认元好问为"一代宗工"。元好问的诗词，满纸珠玑，多有名句流传后世。

我最早亲近这位文史大宗师，是因了他那句脍炙人口的名句："问世间情为何物，直教生死相许"。

16岁时，元好问从陵川到太原应试，在汾水旁遇到了一个张网捕雁的农夫。农夫告诉元好问一件奇事：今天早晨在河滩上网到两只大雁，农夫杀掉其中的一只后，另一只脱网逃走的大雁在空中悲鸣哀叫，始终不愿离去，最后竟然一头撞向地面殉情而死。听完农夫的诉说，元好问唏嘘长叹，向农夫买下了这两只大雁，将它们埋葬在汾河岸边，用石块垒起一座坟丘，称之为"雁丘"。与元好问同行的学子们纷纷赋诗，元好问于是也写下了那首《摸鱼儿·雁丘词》。元好问不愧是大手笔，同行者同一题材的诗作早已被人们淡忘，唯有他的《雁丘词》传唱至今。到了现代，更是通过金庸先生《神雕侠侣》中，雌雄双雕先后投水而死的情节，而成为千古不朽的爱情绝唱。

《摸鱼儿·雁丘词》：

> 问世间情为何物，直教生死相许？天南地北双飞客，老翅几回寒暑。欢乐趣，别离苦，就中更有痴儿女。君应有语，渺万里层云，千山暮雪，只影向谁去？
>
> 横汾路，寂寞当年箫鼓，荒烟依旧平楚。招魂楚些何嗟及，山鬼暗啼风雨。天也妒，未信与，莺儿燕子俱黄土。千秋万古，为留待骚人，狂歌痛饮，来访雁丘处。

元好问在《雁丘词》前题有小序："乙丑岁赴并州，道逢捕雁者，云：'今旦获一雁，杀之矣。其脱网者皆鸣不能去，竟自投于地而死。'予因买得之，葬之汾水之上，景石为识，是曰雁丘，时同行多有为赋诗，予亦有《雁丘词》。旧时作无宫商，今改定之。"

雁丘的确切位置文献中没有记载，《阳曲县志》中只记下一笔："雁丘，金元好问瘗雁处……今无考。"仅根据"横汾"一词，猜测地点大约是在太原汾河岸边。据金代太原城的方位，雁丘旧址应在今太原城南靠近汾河岸边。纪念太原建城2500年之际，太原市政府在修建滨河公园时，揣度其原址恢复修葺了供游人瞻

赏凭吊的"雁丘冢"。

元好问一生写的爱情诗不多，他在《论诗三十首》中这样评价苏东坡的妹夫、同样诗名很高的秦观秦少游："有情芍药含晚泪，无力蔷薇卧晚枝。拈出退之山石句，始知渠是女郎诗。"秦观是宋婉约词派的代表作家之一，他的诗词风格柔弱纤丽，修辞精巧，多有情意缠绵的爱情名句。把秦少游之"英雄气短，儿女情长"的词句，称是"女郎诗"，讥讽之意毕露无遗。元好问追求的是韩愈那样雄浑刚健的风骨之美。清代况周颐对元好问的词作过这样的评价："神州陆沉之痛，铜驼荆棘之伤，往往寄托于词。"(《蕙风词话》)

元好问的《雁丘词》从字面看无疑是一首讴歌爱情忠贞不渝的词，但我从凄凄惨惨切切的悲悼亡雁的字里行间，总感受到另一番别样情绪："神州陆沉之痛，铜驼荆棘之伤"。

"横汾路，寂寞当年箫鼓，荒烟依旧平楚。"这些怀念汉武帝当年箫鼓繁华的思古幽情，倾吐的难道不是对当今世事的心中块垒？

元好问词中有"招魂楚些何嗟及，山鬼暗啼风雨"的字样。"招魂"是一个极具象征意味的词，"招魂楚些"意为用"楚些"招魂，语出《楚辞•招魂》，元好问是在为谁"招魂楚些"？"何嗟及"即嗟何及，《诗经•王风》中有"何嗟及矣"。"山鬼"、"啼风雨"本自《楚辞•九歌•山愿》"杳冥冥兮羌书晦，东风飘兮神买雨"。元好问生存于金灭元兴之际，如此沉沦沧桑之情，力透纸背的显然是悼念亡国的切肤苦痛悲情。

　　楚国伟大的爱国主义诗人屈原在《离骚》、《九歌》等作品中，以浪漫主义的笔调对女性美进行讴歌，抒发着对美人的苦苦追求和思念之情。

　　屈原所写《山鬼》，是一首神话色彩很浓的苦恋之歌，细致地刻画了山中女神追求爱情而不得时的那种复杂心态。"若有人兮山之阿，被薛荔兮带女罗；既含睇兮又宜笑，子慕予兮善窈窕。"山中女神在山坳深处闪现，她以薛荔为衣，女罗为带，以香草装点，美丽又芳洁；她双目含情，笑意盈盈，体态窈窕，充满了爱的自信。然而，情人知何去？"风飒飒兮木萧萧，思公子兮徒离忧"，"山鬼"只能在风雨幽冥、猿啼叶落的山谷中永远思念她的情人。

　　屈原的"山鬼"与元好问的"山鬼"，两个意象发生了重叠。联想两人的身世背景，诗词中的情愁难道仅仅是对爱情的一种追求吗？

　　屈原可说是以爱情诗隐喻自己政治情结的开先河者。

　　元好问有诗："邺下风流在晋多，壮怀犹见缺壶歌。风云若恨张华少，温李新声奈若何。"张华，"太康诗风"的代表诗人，绮丽委婉，柔靡缠绵；"温李"并称，指晚唐的温庭筠、李商隐。一个"若恨"，一个"新声"，道出了元好问的喜憎。而"壮怀犹见缺壶歌"更坦露了自我的心声。元好问还有一首写李商隐的诗："望帝春心托杜鹃，佳人锦瑟怨年华。诗家总爱西昆好，独恨无人作郑笺。"可见李商隐之诗对元好问的触动之深。

　　李商隐那些似乎表现爱情的《无题》诗，留下多少令人刻骨铭心肠断心碎的"爱情"诗句："春蚕到死丝方尽，蜡炬成灰泪始干"，"身无彩凤双飞翼，心有灵犀一点通"，"此去蓬莱无多路，青鸟殷勤为探看"，"沧海遗珠空有泪，蓝田生烟玉成灰"等等，我们从这些"苦恋"词句中，读出的是诗人忧国忧民的政治情结。李商隐的这些所谓《无题》诗，其实政治指向的"主题"非常鲜明。

更为明显的是那个亡国之君李后主李煜之诗词。在那些看似花前酒下的绮丽诗句中，埋藏着的"恰似一江春水向东流"的绵延不绝的亡悼故国之情绪。

我当然注意到了，元好问在题记中写明，《雁丘词》作于"乙丑年"，乙丑年即1205年，那年元好问仅是16岁的弱冠少年。此时别说元盛金衰还仅仅初显端倪，你让即便是才华横溢的神童，能承载起这么沉重的"弥赛亚情结"吗？请注意：在题记中还有这样字句："旧时作无宫商，今改定之"，可见，我们现在读到的《雁丘词》已非原版，元好问后来对这首小词做了修订。我想，这绝不会仅仅是对诗词格律方面的规范修订，这恐怕是一次脱胎换骨的改写，把初始也可能仅是爱情的诗篇，加入了成年饱经沧桑后对人生的重新认识。

我们不妨把元好问的"爱情词"，作为他人生历程的一个"草蛇灰线"。

君不见并州少年夜枕戈

元好问，字裕之，由于在遗山（今山西定襄县城东18里）读过书，自号遗山山人，世称遗山先生，他的文集也叫《元遗山文集》。

元好问生活的时代，正是金元兴替之际。蒙古本是金的臣属，自"成吉思汗只识弯弓射大雕"崛起后，横扫欧亚大陆最终灭掉元好问的故国金国。在这样的大战乱大动荡的社会环境里，元好问经历了"国势人心有可为恸哭流涕者"。

根据《缪辑元遗山年谱》，我们对元好问的人生经历得出一个大致轮廓：

元好问生于1190年，出生在金秀容县，即今山西省忻州市。出生七个月，即过继给叔父元格，元好问称之"陇城府君"。

元好问自幼聪颖过人，4岁便开始读书，七八岁便会作诗，被太原人王汤臣称为神童。20岁时他写了《箕山》、《琴台》等诗，受到礼部赵秉文的竭力推崇，名声震动京师。

路铎为元好问的启蒙老师。元好问后来在《中州集》一书中写有《路铎传》："铎字宣叔，伯达之子，与弟钧和叔，父子俱有重名，而宣叔文最奇，尤长于诗，精致温润，自成一家。任台谏，有古直臣之风。贞祐初，出为孟州防御使，城陷，投沁水死。"老师路铎以身殉国的精神，给元好问留下刻骨铭心的印记。

元好问14岁拜师陵川名儒郝天挺。《金史·隐逸传》卷一二七："郝天挺，字晋卿，泽州陵川人。早衰多疾，厌于科举，遂不复充赋。……为人有崖岸，耿耿自信，宁落魄困穷，终不肯一至豪富之门。"元好问在郝天挺处学到了文采之外的风骨。

黄河吴王古渡

元好问21岁时，继父元格亡故，他扶枢回到秀容。至此，可算元好问人生的第一阶段。20年来，他随着继父元格，转徙于山东、河北、山西、甘肃的县令任上，师从太原王中立（字汤臣）、翰林学士路铎（字宣叔）、名儒郝天挺，打下了坚实的学识基础，犹如一艘蓄势待发的轮船。元好问在《并州少年行》中，抒发了自己的豪情壮志："北风动地起，天际浮云多。登高一长啸，六龙忽蹉跎。……君不见并州少年夜枕戈，破屋耿耿天垂河，欲眠不眠泪滂沱！拔剑起舞鸡鸣歌。东方未明兮奈夜何！"

好男儿身怀经国纬邦之志，谁不想"长风破浪会有时，直挂云帆济沧海"？然而，元好问的仕途却是坎坷蹉跎，他曾五次赴试而未中，落第后在河东平陆创作的《虞坂行》，就反映着他怀才不遇的苦闷心情："虞坂盘盘上青石，石上车踪深一尺。当时骐骥知奈何，千古英雄泪满臆。……孙阳骐骥不并有，世万亿中时有一。乃知此物非不逢，辕下一鸣人已识。我行坂路多阅马，敢谓群空如冀北。孙阳已矣谁汝知，努力盐车莫称屈。"（更深度的解读，请见《虞坂道戏说伯乐赞》一文。）

元好问南渡后，飘零五六年之久，直到32岁时才考中进士。"正大三年丙戌（1226）三十七岁，任河南镇平县令"，"正大四年丁亥（1227）三十八岁，改官河南内乡县令"。以后官至尚书省掾。

陈力方在《元好问：两朝文人的才情与担当》一文中，记载了元好问"为官一任，造福一方"所建树的政绩：

> 元好问当过中央和地方官，都尽心竭诚，兢兢业业，关心国家兴亡，关心民生疾苦，所以政治声誉非常高。当他罢职镇平县令，时元宵佳节，百姓老老少少对他恋恋不舍，敬酒惜别。在内乡县令任上时，他"劳抚流亡，边境宁谧"，所以当他因母亲去世，按照传统礼制为其母亲罢官守孝三年"丁内艰"时，"吏民怀之"，赞许他："元好问劳抚流亡，循吏也，不当徒以诗人自之。"他任南阳县令时，为当地人民争得减三年赋税，发展生产，使人民有休养复苏之望。所以河南志书称他"知南阳县，善政尤著"。《南阳县志》记载："南阳大县，兵民十余万，（元好问）帅府令镇抚，甚存威惠"。

元好问素怀大志，但他所处的乱世无情地破灭了他"修身齐家治国平天下"的宏图伟愿。

《缪辑元遗山年谱》记载：

> 至宁元年癸酉。先生二十四岁。……秋，蒙古兵三路来伐。
>
> 贞祐二年甲戌。先生二十五岁。夏五月，徙都汴京。六月，蒙古复围中都。
>
> 三月，蒙古兵陷忻州，先生兄好古遇害。
>
> 《中州集》卷七《王万钟传》："贞祐二年，州（忻州）破，死者十万余人"。
>
> 《本集》卷十四：……丙子二月，蒙古兵复围太原，先生知河东终不可守，遂于是年夏尽室南渡。
>
> 贞祐三年乙亥。先生二十六岁。五月庚申，中都破。留守完颜承晖自杀。蒙古遂入燕，焚宫室，月余不灭。
>
> 贞祐四年丙子。先生二十七岁。二月，蒙古兵围太原。夏五月，奉母张太夫人避乱南渡河，寓居三乡。十月，蒙古破潼关，避兵女几之三潭。
>
> 《本集》卷三七《南冠录引》："贞祐丙子，南渡河，家所有物，经乱而尽。"

元好问在《南冠录引》中还写道："中原受兵，避寇阳曲秀容之间，岁无宁居。"在《阳兴岩》诗中写道:"乱石通樵径,重岗拥戍城。山川带淳朴,鸡犬见升平。雨烂沙仍软,秋偏气自清。年年避营马,几向此中行。"元好问在诗的自注中说:"由州入府,避骑兵夺马者,多由此路。"可见他颠沛流离东躲西藏的逃亡生活,多次往返于其间,犹如"南来北往雁"。

……

此后经历蒙古围城,崔立叛降,被俘囚押,羁管软禁,直至1237年,元好问48岁才由山东回到阔别了24年的忻州故乡。元好问的人生第二阶段就是这样在战乱中流离失所疲于奔命。

元好问在《木兰花慢·游三台》等词中,哀叹了自己的命运:"赋诗鞍马,词气纵横,壮怀无复平生";"时自笑。虚名负我,平生吟啸";"扰扰马足车尘,被岁月无情,暗消年少";"青镜晓。白发又添多少"。

这是西方人本主义哲学家马斯洛所言"自我价值无以实现"的苦涩和焦虑。

"市隐斋"与"寂寞心"

在如此朝代更替,"城头变幻大王旗"的残酷生存现实中,元好问既想"学得屠龙术,货与帝王家",在仕途上有所作为,出将入相;另一方面情感上又转不过弯来,对侍奉新朝心存逆反。他在《临江仙·自洛阳往孟津道中作》一词中,把这种矛盾心情袒露无遗:

> 今古北邙山下路,黄尘老尽英雄。
> 人生长恨水长东,幽怀谁共语?
> 远目送归鸿,盖世功名将底用?
> 从前错怨天公,浩歌一曲酒千钟。
> 男儿行处是,未要论穷通。

北邙山地处洛阳北面,洛阳由于是古都,所以在邙山厚葬着许多王侯公卿。想当年,这些王侯公卿也曾叱咤风云威风八面,如今都默默地长眠于地下,黄土埋藏了所有的功名富贵。"幽怀谁共语"，在这个世上，谁与我有共同语言呢？"远目送归鸿"，只能是目送南来北往的"归鸿"。在元好问的潜意识里，又出现了"雁"的形象："天南地北双飞客，老翅几回寒暑。"

中国几千年的封建科举历史，从来展示的都是一条得意文学家成为政治家，失意政治家回归文学家的轨迹。

元好问在《论诗三十首》中写道："谢客风容映古今，发源谁似柳州深？朱弦一拂遗音在，却是当年寂寞心。"此诗的注释说："元好问推崇谢灵运，认为柳宗元诗歌淡泊古雅，深得谢灵运之遗音。前两句在一起是说，谢灵运诗的风神容态，照映古今，后世诗人谁能像柳宗元一样有谢客风容，并深有所得呢？后两句是说柳宗元的诗淡泊简古，如清庙之瑟，朱弦一拂，唱叹余音宛在，此冷寂神境，以暗喻道出，恰是如同当年谢灵运寂寞心境的写照。"

一个写作者在诗文中反复吟诵的，必然是内心焦灼的主旋律。

元好问在散文《市隐斋记》中，也曲折地反映着这一心境：

吾友李生为予曰："予游长安，舍于娄公所。娄，隐者也，居长安市三十年矣。家有小斋，号曰'市隐'，往来士大夫多为之赋诗，渠欲得君作记，君其以我故为之。"

予曰："若知隐乎？夫隐，自闭之意也。古人之隐于农、于工、于商、于医卜、于屠钓，至于博徒、卖柴、抱关吏、酒家保，无乎不在，非特深山之中，蓬蒿之下，然后为隐。前人所以有大小隐之辨者，谓初机之士，信道未笃，不见可欲，使心不乱，故以山林为小隐；能定能应，不为物诱，出处一致，喧寂两忘，故以朝市为大隐耳。

"……夫娄公固隐者也，而自闭之义，无乃与伯休异乎？言，身之文也，身将隐，焉用文之？是求显也。奚以为此哉？予意大夫士之爱公者强为之名耳，非公意也。"

文章先从"市隐斋"的来历提出自己的第一个疑问：要做隐者，就应当"自闭"，可娄公却喜好门庭若市，"往来士大夫多为之赋诗"；第二个疑问，既然娄公为隐者，为何还要请人作"记"，可见还是放不下心中那个"名利"。

文学家本来就是需要耐得住寂寞，与政治家追求的目标风马牛不相及。把文章看做"经邦济国"的伟业，一语道破天机，本身已窥见了封建士大夫的心理潜台词。从散文《市隐斋记》行文中，我读出了元好问"出世乎，入世乎"的矛盾心理。

元好问在《送秦中诸人引》一文中，还表达了这样的心理："道相合而意相得"之"二三君"，"常约近南山（终南山）"。"寻一牛田，营五亩之宅，如举子结夏课时，聚书深读，时时酿酒为具，从宾客游，脱屣世事，览山川之胜概，考前世之遗迹，庶几乎不负古人者。"

元好问"脱屣世事"，归隐秦中，设想了一个美好的"世外桃源"图景。有考证者认为，此篇作于金朝崩溃的 1233 年，此时元好问 43 岁。

元好问在《论诗三十首》中，还有一首写陶渊明："一语天然万古新，豪华落尽见真淳。南窗白日羲皇上，未害渊明是晋人。"大概非常符合他此时此地的心境。

清代大文人赵翼在《题遗山诗》中说："国家不幸诗人幸，赋到沧桑句便工。"奠定元好问在文学史上地位的，是他的"丧乱诗"。这些诗集中在金朝灭亡前后这一时期如井喷般奔涌而出，郁积的情感爆发为悲歌。主要有《岐阳》三首、《壬辰十二月车驾东狩后即事》五首、《俳体雪香亭杂咏》十五首、《癸巳五月三日北渡》三首、《续小娘歌》十首等。这些诗篇深刻流露着诗人对国破家亡的疼感。"文章憎命达"，"愤怒出诗人"，也许正是元好问人生经历了国破家亡、颠沛流离的痛苦煎熬，才成就了他在文学、史学上的成就。这正应了"失之东隅，收之桑榆"。

欣赏元好问"丧乱诗"中的一些锦绣词句：

《岐阳》三首之二：

> 百二关河草不横，十年戎马暗秦京。
> 岐阳西望无来信，陇水东流闻哭声。
> 野蔓有情萦战骨，残阳何意照空城。
> 从谁细向苍苍问，争遣蚩尤作五兵。

《癸巳五月三日北渡》三首：

道旁僵卧满累囚，过去旃车似水流。

红粉哭随回鹘马，为谁一步一回头。

随营木佛贱于柴，大乐编钟满市排。

虏掠几何君莫问，大船浑载汴京来。

白骨纵横似乱麻，几年桑梓变龙沙。

只知河朔生灵尽，破屋疏烟却数家。

《壬辰十二月车驾东狩后即事》五首之二：

惨淡龙蛇日斗争，干戈直欲尽生灵。

高原水出山河改，战地风来草木腥。

精卫有冤填瀚海，包胥无泪哭秦庭。

并州豪杰知谁在？莫拟分军下井陉。

《鹧鸪天》词：

只近浮名不近情，且看不饮更何成。

三杯渐觉纷华远，一斗都浇块磊平。

醒复醉，醉还醒，灵均憔悴可怜生。

离骚读杀浑无味，好个诗家阮步兵。

且莫独罪元遗山

卡夫卡有句名言："身体也是牢房。"你的追求成为你的羞辱，你的欲望成为你的陷阱，名缰利索成为束缚你身体的铁栅栏。

元灭金后，元好问一些为人诟责的行为，多囿于希望有所作为这一心理。

陈力方在《元好问：两朝文人的才情与担当》一文中，有一节的小标题叫作"且莫独罪元遗山"。

  1233 年，对于两个王朝来说，是一个此亡彼立的新旧拐点，对于诗人元好问来说，同样是一个命运的转折，而对于后世史学家来说，这里又隐藏着一段事关元好问名节的重大公案。

1232年，蒙古大军包围汴京，金国皇帝弃百姓而逃。1233年正月，金将崔立发动政变，开城纳降，并自封郑王。崔立认为他的行为避免了蒙古军屠城，拯救了全城百姓，便命当时的翰林学士王若虚执笔，为他立"功德碑"。王若虚、元好问自认关乎名节，推却了太学生刘祁。刘祁写好后交王、元二人推敲，"直叙其事，敷衍成文"。这就是历史上的"崔立碑事"。

元好问到底有没有参与崔立碑事件？假使参与了，是不是有损其名节？后世非议不断。在山西省社科院研究员、中国元好问学会副会长降大任先生看来，元好问是被迫撰碑，尚构不成气节问题，关键是碑文是否为崔立颂功，而史料考证表明，元好问虽然参与了此事，但耻于颂功的立场，说明元好问在这件事上没有屈节问题。元好问的学生郝经（郝天挺的孙子）曾做《辨甘露碑》一诗，其中一句"作诗为告曹听翁，且莫独罪元遗山"，历代学者认为这句话是郝经在为老师辩解，意思是不能独独怪罪元遗山。忻州市文联的李千和则认为，元好问根本就没有参与崔立碑事件，一切皆由趋炎重利的刘祁所诽谤。一个"独"字在这里是语气助词，不是单独的意思，郝经是在向世人疾呼，元遗山是清白无辜的。

元好问写有一篇为好友王若虚撰写的《内翰王公墓表》，其中也讲到了崔立碑之事：

天兴二年（1233），元帅崔立叛降蒙古，摄相位。尚书令翟奕为讨好崔立，命王若虚为之撰功德碑文。王私下对左右司员外郎元好问说："今召我作碑，不从则死，作之则名节扫地，不若死之为愈。虽然，我姑以理论之。"于是王当廷争辩说：丞相以城降，朝中百官随之成为丞相门人，既颂功德，岂可以门人为之，而诒笑于后人？驳得翟奕等人哑口无言，最后只好改命太学生刘祁、麻革信之撰写，由元好问、王若虚审定。

下面还是陈力方在《元好问：两朝文人的才情与担当》一文中的文字：

关于元好问气节问题的争议，崔立碑事只是其中之一，还有另外两个焦点：一个是1233年汴京城破后，元好问曾写信给蒙古中书令耶律楚材，请他保护资助54名金朝儒士，酌加任用。耶律楚材并未给元好问回信，但元好问举荐的54名儒士大多被元朝起用，"这一惊世骇俗之举，是有关他一生名节的重大公案，而实际上却是他高瞻远瞩，见识卓越的铁证，是他维护中原文化的一大贡献"。山西大学李正民教授在他主编的《元好问集》中如此评价这一历史事件。后事也证明，那

54 名知识分子中有 15 名在《元史》中有所记录，他们对保存中原文化方面起到了很大的作用。

另一个焦点就是 1252 年，晚年的元好问觐见忽必烈，请他任儒教大宗师。尊一个不通儒学的蒙古统治者为儒教大宗师，这似乎趋势逢迎。然自金灭亡后，元好问并未出任元朝任何官职，一介布衣又何需趋炎附势！这在敬仰他的后人眼里似乎更像是某种策略，意在改善天下儒生在元朝初年低贱的政治地位，引导游牧民族的统帅能 "以儒治国"，"以汉法治汉地"。

然而一名旧臣，没有随主殉国，没有战死疆场，没有树起反元复金的旗帜，也没有归于山林，反而与新朝 "眉来眼去"，这样的行为终是引来了种种流言蜚语。元好问不是贪生怕死之辈，在蒙古大军围城时，元好问曾竭力谋求救国救民之策，"死不难，诚能安社稷、救生灵，死而可也"。"他在一定程度上突破愚忠一家一姓的腐儒之见……以先进文化的传承、社会进步和人民利益为重，将封建的个人名节置于次要地位，终于作出了不朽的历史性贡献。"李正民先生对元好问晚年的文化活动作出了高度的评价。

奈何，旧朝老臣，以一己之力为着自己的理想奔走，为着一个知识分子的良心苦苦担当，全然不顾世俗的道德评判，其内心的焦虑，外在的困顿可想而知，"十年旧隐抛何处？一片伤心画不成"，世上有几人懂他的苦心！

其实，何须作如许画蛇添足的辩护来斥责元好问背国忘祖。我们翻翻元好问的家谱，就对这种指斥给予了最有力的回击。

元好问出身于一个世代书香的官宦人家。他的祖先原为北魏皇室鲜卑族拓跋氏。相传，他的祖先是北魏太武帝拓跋焘的儿子（一说为秦王拓跋翰，另一说为南安王拓跋余）。后来的祖先随北魏孝文帝由平城（今大同市）南迁洛阳，并在孝文帝的汉化改革中改姓元。北魏分裂之后，户籍落至汝州（今河南省临汝县）。五代时期以后，又由河南移家平定州（今山西省平定县）。他的高祖元谊，在北宋晚期徽宗宣和年间（1119~1125 年）官忻州神武（虎）军使。曾祖元春（一作椿）任北宋隰州（今山西省隰县）团练使。在曾祖元春一代，又举家从平定迁徙忻州，遂为忻州人。祖父元滋善，在金朝海陵王正隆二年（1157 年）任柔服（今内蒙古土默特右旗托克托附近）丞。父亲元德明多次科举不中，以教授乡学为业，平时诗酒自娱，著有《东岩集》。

根据元好问的家谱，我们究竟应该如何为元好问的属性定位？

在几千年的封建史中，你方唱罢我登场，城头变幻大王旗。逐鹿中原，胜者为王败者寇。对朝代的更迭而言，是宋？是金？是辽？是元？哪个才算是真龙天子，

作者与摄影家曹平安在壶口瀑布

才算是正统？究竟对谁从一而终才是忠臣？元好问可以事金而不事宋，为什么就不可以改换门庭金灭后事元？非得当某个封建王朝的殉葬品！（同一观点，在《偏头关悲歌杨家将》一文中有详述，此处不再赘笔。）

当然，这是后人在赢得新的思维空间和言语空间后的认识，当年的元好问，对蒙古国的态度还是有过一个复杂痛苦的矛盾变化过程。网名鬼爷子的作者在《金代杰出的诗人元好问》一文中，讲述了元好问的这一心理过程：

他痛心于金国被蒙古灭亡，对金哀宗天兴二年（1233年）金汴京西面元帅崔立投降蒙古和出卖金朝后妃大臣极为痛恨，但对崔立开门投降，客观上使汴京百万生灵免遭一朝全部涂炭死亡之祸又并不完全否定。……在金元交替之际，元好问的思想十分痛苦和矛盾。他一方面痛心金朝的腐败和混乱，希望有一个除旧布新局面的出现，当他看到金朝被蒙古灭亡已成定局后，就把金朝那54位"天民之秀"推荐给蒙古国这个"维新之朝"。对于那些归降蒙古国的金朝旧臣如耶律楚材、张桑、严实、赵天锡等，只要他们曾为减轻金国人民少遭屠戮之苦做过一些好事，他都能够予以谅解。他在蒙古国生活了二十四五年，通过这么多年的观察，他对蒙古国的看法逐渐发生变化。他对中原那些出仕蒙古国的汉族世侯如上述张桑、严实等能够兴文教、安定百姓生活表示赞赏。尤其对蒙古贤王忽必烈重视儒学、大兴学校，实行较利于发展经济文化的政策十分感激；对忽必烈击灭云南地方势力、取消它的半独立状态、恢复汉唐旧疆的赫赫功业特别钦佩，为其歌功颂德。从而他逐渐把蒙古国政府看做像汉唐那样值得自己骄傲的合法正统的政府，在他的《刘时举节制云南》七律诗中，他直接称蒙古国为"汉家"，"云南山

黄河崖畔古民居砖雕

高去天尺，汉家弦声雷破壁。九州之外更九州，海色澄清映南极。"渐渐地，元好问也把自己看做是蒙古国的一个臣民，对立的情绪逐渐消失。正是在这样的前提下，元宪宗二年（1252年）春夏之间，元好问虽已63岁高龄，却还是与他的好友张德辉一起北去觐见忽必烈，请求忽必烈为儒教大宗师，忽必烈非常高兴地接受了。他俩又提出蠲免儒户的兵赋，忽必烈也答应了。

"悠悠岁月，欲说当年好困惑。亦真亦幻难取舍，悲欢离合都曾有过，这样执着究竟为什么？漫漫人生路上下求索，心中渴望真诚的生活，谁能告诉我是对还是错？问询南来北往的客"。

《骤雨打新荷》所透出的颓唐沉沦情绪

中国历代文人，当壮志不得施展，理想幻灭之后，多寄情于声色犬马。

作为"一代宗师"的元好问也不具备"钢铁般的意志"，也有着常人的七情六欲。他"也曾心意沉沉"，呼唤着"谁能与我同醉"，"但愿长醉不愿醒"。

元好问写过在元初名噪一时的小圣乐（双调）《骤雨打新荷》：

绿叶阴浓，遍池亭水阁，偏趁凉多。海榴初绽，朵朵簇红罗。乳燕雏莺弄语，有高柳鸣蝉相和。骤雨过，琼珠乱糁，打遍新荷。

人生百年有几，念良辰美景，休放虚过。穷通前定，何用苦张罗。命友邀宾玩赏，对芳樽浅酌低歌。且酩酊，任他两轮日月，来往如梭。

这是元曲中的名篇，因其代表了一种"时代情绪格调"，所以在当时坊间广为流布。元陶宗仪在《辍耕录》卷九中记载："小圣乐乃小石调曲，元遗山先生好问所制，而名姬多歌之，俗以为骤雨打新荷者是也。"清李调元《雨村曲话》亦记载："……一时传播，今入曲，易牌名'骤雨打新荷'。"据《古今词话》载：

"都城门外万柳堂，廉野云置酒招待卢疏斋、赵松雪同饮。时歌妓解语花者，左手执荷花，右手执杯行酒，歌《小圣乐》。"当年还有画师画成《万柳堂图》，"立幅三尺，着色。画荷池山馆，烟雨满林。堂内两人袍带坐，一女子持荷花送酒，即所传《骤雨打新荷》者，此园在京师南城海岱门（哈德门）外，为冯益都相国别业，一时门下士鸿博诸君来宴此，有赋记之。"《四库全书总目提要》亦记载："自宋赵彦肃，以句字配协律吕，遂有曲谱，至元代，如《骤雨打新荷》之类……"[1]

由此可见，元好问之《骤雨打新荷》一词成为歌坊酒肆的保留曲目，唱红一时。

一向有追求有抱负的元好问，在此词中也不免流露出"人生百年有几，念良辰美景，休放虚过"，"命友邀宾玩赏，对芳樽浅酌低歌。且酩酊，任他两轮日月，来往如梭"之颓唐沉沦的情绪。

元好问还有一首为人赞不绝口的爱情词：《摸鱼儿·问莲根有丝多少》（我有时会突发奇想，元好问两首最为著名的爱情诗，为什么都要调寄"摸鱼儿"，这个"性象征"意味极浓的词？）：

问莲根、有丝多少？莲心知为谁苦？双花脉脉娇相向，只是旧家儿女。天已许。甚不教、白头生死鸳鸯浦？夕阳无语。算谢客烟中，湘妃江上，未是断肠处。

香奁梦，好在灵芝瑞露。人间俯仰今古。海枯石烂情缘在，幽恨不埋黄土。相思树，流年度，无端又被西风误。兰舟少住。怕载酒重来，红衣半落，狼藉卧风雨。

有人猜测此词是元好问写给小妾的，并引出元好问与朋友喝"花酒"的一段经历。

贺静在《元好问：柳下惠式的男人》一文中，写下这样的文字：

……想起了他的《摸鱼儿》，想到了他的小妾赵灵芝，听说此词就是专为他小妾所写，我是半信半疑，因为词里确实有灵芝两字出现，但是也未必就是为他

【1】 以上资料引自贺新辉《元曲鉴赏辞典》之好问条目。

小妾所写，说不好是巧合罢了。不过，也有不少词人的词就是特别为自己喜爱的妓女所写，才情都用在妓女身上，为的就是讨女子喜欢。故此特意把心爱之人的名字镶嵌在字里行间，比如秦观的一首《水龙吟》，根据明代蒋一葵《尧山堂外纪》中记载，就是专为情人营妓楼东玉所创。秦观费心地将楼东玉的名字写进去，词中"小楼连苑横空"、"玉佩丁东别后"就是谜面。秦观还为一个叫陶心儿的情人赠一首《南歌子》，末句的"天外一钩残月，带三星"，就是为陶心儿的"心"字。所以，对于词人的很多文字到底是为谁而写，只有他自己才能说得透彻。

……好一句"海枯石烂情缘在，幽恨不埋黄土"，想千百年来，两情缱绻，还有什么海誓山盟能敌得过呢？《诗经》"邶风"里的《击鼓》篇，那一句生死不渝的爱情的代名词"死生契阔，与子成悦。执子之手，与子偕老"不也是如此的意思吗？所谓痴情，就是斗转星移，沧海桑田，你不来，我不敢老去。前世今生，都如此约定。可见，元好问还是深爱赵灵芝……

看元好问的这首《摸鱼儿》，其中一句"香奁梦，好在灵芝瑞露。人间俯仰今古"是否也如大情人秦观一样，特别费心地将赵灵芝的名字写进去，也不得而知，只能猜测而已。元好问的小妾赵灵芝小他18岁，原是一歌妓，元光二年癸未（1223）的夏天，他路过昆阳，参加一次朋友宴会时，遇见了作为嘉宾陪客的赵灵芝，当时赵灵芝正值16岁，年轻美貌，性情温柔，而且特别喜欢舞剑……

看见34岁的元好问，面容虽然说不上俊俏，但是面对众多的美艳歌妓，言行举止沉稳洒脱，给人感觉非平庸之辈。不像赵灵芝所见到的那些轻浮浪荡之人，初次相见，看见美艳女子就垂涎三尺，言语特别地浮躁，时不时还动手动脚。整个宴会上，赵灵芝看见他都是在聆听舞曲《海棠红》，时而还歌赋一首，似乎没有看见眼前的尤物，感觉此人与众不同，对他是一见钟情。宴席完毕，众人都归去之时，赵灵芝主动问元好问，他刚才在听歌曲时所吟的诗词。元好问轻轻一笑，拿起桌上的笔墨，挥手写下一首《同儿辈赋未开海棠》：

枝间新叶一重重，小蕾深藏数点红。

爱惜芳心莫轻吐，且教桃李闹春风。

从诗字面上看，诗中称赵灵芝一群歌妓小姐妹为晚辈，也就是说，在元好问的心目中，十几岁的歌妓就和自己的孩子一般大，如同自己的孩子一样，故此没有一丝杂念，他没想过要把这些和自己孩子一般大的女子作为自己的女人。可能就是因为这样的心理基础吧，故此让赵灵芝在情感上更多了对他的一份眷恋。在昆阳的那一个夏天，赵灵芝和元好问接触最为频繁，常常和他促膝谈心，琴棋书画，相互交流。只是两个人还只是交往，未有更为亲密的接触。可能是因为考虑到赵灵芝和自己的孩子差不多大的缘故，故此面对赵灵芝的深情，元好问一直没有明确回应。后来当这首《同儿辈赋未开海棠》在赵灵芝手中成为常弹拨演唱的歌曲时，元好问听到，感觉忘不掉赵灵芝的身影和眉眼，这才感觉到自己也恋上了这个柔弱女子。

其实在古代，老夫少妻这样的现象很普遍，很多文人墨客的小妾就比自己的孩子还要小，比如苏轼和王安石，他们的小妾就比他们的孩子都要小很多。唐朝不是还有白发红颜夫妻吗？只是元好问多虑了。不过，从这点上看，元好问是一个富有情感和家庭道德的好男人。好色，乃是人之通病，见色起意的人更是层出不穷。历史中，有几个是柳下惠呢？我想，或许元好问也可以算上一个吧。

面对元好问的含蓄，赵灵芝也只是默默地等待，直到第二年，也就是在正大元年甲申（1224），元好问才把赵灵芝接到京城，和她宛如夫妻，公开参加社交。在跟随元好问的10年里，赵灵芝生活还算安稳，在她26岁时，也就是天兴二年癸巳（1233）年，受风寒而离开了元好问。没了赵灵芝的陪伴，元好问感觉很是孤单，愈加思念赵灵芝，便写下了《清平乐》：

离肠宛转，瘦觉妆痕浅。飞去飞来双语燕，消息知郎近远。

楼前小语珊珊，海棠帘幕轻寒。杜宇一声春去，树头无数青山。

雨果有名言：有一种景象比海洋更壮观，那就是天空；有一种景象比天空更壮观，那就是人的内心。人之内心，是一个司芬克斯之谜，是一道哥德巴赫猜想。这大概是元好问的另一面吧。

国亡史兴，己所当任

元好问在春喜来（中吕）《春宴》四首之四中，写下这样的情绪：

携将玉友寻花寨，看褪梅妆等杏腮。

休随刘阮到天台。

仙洞窄，且唱喜春来。

即便是在"携将玉友寻花寨，看褪梅妆等杏腮"的"纵教花前常病酒，也落个风流"，"醉卧花丛"之际，元好问也还惦着"休随刘阮到天台"。刘指西晋诗人刘琨，就是"闻鸡而起舞"典故的出处。他有一句诗可谓尽人皆知："何意百炼钢，化为绕指柔"。刘琨字越石，原本是极有文采的一介书生，在五代十国的战乱年代，出任并州刺史，抗击匈奴南侵。其存诗《扶风歌》、《答卢谌》、《重赠卢谌》三首，都表达了忧国伤时、满腔悲愤、壮志未酬、英雄末路之哀切。《诗品》称其诗"善为栖戾之词，自有清拔之气"。阮指西晋诗人阮籍，生活在魏晋易代之际，朝廷斗争十分激烈，因而佯狂避世，对司马氏政权采取了不合作态度。他的诗言近旨远，高情纵横。这两位都与元好问际遇相同，是颇受元好问崇敬的前辈诗人。元好问在《论诗三十首》中有这样一首诗："曹刘坐啸虎生风，四海无人角两雄。可惜并州刘越石，不教横槊建安中。"元好问还有诗赞阮籍："老阮不狂谁会得？出门一笑大江横！"元好问在评品别人时，何尝不是在抒自我的心中郁闷？

据《缪辑元遗山年谱》载："太宗十年戊戌（1238）四十九岁，夏，至东平。秋，携家归乡，途中暂寓济源……"修"野史亭"，开始著史。

刘海兰在《金朝一代文冠元好问》一文中，对元好问的著史作了这样的记载：

> 金亡以后，蒙古统治者实行严酷的民族压迫和民族歧视政策，对文化的钳制也很森严。元好问拒绝做元朝的官，以表明自己的遗民身份和对故国的忠诚。当金朝败亡之前，他就向当政者提出建议，用女真文小字写一部《金史》，但未能如愿。金灭亡后，他抱着"国亡史兴，己所当任"，决心以自己的一人之力修一部《金史》。回到故乡，他便积极投入这项修史工作。他不做蒙古的官，但为了写金史，又不得不与出仕蒙古国的中上层官员相周旋，以便得到他们的协助和必要的资料。为此还引起许多人对他的误解。"百谤百骂，嘻笑姗侮，上辱祖祢，下辱子孙"。为了完成自己修金史的宏愿，元好问忍辱负重20年，直到去世。他曾满怀信心地说，只需要破费数月功夫，依据《金国实录》即可着手《金史》的著述工作。当时《金国实录》在顺天张万户家，元好问便向张万户求借，但由于他的朋友乐夔从中作梗，元好问没能看到《金国实录》，成为一大遗憾，也是我国史学上的一大损失。面对此人为阻力，元好问说："不可令一代之际，泯灭不传"。于是，在自家院里建起一座"野史亭"作为存放和著述的地方。多方搜集有关金朝君臣

的言行，只要有所得，马上用寸纸细字记下来，日积月累，汇集了上百万字的资料，编成了《金源君臣言行录》。《壬辰杂编》就是在此基础上编写而成的。他又抱着"以诗存史"的目的，编写了《中州集》，这一工作从他在山东时已经开始，回到故乡后才完成。《中州集》是12世纪初至13世纪初中国北方诗人的一部诗词选集，共10卷，选录了金代诗人金显宗、金章宗在内的251位诗人和作者的作品，叙述了金代文人的出身、行年及著述，是研究金代文人、官制、史事和著作的重要资料。他还保存了不少重要史实，为考证、研究金代社会史中的问题提供了依据。由此可以看出这是一部兼有文史两方面重要价值的著作。《金史·艺文传》就是以它为蓝本写成的。后来的《全金诗》自然也是在它的基础上增补而成的。同时，它也为金代历史研究提供了丰富的资料，而且它的体例开创了断代史诗的先河，将论诗、论史运用到断代史诗的研究中，对后人产生了重要的影响。他生前虽然未能实现自己修成《金史》的愿望，但书成80年后，元朝编修宋、辽、金三史，就是以《壬辰杂编》《中州集》为基础，仅用一年多时间就编写完了《金史》。

元好问这种尊重史实，不阿时俗，秉笔直书，国亡修史的做法，为后人钦佩和仿效。

元好问因不秉承任何官方旨意，不同于官修正史，完全是一种个人作为，所以说"构亭于家，著述其上，因名曰《野史》"。元好问是个有心人，前期已做了很多准备。"长大来与游益多，知秦中事益熟，每闻谈周、汉都邑及蓝田、杜间风物，则喜色津津然动于颜间"，"览山川之胜概，考前世之遗迹，庶几乎不负古人者"。

元好问在《论诗三十首》中写道："出处殊涂听所安，山林何得贱衣冠。华歆一掷金随重，大是渠侬被眼谩。"注释中这样写："方回《瀛奎律髓》崇尚'格高'，即古代知识分子所谓嶙峋傲骨、孤芳自赏的精神风貌，认为台阁仕宦都是脑满肠肥、道貌岸然、功名利禄熏心、仁义礼智满口之徒的卖弄学理、琢句雕章以欺世盗名，往往偏重江湖道学，或有借以自重。元好问借质疑三国时华歆掷金的典故对这种现象提出了质疑。"元好问的诗从另一侧面表达了知识分子的独立一面。尤其是修史，吃了人的嘴软，拿了人的手短，申请了项目经费扶持，你能不在人家划定的圈子里"戴着镣铐跳舞"？如此撰写并经审订的"官史"，除与执政

万荣李家大院（规模远大于乔家大院、王家大院和常家庄院）

者主家保持"高度一致的口径"之外，还可能有什么"特立独行"？！元好问句："纵横正有凌云笔，俯仰随人亦可怜。"

大概正是由这一意义而言，在封建专制下，野史比正史更有价值，更接近真实。

从《雁丘词》到"元遗山祠堂"

20世纪90年代初，我在忻州开会期间，曾慕名前往忻州市城南五公里的韩岩村，去寻访元好问遗迹。

元好问墓位于韩岩村北，紧邻公路，1962年被列为省级重点文物保护区。陵园内分野史亭和元墓两个建筑群。所谓墓园，只见几抔黄土堆起的墓冢，"山回路转不见君，雪上空留马行处"。野史亭可谓盛名久矣，800年间，屡有游客文人凭吊，留下很多诗文碑。但这些珍贵文物却遗置于席棚草顶之下。早在民国初年，山西教育会长梁善济就发出叹息："今亭寥落如此，何其名实不相符。"

写出传世名著《瀛环志略》的清代五台徐继畲在拜谒野史亭时，曾发出如此感慨："中都已弃汴京焚，累朝无复存文献。遗山乃构野史亭，河朔篇章搜罗遍。中州一集存巨编，微寓褒讥留小传。顿使金源生颜色，不与夏辽同鄙贱……"

这种状况在新世纪得到改观。忻州市政府投巨资修葺了元好问陵园：元陵砖砌拱形大门门额上书"元墓"两个大字，系清朝乾隆年间忻州知州汪本直的手迹。元墓神道两侧，碑碣林立，详细记载着元好问的生平功绩。近年又在元墓旁新建"元遗山祠堂"。2010年9月26日，竣工剪彩仪式举行。元遗山祠堂规模宏大，整个建筑采用清代建筑风格，木结构和砖木结构建筑的大门、正殿、偏殿、耳房构成一个整体。碑廊、塑像、壁雕也已一一竣工……

在竣工剪彩仪式上，忻州市委书记董洪运发表讲话说："我们重修元祠，目的就是要缅怀遗山生平，追寻先生踪迹，弘扬裕之精神，传承华夏之脉。"

当年元好问在《雁丘词》中深情地悼念亡雁："千秋万古，为留待骚人，狂歌痛饮，来访雁丘处。"元好问如若在天有灵，大概无须悲叹"尔今死去侬收葬，他年葬侬知是谁"。恢弘的元遗山祠堂，将迎来一代代后人的凭吊和瞻仰。

普救寺反弹《西厢记》

普救寺谱写的爱情篇

来到普救寺，自然联想到《西厢记》。

作家多是多情的种子，《西厢记》才子佳人的爱情故事对我们山西作家黄河采风团而言，有着特殊的吸引力。导游小姐黄莺般婉转的一句开场白："欢迎大家来到爱情圣地普救寺"，将我们引领进一段历史。普救寺是佛教的十方禅院，按说应该是"佛家圣地"。然而，前来的游人们焚香拜佛的不多，大多是慕名来感受一段缠绵悱恻的传奇爱情。

导游小姐的讲解告诉我们：据专家考证，寺院大约初建于南北朝时期。"南朝四百八十寺，多少楼台烟雨中"。在我国这段佛教鼎盛时期，普救寺应运而生，距今已经有 1400 多年的历史。普救寺初建时名"西永清院"，《山西历史地名录》记载："普救寺，在蒲州老城东五里。唐释道积修建十年乃成，名西永清院。"清乾隆年间重镌的《蒲州府志》中普救寺条目记载："在郡城东六里，唐时名西永清院。"永清院，显然是取佛家清静永宁之寓意。然而，就是在这样一块晨钟暮鼓清心寡欲的佛家禁地，却发生了一段翻墙越矩幽会偷情的风流佳话，不可谓不奇！

唐元稹在《莺莺传》里关于这段爱情故事的发生地写有这样的字句："蒲之东十余里，有僧舍，曰普救寺"，这原本是小说家的曲隐之笔，然而就此，"永清院"变成了"普救寺"。那座雄峙于普救寺西侧，高 50 米，共 13 层的舍利塔，也变成了"莺莺塔"。

普救寺因了《西厢记》而名扬天下，《西厢记》因了普救寺而落地生根。一个古老的寺院与一种儒家的文化，儒释合一融会贯通相得益彰。

中国文学史给予《西厢记》极高的评价："王实甫的杂剧《西厢记》有鲜明、深刻的反封建的主题。张生和崔莺莺的恋爱故事，已经不再停留在'才子佳人'的模式上，也没有把'夫贵妻荣'作为婚姻的理想。他们否定了封建社会传统的联姻方式，始终追求真挚的感情，爱情已被置于功名利禄之上。《西厢记》结尾处，在中国文学史上第一次正面地表达了'愿普天下有情人都成眷属'的美好愿望，表达了反对封建礼教、封建婚姻制度、封建等级制度的进步主张，鼓舞了青年男女为争取爱情自由、婚姻自主而抗争。"

这一对《西厢记》的评价，已成为千古定论。

《西厢记》自面世以来，便有"新杂剧，旧传奇，《西厢记》天下夺魁"的美誉。甚至有人将《西厢记》与《红楼梦》并称为中国文学史上两大高峰。

我国著名的书评家金圣叹称《西厢记》为"天下之妙文"，金圣叹甚至将《西厢记》作为第六才子书，与庄子、离骚、杜诗等经典相提并论。

李渔评价："读金圣叹所评《西厢记》，能令千古才人心死"，大有天下从此无戏剧之意。

……

古往今来，对《西厢记》的赞誉可说是连篇累牍数不胜数。也许，我无须再来锦上添花抑或狗尾续貂，李白早已有明智的规劝："眼前有景道不得，崔颢题诗在上头。"

然而，我总觉得在《西厢记》的辉煌之下，总还有一片"瑕不掩瑜"的阴影。

冯家会土柱林

元稹《莺莺传》的社会学意义

《西厢记》源自小说的雏形唐传奇中元稹的《莺莺传》。

元稹是与白居易齐名的唐朝诗人,世称"元白"。元稹9岁时就能赋诗作文,人皆称"神童"。元稹小时与邻村崔小迎有过一段"青梅竹马,两小无猜"之恋情。两人经常在斑竹林里逗耍,过家家,拜天地,称公道婆。"曾经沧海难为水,除却巫山不是云",这段"月朦胧,鸟朦胧"的情爱,对元稹无疑是刻骨铭心的。元贞十七年春,元稹赴京科举,深受当时太子少保韦夏卿赏识,权势之下与韦夏卿之女韦丛婚配。崔小迎聪慧美丽,清纯质朴的音容笑貌,成为缠绕元稹一生的离魂梦魄。这也许就是元稹创作的最初冲动。元稹所作《莺莺传》的故事就发生在普救寺。据宋王楙《野客丛书》二十九卷称:"唐有张君瑞遇崔氏女于蒲,崔小名莺莺,元稹与李绅语其事,作《莺莺歌》。"当时人有疑张生乃张籍,王铚和赵德麟辨证说:"张生实为元稹之托名,徵诸本集诗歌,及其年谱,皆与此传吻合。"也有研究者说,崔莺莺的原型应是闻喜望族裴氏之女,叫裴柔之。她是裴家一位非常出名的才女,父亲曾在京城为相,死于任上。莺莺与母亲崔氏扶灵归乡,遇兵匪而暂避普救寺。正是在此与元稹不期相遇,从而演绎出了这段千古绝唱的爱情故事。

其实何须作那么多的繁琐考证,创作历来就是"三千白云任剪裁",杂取多处,融为一体。

元稹笔下的《莺莺传》,是一个悲剧的结局:当张生入京科举高中状元后,马上"人一阔,脸就变",对曾经山盟海誓的情人,说出这样绝情之言:"大凡天之所命尤物也,不妖其身,必妖于人。使崔氏子遇合富贵,乘宠娇,不为云,为雨,则为蛟,为螭。吾不知其变化矣。昔殷之辛,周之幽,据百万之国,其势甚厚。然而一女子败之。溃其众,屠其身,至今为天下谬笑。予之德不足以胜妖孽,是用忍情。"张生对自己的负情,振振有词地用了一个"忍情",扮演着一个

"迷途知返"、"浪子回头金不换"的角色。而张生的诡辩词，也深为当时的士大夫阶层所认同，"时人多许张为善补过者"。赞许地认为把这段爱情经历写出来，"夫使知者不为，为之者不惑"，并称"今世士大夫，无不举此为美谈"。

鲁迅曾对上层统治者奉行的"女人是祸水"的封建伦理观给予了辛辣的嘲讽："中国的男人，本来大半都可以做圣贤，可惜全被女人毁掉了。商是妲己闹亡的；周是褒姒弄坏的；秦……虽然史无明文，我们也假定它是因为女人，大约未必十分错，而董卓可是的确给貂蝉害死了。"

鲁迅把这种封建的伦理道德观称为"文过饰非，遂堕恶趣"。

元稹的《莺莺传》完成了一出在封建社会带有普遍规律性的"始乱终弃"、"痴心女子负心汉"的时代悲剧。应该客观地说，元稹的《莺莺传》完全符合当时的封建伦理观念，是一部"写实主义"的文学作品。

《钱钟书论学文选》[1]中的一节"思妇的哀伤"，说了这样一番话："男多借口，女难饰非，恶名之被，苛恕不齐。"表达了对封建社会这一普遍现象的嘲讽。还说："士之耽兮，犹可说也；女之耽兮，不可说也。"常言道，男子痴，一时迷；女子痴，没药医。斯大尔夫人言，爱情于男只是生涯中一段插话，而于女则是生命之全书。还说："纽情缠爱，能自拯拔，犹鱼鸟之出罗网。夫情之所钟，古之'士'则登山临水，恣其汗漫，争利求名，得以排遣；乱思移爱，事尚匪艰。古之'女'闺房窈窕，不能游目骋怀，薪米丛脞，未足忘情摄志；心乎爱矣，独居深念，思搴产而勿释，魂屏营若有亡，理丝愈纷，解带反结，'耽不可说'，殆变此之谓欤？"生动地刻画出"痴心女子负心汉"的情景。

"始乱终弃"在封建社会是一种普遍现象，有着典型意义。一部华夏文学史，留下多少弃妇的怨叹。

早在《诗经·邶风》中，就有《谷风》一诗描绘了弃妇的形象：

> 习习谷风，以阴以雨。黾勉同心，不宜有怒。
> 采葑采菲，无以下体。德音莫违，及尔同死。

【1】《钱钟书论学文选》，花城出版社1990年1月版。

行道迟迟，中心有违。不远伊迩，薄送我畿。

谁谓荼苦？如甘如荠。宴尔新昏，如兄如弟。

......

这首诗描绘了一幅凄风苦雨伴随一个弃妇踽踽独行的悲惨画面：弃妇望着"习习谷风，以阴以雨"的天空，倾诉对忘恩负义、喜新厌旧的怨恨，絮絮诉说自己被遗弃的不幸。"德音莫违，及尔同死"，过去的山盟海誓言犹在耳，说什么两人要同生共死；而现在"宴尔新昏，如兄如弟"，丈夫又娶了新人，如胶似漆，比兄弟骨肉情还亲——这是多么入木三分的描述！所以《诗序》上说："《谷风》，刺夫妇失道也。卫人化其上，淫于新婚，而弃其旧室，夫妻离绝，国俗伤败焉。"

在《诗经·卫风》里，还有一首题为《氓》的叙事诗，也是这一题材的描述：

氓之蚩蚩，抱布贸丝；匪来贸丝，来即我谋。

送子涉淇，至于顿丘。匪我愆期，子无良媒。

将子无怒，秋以为期。

乘彼垝垣，以望复关。不见复关，泣涕涟涟。

既见复关，载笑载言。尔卜尔筮，体无咎言。

以尔车来，以我贿迁。

桑之未落，其叶沃若。于嗟鸠兮，无食桑葚。

于嗟女兮，无与士耽！士之耽兮，犹可说也；

女之耽兮，不可说也。

桑之落矣，其黄而陨。自我徂尔，三岁食贫。

淇水汤汤，渐车帷裳。女也不爽，士贰其行。

士也罔极，二三其德。

三岁为妇，靡室劳矣。夙兴夜寐，靡有朝矣。

言既遂矣，至于暴矣。兄弟不知，咥其笑矣。

静言思之，躬自悼矣。

及尔偕老，老使我怨。淇则有岸，隰则有泮。

总角之宴，言笑晏晏。信誓旦旦，不思其反。

反是不思，亦已焉哉！

这首诗非常完整地叙述一个妇女从恋爱到结婚以及最后被丈夫抛弃的不幸遭遇。她的丈夫是个抱布贸丝的小商人，过去花言巧语骗得了她的爱情。结婚以后，她日夜操劳，主持家务，不以贫穷为苦，信守"白首偕老"的誓言。过了三年苦日子，丈夫变心了，把从前的"海誓山盟"忘得一干二净，经常骂她，侮辱她，最后遗弃了她。这首诗生动、真切地反映出在男女不平等的社会中，女子被"弃如敝屣"的怨恨和痛苦。

我们正是通过《诗经》认识了它所描述的那个时代。它那犀利的文笔，成为具有揭露与反抗内容的檄文。

古人以诗文咏弃妇之苦的，各个朝代都很多，其中有许多是脍炙人口的，如汉末王粲的《出妇赋》：

君不笃兮终始，乐枯荑兮一时；心摇荡兮变易，忘旧姻弃兮之！

又如三国时曹植的《出妇赋》：

悦新婚而忘妾，哀爱惠之中零……恨无愆而见西，悼君施之不忠！

再如唐朝顾况的《弃妇词》：

古人虽弃妇，弃妇有归处。今日妾辞君，辞君欲何去。
本家零落尽，恸哭来时路。忆昔未嫁君，闻君甚周旋。
及与同结发，值君适幽燕。孤魂托飞鸟，两眼如流泉。
流泉咽不燥，万里关山道。及至见君归，君归妾已老。
物情弃衰歇，新宠方妍好……

这类反映弃妇怨苦的诗文很多，正说明这一现象在封建社会司空见惯。每一种社会现象的存在，必然有着它赖以生存的时代背景和经济发展原因。从这一幅

孙家沟民居

幅真实的社会风俗图景中，完全可以发掘出富有历史蕴涵的深刻主题。

至于《莺莺传》中张生为自己始乱终弃忘恩负义行为的辩解，代表的也是一种社会思潮。无独有偶，还有一个类似的故事：汉朝有个叫王肃的人，博学多才，很得皇帝赏识。王肃过去本来已聘谢氏女为妻，但到京师任职后，皇帝却嫁以公主。谢氏女知道了此事，不胜悲怆，就作五言诗以赠王：

> 本为薄上蚕，今作机上丝。得路逐胜去，颇忆缠绵时。

公主知道此事以后，就代王肃写诗答谢氏女：

> 针是贯线物，目中恒任丝。得帛缝新去，何能纳故时！

公主的这首诗颇为耐人寻味，她作为一个女子，却是站在男人的立场上，强词夺理地宣扬了男子遗弃女子的理论：针孔里总要穿线的，要缝新布时，自然要换一根新线，怎能老是用那根旧线呢？[1]

一部优秀的文学作品一经问世，就超越了作家初始的创作动机，众多读者见仁见智有着自己理解的权利。一百个人读《红楼梦》，就能读出一百本《红楼梦》来。道学家看到淫，革命家看到排满，才子佳人看到缠绵悱恻的爱情，而毛泽东从书中看到的却是"一部封建社会的阶级斗争史"。后人通过文学作品，看到的是一个时代一种社会形态的"清明上河图"。

元稹的《莺莺传》这一出自封建士大夫之手的作品，必然镌烙着特定时代特定阶层的意识形态，是一段真实历史的写照。写出历史的真实，总有其社会学意义的认识价值。

《西厢记》辉煌中的"灯下黑"

民间当然不会认同这类庙堂的意识形态，斥责张生为"薄情年少如飞絮"。

【1】以上资料引自刘达临《中国古代性文化》一书，宁夏出版社，2003 年 1 版

唐代以后，这个爱情故事的结局在民间不断地被改写。据《太平广记》记载：河中杨巨源有《崔娘诗》，亳州李绅有《莺莺歌》，宋赵德麟乃谱《商调蝶恋花》十阕以述其事，李日华的《南西厢记》、陆天池的《南西厢记》、周公鲁的《翻西厢》、查继佐的《续西厢杂剧》等等，一时间，《续西厢》、《翻西厢》、《竟西厢》、《后西厢》，对同一故事，见仁见智，抒写着褒贬各异的见解，呼喊出迥然不同的声音。

金章宗年间，一位说唱家董解元，写了一本《西厢记诸宫调》，改写了张生崔莺莺爱情悲剧的故事结局，改变了张生"纨绔子弟"、"花花公子"的形象，也不再把莺莺写成"不妖其身，必妖于人"的妖孽，俩人为了追求自己的爱情和幸福，冲破一切障碍和阻力，双双私奔了。完成了"从古至今，自是佳人，合配才子"的才子佳人主题。董解元的《西厢记诸宫调》后人简称为《董西厢》。

《董西厢》在元稹的《莺莺传》和王实甫的《西厢记》之间，构建了一座超越的桥梁。

《西厢记》所以能使当时广大的市民阶层和后世的无数青年男女如痴如狂地成为它的"粉丝"，首先是由于它对几千年来居主导地位的"父母之命，媒妁之言"的婚姻制度发出了强烈的谴责，呼喊出"愿普天下有情的都成了眷属！"的时代强音。这是向封建礼教的公然挑战。

虽然在封建社会里，这种以爱情为基础而不是权衡"门当户对"的婚姻观，其实是不可能实现的，它只是一种美好的理想和愿望。但理想即使是幻想，也最容易唤起人们的激情。它毕竟能给予苦难中的弱势群体以精神寄托和心理安慰。

王实甫终于把现实中的悲剧"升华"为"大团圆"的喜剧结局。这成为一种文化现象和时代潮流。

王实甫的《西厢记》被称为我国十大喜剧之首。

李春林在《大团圆》[1]一书中，对此种中国传统文化现象有一段深刻的分析：

【1】李春林《大团圆》，国际文化出版公司 1988 年 10 版。

"中国人有这样一句常讲的话：'做梦娶媳妇'。试想，现实中已经娶不到老婆，如果在梦中还不能'洞房花烛'，那真是太惨了点，这样的话，人是难以活下去的。推而广之，整个社会，处处有不团圆，时时有不平，人人都是'不如意事常八九'，如果不制造相应多的团圆梦来满足或发泄，那么人心是不会安的，心不安就是国不安。所以，在古代中国，不仅被统治者离不开团圆梦来平衡心理，统治者也鼓励人们沉浸于梦境，利用团圆梦来平衡社会。……从这一意义讲，古代中国，整个社会都在做着'团圆梦'。'团圆梦'可以算作我们的国民性之一种。"

《西厢记》第四本就有一折戏："张生草桥店梦莺莺"，后面情节的发展，不过是演绎了一出"梦想成真"。

难怪当时就有人把《西厢记》称作《西厢梦》。（虽然有人把《西厢记》与《红楼梦》相提并论，但两者的"析梦"有着天渊之别，不可同日而语。）

构成什么样的戏剧结局，是一部戏的"戏眼"，或曰之"灵魂"，代表着一个戏剧家对世界及时事的终极认识。

鲁迅说：喜剧把无价值的撕破给人看；悲剧把有价值的毁灭给人看。

别林斯基在评价到莎士比亚悲剧和莫里哀的喜剧时说：悲剧比喜剧有着更为

黄河崖边将军石

深刻的社会认识价值。

胡适在《文学进化观念与戏剧改良》一文中说："中国文学最缺乏的是悲剧的观念。无论是小说，是戏剧，总是一个美满的团圆。……这'团圆的迷信'乃是中国人思想薄弱的铁证。作书的人明知道世上的真事都是不如意的，明知世上的事不是颠倒是非，便是生离死别，他却偏要使'天下有情人都成眷属'，偏要说善恶分明，报应昭彰。他闭着眼睛不肯看天下的悲剧、惨剧，不肯写天下的颠倒残酷，他只图说一个纸上的大快人心。这便是说谎文学。"

胡适的文章一针见血地指出：这种粉饰太平的团圆结局实质是一种"说谎文学"，"是对当政者的一种迎合"。

后人在评价元杂剧时有一个说法，元杂剧前三折都是很精彩的，而随着剧情的发展，往往出现"虎头蛇尾"的现象，最后一折成为"强弩之末"甚至成为"蛇足"。即如《西厢记》这样优秀的剧作，最后一折的结尾部分，仍然不能脱俗，通过主人公之口，对当今圣上当今社会唱出这样的"歌功颂德"：

[锦上花] 四海无虞，皆称臣庶；诸国来朝，万岁山呼；行迈羲轩，德过舜禹；圣策神机，仁文义武。

[幺篇] 朝中宰相贤，天下庶民富；万里河清，五谷成熟；户户安居，处处乐土；凤凰来仪，麒麟屡出。

[清江引] 谢当今盛明唐圣主，敕赐为夫妇。永老无别离，万古常完聚，愿普天下有情的都成了眷属。

一部称之为"现实主义的杰作"，结尾显露的却是反现实主义的"泥足"。

《小二黑结婚》成为《西厢记》的姊妹篇

这种"大团圆"的创作观，有着持久而深远的影响力，一直左右和支配着中国之后数百年的文化走向。

由《西厢记》我不由联想到赵树理的《小二黑结婚》。

《小二黑结婚》也是一部青年男女争取婚姻自由的作品，也有一个"有情人终成眷属"的大团圆结尾。同一主题，从《西厢记》到《小二黑结婚》，历经上千年，历史的步履真可谓蹒跚踟蹰。

共和国文学史给予《小二黑结婚》极高评价，认为它是"五四"以来，继鲁迅《伤逝》之后最成功地描写爱情的一部作品。认为，鲁迅笔下的子君、涓生这一对城市知识青年，为了自由结合进行了不屈不挠的斗争，最终归于失败；而赵树理笔下的小二黑和小芹这一对农村青年，经过顽强的反抗和斗争，最终却赢得了胜利。从这中间，"可以看出中国革命在 20 年间所迈出的巨大步伐"。

同一个爱情题材，鲁迅笔下的悲剧成为赵树理作品中的喜剧。

曾任赵树理家乡文化局副局长的刘长安，"循着赵树理的足迹"走访了《小二黑结婚》故事的发生地左权县横岭村。写下了如下这段文字：

> 生活中的岳（冬）东至和智英贤是两个悲剧人物。大约在 17 岁的时候，父母给岳东（冬）至买了个不足 12 岁的童养媳。按照地方习俗，不管岳东（冬）至满意不满意，都得遵从父母之命，再过几年，等小媳妇长大一点，就该正式完婚。而智英贤更是年幼时就被父亲以 200 块大洋的身价，许给祖籍河北武安（横岭村往东几十里就是河北省的武安和涉县）的一户人家，订了"娃娃亲"。那家男人大她 30 多岁，一再催着完婚。两个都被视为已经成家的人还经常在一搭"鬼混"，这不能不引起恪守乡村道德的乡人们的非议和嫉恨。于是，在村里为所欲为又醋意十足的村干部，将民兵队长活活打死了。而沦为孤雁、万念俱灰的智英贤，由于受不了可怕的世俗眼光和令她生畏的人言，远走他乡，不知所终。
>
> ……（《小二黑结婚》的）故事情节、人物形象基本符合原型，只是结局做了较大的改动——小二黑没有死，而是最终冲破传统和家庭束缚，与小芹幸福地结合了，使一出乡村爱情悲剧演变成一出理想与现实统一的人间喜剧。

这是赵树理亲眼目睹的当年农村现实。需要说明的一点是，发生的地点辽县，是共产党八路军最早的老根据地。后为了纪念牺牲在这块土地上的八路军副总参谋长左权将军，将辽县更名为左权县。

随着时间的推移，更多的历史尘埃落定，越来越显露出了当年的事实真相。我们看到了 1943 年 6 月 5 日辽县政府刑庭的判决书，以及对这一案件处理的审理和判决情况：

  那夜，横岭村抗日民主政权的村干部们，召开了一次紧急会议。参加会议的有党支部书记石洋锁（25 岁）、新任村长石银锁（石洋锁亲叔伯兄弟，22 岁）、党支部副书记王天宝（22 岁）、治安员岳冬至（21 岁）、民兵连长史虎山（16 岁）、妇联主任智英贤（19 岁）。会上，石洋锁传达了上级对敌斗争的布置，安排了春耕生产。另外，由于岳冬至和史虎山同时喜欢上了年轻俊美的智英贤，但是智英贤的爹早在她幼年时，就将她与祖籍河北武安县的一户人家订了"娃娃亲"，遂将他们告到了石洋锁那里。于是，石洋锁对到会的岳、史、智三人提出了严厉的批评，说他们破坏他人婚姻，败坏了村里的风气。第二天一早，岳冬至的三哥起来给牛喂草，忽见牛棚的横梁上吊着一个人，翻过来一看，竟是自己的弟弟岳冬至。案件发生后，岳冬至的三哥和村支书一起赶到县政府所在地南漳村汇报，县政府派公安局长亲自前去调查。调查中发现，岳冬至的小腹部黑青，显然是遭人陷害。凶手是谁？一时查无实据，那晚的会议就成了唯一的线索。公安局长于是将怀疑对象——王天宝、石洋锁、石银锁和史虎山四人一齐抓回县政府，关了起来。四人异常恐惧，于是，他们商议了一个办法，把责任都推到嫌疑最小的史虎山身上，因为他才 16 岁，还不到承担刑事责任的法定年龄。要他承认是他杀了情敌，一人顶罪，解救大家。其他三人对史虎山作出承诺：只要他把打死人的罪顶下来，他家里的事大家都会照应。最终判决"史虎山踢死岳冬至，因其未成年，减处有期徒刑五年"，其他人判决一年到一年半徒刑。一年之后，县政府以证据不足，年龄太小为由，给他们发了释放证，将四人一并放回了村。回村后，史虎山连气带病，一年后病故。其余三人皆因有了案底，也没再参与村里的工作。直到 2005 年，他们中的最后一人石银锁故去。案情中的另一个主要人物智英贤，因事情闹大，无法在村里待下去，便由父亲送回祖籍，与未婚夫成亲。随后夫妻双双去往东北。如今，这位"小芹"也已去世。这桩无头命案，随着当事人的全部去世，从此沉入历史的枯井深处。直到今天，村里人仍有许多议论：可能冤枉了好人，放跑了真凶。

  无论怎样看，是从村民记忆中的史实，还是最新披露的司法档案，通过赵树理之笔流传甚广的"小二黑"与"小芹"的这起"命案"，从始至终都充满着悲剧意味，丝毫没有一点喜剧的影子。

  也许换一个人换一种写法，完全会变成另一副模样，从中可挖掘出的，也许是更为深刻更为富有社会内涵的有关"人权"、"法制"的主题。

如今的文学史上，这一血淋淋的现实成为赵树理笔下的《小二黑结婚》。赵树理对生活中的"悲剧原型"，进行了"艺术典型化"的创作，写成了"有情人终成眷属"的大团圆喜剧结局。赵树理的《小二黑结婚》已不同于"五四"时期的"娜拉出走"；也不同于鲁迅《伤逝》中的子君、涓生，它删除了"不符合"时代精神的内容，而"升华"、"提炼"或曰"改造"为一个大团圆的喜剧结局。

作为一代理论权威的周扬，在几十年前写成的《论赵树理的创作》一文中，对赵树理改造后的"大团圆"结局作出这样的论断："作者是在讴歌自由恋爱的胜利吗？不是的！他是在讴歌新社会的胜利（只有在这种社会里，农民才能享受自由恋爱的正当权利）；讴歌农民的胜利（他们开始掌握自己的命运，懂得为更好的命运斗争）；讴歌农民中开朗、进步的因素对愚昧、落后、迷信等等因素的胜利。最后也至关重要，讴歌农民对封建恶霸势力的胜利。"

这么多的"胜利"只是出自于笔下的虚幻。墨写的谎言毕竟掩饰不了血写的历史。这种观念对现实的"升华"和"改造"，仅仅成为创作方法上"虚饰"和"图解"的败笔。几千年在这块黄土地上的封建文化积淀，是绝不会因政权的骤然更迭而一朝改变。于是回顾这段史实，把周扬的理论剖析和严酷的生活真实对照着读，倒真让人读出了其中的嘲讽意味。

赵树理曾说过这样的话："有人说中国人不懂悲剧，我说中国人也许是不懂悲剧，可是外国人也不懂得团圆。假如团圆是中国的规律的话，为什么外国人不来懂懂团圆？我们应该懂得悲剧，我们也应该懂得团圆。"

赵树理还说："要把小二黑写死，我不忍。在抗日战争中解放区的艰苦环境里，要鼓舞人民的斗志，也不应把小

解州关公故里

二黑写死。"

赵树理下笔有分寸，他以对革命高度负责任的自觉，极力去把握"歌颂与暴露"、"光明面与阴暗面"的度。

赵树理的二公子赵二湖，同我谈论过赵树理作品中的这一"大团圆"创作模式：

"我父亲的作品里，几乎没有悲剧。理论界讨论，中国有没有悲剧？《梁祝》是典型的悲剧，人世无缘，最后化蝶，中国版的《人鬼情未了》，活着不成眷属，死了也要比翼齐飞。中国的戏剧传统，最后总要好人胜利，坏人受到惩罚，善有善报，恶有恶报。没有悲剧意识，老百姓不接受悲剧。《孟姜女》是悲剧吧，最后孟姜女也胜利了，秦始皇承认了错误，把长城也哭倒了。中国传统文化总要给你一个光明的尾巴，或者大团圆的结局。中国老百姓生活够苦的了，你最后还不让人家在看戏中得到一点心理满足，得到一点心理安慰，这也太残忍一些了吧？"

任何一种创作模式，都有着弗洛姆所言"社会集体潜意识"。

中华民族是一个善良而又有些懦弱的民族。这种"大团圆"的喜剧化处理，是一种复杂的民族文化意识的折光反射。这种以道德为核心的价值观与"大团圆心理"，本质上讲是中国人"寰道状"宇宙观和人生观的潜意识的自然流露。其中有着历史文化和现实心理多方面的深层原因。

蛙鸣大合唱中的癞蛤蟆叫

在普救寺莺莺塔下，有一块神奇的蛙鸣石。由于塔构造产生的声波折射，游人击石时会发出蛙鸣的声音。凡走进普救寺的游人都要亲自感受一番。于是，莺莺塔下蛙鸣声不断。

听着此起彼伏的蛙鸣声，我突发奇想：我们从对《西厢记》一片赞美之声的大合唱中，是否还能听到一两声不协和的弦外之音！

且把我的别样声音，当作是蛙鸣大合唱中，不太协调的一声癞蛤蟆叫。

罗贯中寄寓刘玄德

家谱也讳忌记录的"忤逆之子"

人生就是客居。我 6 岁随父亲支援内地建设，从上海来到山西太原的西北炼钢厂（即太钢的前身），寄居太原半个多世纪，早把"梁园当故园"，把自己看成是一个太原人。

20 世纪 30 年代初，文学史专家郑振铎等三人从宁波天一阁藏书中发现了元末明初无名氏编撰的《录鬼簿续编》。这是明朝人手写的蒙尘数百年的世间孤本，是研究文学史、戏曲史的重要参考文献。这本书记载："罗贯中，太原人，号湖海散人，与人寡合。乐府隐语，极为清新。与余为忘年交，遭时多故，天各一方。至正甲辰复会，别来又六十余年，竟不知所终。"这段最早的史籍记载，使我为有罗贯中这样的"乡亲"而自豪。

在山西省政府正门对面的太原鼓楼广场上，耸立着一座镌刻着 9 位三晋历史文化名人浮雕的照壁。在罗贯中的塑像下有这样一段文字：

> 罗贯中，元末明初杰出的小说家，名本，字贯中，号湖海散人，太原清源（今清徐清源镇）人，堪称"乱世文学"的大家。他创作的长篇小说《三国演义》、《隋唐志传》、《三遂平妖传》和《残唐五代史演义》等，大都着眼于封建王朝兴废更迭的巨大社会动乱，给世人描绘出一幅幅乱世纷争、群雄蜂起的图画。被列为中国四大古典小说的《三国演义》，更以其纵横跌宕的结构、波诡云谲的情

节、宏大壮阔的场景和入木三分的人物刻画以及深邃的思想内涵，当之无愧地成为世界小说林中的参天大树。

胡适说："中国历史上只有七个分裂的时代"，而罗贯中就描画了其中之三。罗贯中是描写社会大动荡大转型时期的大手笔。罗贯中创作的《三国演义》和他与施耐庵共同完成的《水浒全传》，成为中国古典四大名著中的两部。

随着了解的深入，我才知道，原来除太原清徐外，还有晋中祁县、山东东平、浙江钱塘、安徽慈溪、江西庐陵等五个地方，都引经据典地把罗贯中认定是他们的乡亲。

我无意对罗贯中的故里作出考证。号称"湖海散人"的罗贯中，曾浪迹天涯，在许多地方都留下足迹。众多地方都不愁挖掘出一两件与罗贯中有关联的旧事遗物。诸如从《水浒全传》第九十回"五台山宋江参禅，双林镇燕青遇故"一节，罗贯中为什么要节外生枝地闲笔一段燕青与老友许贯中邂逅相遇的情景？那个行踪神秘的许贯中，可就是罗贯中的托名？他隐居著书立说的淇河之滨许家沟村，可就是罗贯中的故居？再诸如《水浒志传述林》二十卷中，罗贯中又曲笔描写李逵于战乱中迷途，向一位"须眉皓齿，形貌甚古"的老者问路。而老者莫明其妙地回答说："我这里与仙境隔邻，名唤斗鸡村，只有两姓，对岸姓庞，老拙住处姓钱，都是唐僖宗时代因避黄巢之乱移家在此居住。不知已经多少年了。"老人的答非所问，是否有着"仙人指路"的意味？有考证者说，小说中所描绘的"斗鸡村"地形地貌，就是今日太原市清徐县白石沟沟口北侧的平泉村。该村距罗氏始祖落籍地——清徐县白石沟内寺沟村近在咫尺，即"与仙境隔邻"。

……诸此等等。

我从罗贯中故里之争的扑朔迷离中，发现造成迷惘的一个共同奥秘。

山西省社科院研究员孟繁仁先生在清徐找到了罗贯中的家谱。这本《罗氏家谱》始修于明穆宗隆庆元年（1567年），后经多次重修、增修，由罗家的 22 世后裔保存至今，完好无缺。从《罗氏家谱》可知，罗贯中是罗氏第六代子孙罗锦的次子，但在家谱中只记有"次子出外"四字。孟繁仁著书认为，罗氏第七代正当元末，时代符合，而罗贯中在家谱中被除名，是因为他染指小说、戏曲创作，与

河津县真武庙

那些被视为"下贱"的唱戏、说书艺人混于一起，尤其是参与创作被封建统治者视为"倡乱"、"诲盗"之作的《水浒传》之后，家人认为他"有辱门风"、"玷污祖先"，于是以"大逆不道"之罪从家谱中除名。

原来，现在的香饽饽，当年竟是一个连家谱也讳忌记录的"忤逆之子"。

元末，角逐天下问鼎中原的三雄是朱元璋、张士诚、陈友谅。罗贯中可能在至正十四年（1354年）投张士诚，时年26岁左右。罗贯中建议张士诚联合朱元璋、陈友谅等起义军共同推翻元朝。但张士诚的"起事"只是待价而沽，为提高自身在元朝统治者心中的价码。在"起事"五年后，当元朝统治者许以高官厚禄，马上就卖身投靠了。那些曾对张士诚寄予厚望的文人刘亮、鲁渊等纷纷离去，罗贯中也离开了张士诚，活动在方国珍起义军地盘之内的四明山，他与方国珍素无过节，此地又不属元管，可谓避难的好地方。1364年罗贯中归乡与贾仲明复会，于1366年赴慈溪县参加了宝峰葬礼。

张士诚死于1367年，传说，有位温金氏偷出张士诚的两位公子，奔四明山交给罗贯中，1367年后罗离开四明山，领着张士诚的两个孩子奔走江湖避难。

"成者为王败者寇"，正是这一政治背景使得罗贯中在朱明王朝建立后，只得隐姓埋名，避祸于山林湖泊。中国文人历来的人生轨迹就是：得志的文人步入政坛出将入相，而失意的官宦又复隐江湖著书立说。

明人王圻在《稗史汇编》中，称罗贯中是一位"有志图王者"，只不过是壮志未酬，于是转而为文。早期的人生阅历，积淀为晚年著书立说的思维模式。因此，罗贯中在《三国演义》中，自然会"纸上纵横捭阖"，"笔下波澜壮阔"，借古人之杯酒，浇心中之块垒。把自个未竟之理想抱负，倾泻于笔下塑造的人物身上。

一般人都认为罗贯中在《三国演义》中塑造得最为成功的角色是诸葛亮、曹操、关羽，而我认为，刘备才是罗贯中着墨最多用心最重塑造得最为成功的人物。从刘备身上，我们看到了人物的复杂性、丰富性，看到了作者对帝王的认识深度。

一个作者，把自己的创作意图深深地隐藏于作品中，原本是司空见惯之手法。更何况罗贯中有这种特殊的政治背景。

尼采说："一个艺术家所塑造的形象并不就是他自己，然而，他显然怀着挚爱所依恋的形象系列，的确说出了艺术家自己的一点东西。"

我无意与罗贯中攀亲扯故拉老乡，我只愿能读懂《三国演义》，成为罗贯中的绝代知音。从刘玄德身上的蛛丝马迹，索引出罗贯中的心灵轨迹。

命运与抱负之间的悖论

罗贯中笔下的刘备刘玄德，初读之让人觉得简直就是个窝囊废。

出道伊始，刘备先投幽州太守刘焉，"刘焉大喜，遂认玄德为侄"，先自矮了一辈；后又"引本部五百人投卢植军中"，"卢植留在帐前听调"，只是个供人驱遣的角色；再后来拼得性命救了董卓一命，董卓一听刘备是个"白身"，顿时"甚轻之。不为礼"，惹得张飞提刀要杀董卓。

此后，为混个存身之所，你看刘备"有奶就是娘"，先后跟随过公孙瓒、田楷、陶谦、吕布、曹操、袁绍、刘辟、刘表……

我摘录几段刘备投靠他人时所说话语：

投公孙瓒："旧日蒙兄保备为平原县令，今闻大军过此，特来奉候。"于是，依附于没什么出息的公孙瓒帐下，有了虎牢关前"三英战吕布"的故事。

第十四回"吕奉先乘夜袭徐州"一章，吕布靠曹豹里应外合，夺了刘备刚刚到手的徐州。张飞、关羽都恨得咬牙切齿，而刘备却入徐州见吕布，还说了"备欲让兄久矣"这样毫无骨气的话。

刘备为曹操所败，走投无路投靠袁绍时，见面就说了这样的话："孤穷刘备，久欲投于门下，奈机缘未遇。今为曹操所攻，妻子俱陷，想将军容纳四方之士，故不避羞惭，径来相投。望乞收录，誓当图报。"

......

罗贯中笔下的刘备刘玄德形象，确实也窝囊得可以：狼奔豕突似惊弓之鸟，颠沛流离如丧家之犬。忍气吞声忍辱偷生寄人篱下看人的眼色讨生活。数易其主，屡失妻儿，换一个稍有血气的人，恐怕早跳了黄河。可刘备刘玄德居然就能隐忍下来。

央视百家讲坛上，易中天说，刘备是罗贯中浓墨重彩塑造的"明君"。这难道就是罗贯中笔下塑造的"英雄形象"、"理想人物"？

罗贯中在《三国演义》第三十四回"蔡夫人隔屏听密语"一章中，对刘备有这样一段描绘：

> 玄德起身如厕，因见己身髀肉复生（髀，股腿相接处的外侧。久不骑马奔驰，习于安逸，腿根侧部长了肥肉），不觉潸然流涕。少顷复入席，表见玄德有泪容，怪问之。玄德长叹曰："备往常身不离鞍，髀肉皆散；今久不骑，髀里肉生。日月蹉跎，老将至矣，而功业不建，是以悲耳！"表曰："吾闻贤弟在许昌，与曹操青梅煮酒，共论英雄；贤弟尽举当世名士，操皆不许，而独曰：'天下英雄。惟使君与操耳。'以曹操之权力，犹不敢居吾弟之先，何虑功业不建乎？"玄德乘着酒兴，失口答曰："备若有基本，天下碌碌之辈，诚不足虑也。"表闻言默然。玄德自知语失，托醉而起，归宿舍安歇。

刘备与刘表谈话中所言"青梅煮酒论英雄"之典，是《三国演义》中一段广为流传的故事：

> 操曰："玄德久历四方，必知当世英雄。请试指言之。"玄德曰："备肉眼安识英雄？"操曰："休得过谦。"玄德曰："备叨恩庇，得仕于朝。天下英雄，实有未知。"操曰："既不识其面，亦闻其名。"玄德曰："淮南袁术，兵粮足备，可为英雄？"操笑曰："冢中枯骨，吾早晚必擒之！"玄德曰："河北袁绍，四世三公，门多故吏；今虎踞冀州之地，部下能事者极多，可为英雄？"操笑曰："袁绍色厉胆薄，好谋无断；干大事而惜身，见小利而忘命，非英雄也。"玄德曰："有一人名称

八俊，威镇九州，刘景升可为英雄？"操曰："刘表虚名无实，非英雄也。"玄德曰："有一人血气方刚，江东领袖——孙伯符乃英雄也？"操曰："孙策藉父之名，非英雄也。"玄德曰："益州刘季玉，可为英雄乎？"操曰："刘璋虽系宗室，乃守户之犬耳，何足为英雄！"玄德曰："如张绣、张鲁、韩遂等辈皆何如？"操鼓掌大笑曰："此等碌碌小人，何足挂齿！"玄德曰："舍此之外，备实不知。"

操曰："夫英雄者，胸怀大志，腹有良谋，有包藏宇宙之机，吞吐天地之志者也。"玄德曰："谁能当之？"操以手指玄德，后自指，曰："今天下英雄，惟使君与操耳！"玄德闻言，吃了一惊，手中所执匙箸，不觉落于地下。时正值天雨将至，雷声大作。玄德乃从容俯首拾箸曰："一震之威，乃至于此。"操笑曰："丈夫亦畏雷乎？"玄德曰："圣人迅雷风烈必变，安得不畏？"将闻言失箸缘故，轻轻掩饰过了。操遂不疑玄德。

罗贯中这番安排情节，可说是别有用心，用心良苦。

刘备无论走到哪里，投靠谁人，都是深藏不露韬光养晦，夹着尾巴做人。没曾想，"血总是热的"，当着自家宗亲兄弟，多喝了几盅酒，一语不慎，石破天惊，为此竟惹来杀身之祸。才有了"刘皇叔跃马过檀溪"的险象环生。

罗贯中还生怕读者没有读懂，在《三国演义》第五十四回中，孙吴以招亲为诱饵，把刘备软禁在了江夏。罗贯中又安排了一个异曲同工的细节：

玄德更衣出殿前，见庭下有一石块。玄德拔从者所佩之剑，仰天祝曰："若刘备能勾回荆州，成王霸之业，一剑挥石为两段。如死于此地，剑剁石不开。"言讫，手起剑落，火光迸溅，砍石为两段。孙权在后面看见，问曰："玄德公如何恨此石？"玄德曰："备年近五旬，不能为国家剿除贼党，心常自恨。今蒙国太招为女婿，此平生之际遇也。恰才问天买卦，如破曹兴汉，砍断此石。今果然如此。"……至今有十字纹"恨石"尚存。

类似的"提示"，在《三国演义》中比比皆是：第十四回中，刘备被吕布夺去徐州后，忍气吞声地劝解"一怒而起"的关羽、张飞说："屈身守分，以待天时，不可与命争也。"

第六十回，刘备在取刘璋基业前对法正说："备一身寄客，未尝不伤感而叹息。尝思鹪鹩尚存一枝，狡兔犹藏三窟，何况人乎？"

刘备是心强命不强，或者说是"人不窝囊命窝囊"。

当年的驻军兵营如今已废弃

在《三国志·蜀书二·先主传》中，记载着这样一段史实："督邮以公事到县，先主求谒，不通，直入缚督邮，杖二百，解绶系其颈着马柳。"

在《典略》中这样记载："其后州郡被诏书，其有军功为长吏者，当沙汰之，备疑在遣中。督邮至县，当遣备，备素知之。闻督邮在传舍，备欲求见督邮，督邮称疾不肯见备，备恨之，因还治，将吏卒更诣传舍，突入门，言'我被府君密教收督邮'。遂就床缚之，将出到界，自解其绶以系督邮颈，缚之著树，鞭杖百余下，欲杀之。督邮求哀，乃释去之。"

在典籍中记载的史实，刘备血气方刚"怒鞭督邮"的细节，到罗贯中笔下，张冠李戴地安到一介莽夫张飞的头上。由此可见，罗贯中认为，怒打督邮之"人活一张脸，树活一层皮"乃是"匹夫之勇"，因了一时不忍，耽搁千秋大业得不偿失。欲成帝王之业的人，应如韩信一样："忍得胯下之辱，方为人上之人。"

孔子有言："小不忍则乱大谋"。元人许名奎撰写了"劝忍百篇"：什么"言之忍"、"气之忍"、"声之忍"、"权之忍"、"势之忍"、"宠之忍"、"辱之忍"、"安之忍"、"危之忍"、"喜之忍"、"怒之忍"、"侮之忍"、"谤之忍"、"妒之忍"、"忤之忍"、"苦之忍"、"贪之忍"、"矜之忍"、"侈之忍"等等等等，不一而足。中国数千年的历史，更是留下数千万言的《忍经》。这大概就是罗贯中寄予刘备刘玄德的理念。

《三国演义》篇前词："滚滚长江东逝水，浪花淘尽英雄。是非成败转头空：青山依旧在，几度夕阳红"；苏东坡的词："大江东去，浪淘尽，千古风流人物"；《霸王别姬》主题曲："望四海，风起云动，剑在手，问天下谁是英雄"。

罗贯中的心目中，像刘备刘玄德这样"屡战屡败，屡败屡战"，历尽苦难，痴心不改，"不到黄河心不死"、"咬定青山不放松"的人，可谓英雄。逐鹿中原，竞技场上的优胜者，往往不是那个跑得最快或最早起跑的人，而是属于百折不挠最有持久力最有韧劲的坚持者。谁笑到最后，谁笑得最好。罗贯中正是通过对刘备"英雄末路"的描写刻画，寄寓了自己"心系魏阙"壮志未酬的抱负。

曹操"慧眼识珠"，辨得谁是英雄：他以龙比之："龙能大能小，能升能隐；大则兴云吐雾，小则隐介藏形；升则飞腾于宇宙之间，隐则潜伏于波涛之内。方今春深，龙乘时变化，犹人得志而纵横四海。龙之为物，可比世之英雄。"

罗贯中正是借曹操之口，说出了"英雄所见略同"。

在《三国演义》第五十六回中，罗贯中还作了这样的描绘：当曹操得知刘备得荆州后，"操闻之，手脚慌乱，投笔于地"。群臣奇怪问曹操："丞相在万军之中，矢石交攻之际，未尝动心；今闻刘备得了荆州，何故如此失惊？"曹操回答："刘备，人中之龙也，平生未尝得水，今得荆州，是困龙入大海矣。孤安得不动心哉！"

有人据清顾苓《塔影园集》卷四《跋水浒图》记载"罗贯中客霸府张士诚"，而认为这与"有志图王者"的形象不符合。认为罗贯中既没有"良禽择木而栖，良臣择君而事"的明智，也缺乏"沧海横流，方显英雄本色"的气魄，只是一个寄人篱下，乞讨生活的"犬儒"之士。

我想，罗贯中用"形象说话"，以对刘备刘玄德的描绘，已为世人做出了解答。

帝王之术的再认识

在人们的印象中，刘备刘玄德何德何能，只是依仗五虎上将的能征善战，靠着诸葛孔明的足智多谋，才能坐稳一把手的交椅。我想，罗贯中笔下刻意塑造的刘备形象，恐怕没这么简单。

罗贯中在《三国演义》第三十四回，"刘皇叔跃马过檀溪"一章中，描述了这样一个情节：

> 却说玄德自到荆州，刘表待之甚厚。一日，正相聚饮酒，忽报降将张武、陈孙在江夏掳掠人民，共谋造反。表惊曰："二贼又反，为祸不小！"玄德曰："不须兄长忧虑，备请往讨之。"表大喜，即点三万军，与玄德前去。玄德领命即行，不一日，来到江夏。张武、陈孙引兵来迎。玄德与关、张、赵云出马在门旗下，望见张武所骑之马，极其雄骏。玄德曰："此必千里马也。"言未毕，赵云挺枪而出，径冲彼阵。张武纵马来迎，不三合，被赵云一枪刺落马下，随手扯住辔头，牵马回阵。
>
> ……（刘表）次日出城，见玄德所乘之马极骏，问之，知是张武之马，表称赞不已。玄德遂将此马送与刘表。表大喜，骑回城中。蒯越见而问之，表曰："此玄德所送也。"越曰："昔先兄蒯良，最善相马；越亦颇晓。此马眼下有泪槽，额边生白点，名为的卢，骑则妨主。张武为此马而亡。主公不可乘之。"表听其言。次日请玄德饮宴，因言曰："昨承惠良马，深感厚意。但贤弟不时征进，可以用之。敬当送还。"玄德起谢。
>
> ……（刘备）方出城门，只见一人在马前长揖曰："公所骑马，不可乘也。"玄德视之，乃荆州幕宾伊籍，字机伯，山阳人也。玄德忙下马问之。籍曰："昨闻蒯异度对刘荆州云：此马名的卢，乘则妨主。因此还公。公岂可复乘之？"玄德曰："深感先生见爱。但凡人死生有命，岂马所能妨哉！"

刘表是"深忌之，弃而不用"，刘备则坦然受之，"只闻人能驭马，未闻马会害主"。对同一匹"的卢"马，刘备、刘表态度截然天渊之别。后来，正是此"的卢"之马，在"前有檀溪，波涛汹涌拦路；后有追兵，尘埃大起迫近"的危难之际，骐骥般一跃，跨过数丈阔的檀溪，救刘备于生死存亡关头。

此段情节在陈寿的《三国志》中，仅为"的卢，今日厄矣，可努力！"简短一句，而到罗贯中笔下却演绎成如此有声有色的故事。显然，罗贯中对此题材的提炼加工是富有深意的。

还有一个与此相映成趣的细节。在《三国演义》第八十五回"刘先主遗诏托孤儿"一章中，罗贯中写下这样一个细节：

> 先主以目遍视，只见马良之弟马谡在傍，先主令且退。谡退出，先主谓孔明曰："丞相观马谡之才何如？"孔明曰："此人亦当世之英才也。"先主曰："不然。

朕观此人，言过其实，不可大用。丞相宜深察之。"

在这里，罗贯中把睿智的诸葛亮作了刘备的比照物。对马谡的认识，诸葛亮认为：马谡熟读兵书，通晓阵法，是一个难得的将才。刘备却告诫诸葛亮：此人言过其实，不可重用。可惜诸葛亮没有重视此言，致使后来有失街亭之败。

刘备的老祖宗刘邦，对臣下说过这样一番话："运筹帷幄之中，决胜千里之外，我不如子房（张良）；治理国家，安抚百姓，供给军需，我不如萧何；指挥百万大军，战必胜，攻必取，我不如韩信。这三人都是人中豪杰。我能使用他们，这是我取得天下的根本原因。"

帝王之术，并不表现在驰骋疆场的万人敌上，也不表现在足智多谋的决胜策上，而是表现在知人善用的黑厚学上。罗贯中以象征的笔法，写出了刘备不仅善驭马，在"驭人"之术上，也处处显出高人一筹。

罗贯中在《三国演义》中，还将曹操之笑和刘备之哭作了鲜明的对照。

随手试举曹操之"三笑"：

第十二回"曹孟德大战吕布"一章，曹操中了吕布的火攻之计，被众将救出，曹操是"仰面大笑"，众将拜伏问其缘故，曹操答曰："今只将计就计，诈言我被火烧伤，已经身死。布必引兵来攻。我伏兵于马陵山中，候其兵半渡而击之，布可擒矣。"曹操之笑，笑出了"白门楼吕布就擒"。

第十七回"袁公路大起七军　曹孟德会合三将"一章，曹操与袁术大战，十七万大军耗粮巨大，眼看粮草接济发生问题，曹操令粮官王垕"小斛散之，权且救一时之急。"后来此做法引得兵怨四起，"操乃密召王垕入曰：'吾欲问汝借一物，以压众心，汝必勿吝。'垕曰：'丞相欲用何物？'操笑曰：'欲借汝头以示众耳。'垕大惊曰：'某实无罪！'操曰：'吾亦知汝无罪，但不杀汝，军必变矣。'"在曹操的奸笑声中，无辜粮官王垕当了替罪羊。

另一条则是在华容道上的著名一笑：曹操兵败赤壁，一路狼奔豕突，屡遭伏击，然而赶到华容道前曹操却有一笑。"行不到数里，操在马上扬鞭大笑。众将问：'丞相何以发笑？'操曰：'人皆言周瑜、诸葛亮足智多谋，以吾观之，到底是无能之辈。若使此处伏一旅之师，吾等皆束手受缚矣。'"曹操之笑，笑出个

开阳奇石动物园

"华容道关羽义释曹操"。

曹操的笑，笑得个性毕现。

《三国演义》中刘备之哭更是俯拾皆是，也随举"三哭"：

第三十六回，刘备得到徐庶，得以初露锋芒。然而被曹操略施小计，骗回许昌。这里罗贯中描绘了两人的分别："玄德不忍相离，送了一程，又送一程。庶辞曰：'不劳使君远送，庶就此告别。'玄德就马上执庶之手曰：'先生此去，天各一方，未知相会却在何日！'说罢，泪如雨下。庶亦涕泣而别。玄德立马于林畔，看徐庶乘马与从者匆匆而去。玄德哭曰：'元直去矣！吾将奈何？'凝泪而望，却被一树林隔断。玄德以鞭指曰：'吾欲尽伐此处树木。'众问何故。玄德曰：'因阻吾望徐元直之目也。'"刘备这一哭，哭出个"徐庶走马荐诸葛"，奠定了刘备"三分天下"的历史地位。

第三十八回，刘备三顾茅庐请诸葛亮出山，罗贯中有这样一段描写："玄德拜请孔明曰：'备虽名微德薄，愿先生不弃鄙贱，出山相助。备当拱听明诲。'孔明曰：'亮久乐耕锄，懒于应世，不能奉命。'玄德泣曰：'先生不出，如苍生何！'言毕，泪沾袍袖，衣襟尽湿。"刘备之哭，哭出个鞠躬尽瘁死而后已的诸葛亮。

第六十回，张松怀揣西川地图想投一明主，在曹操那里碰了钉子，于是转来刘备这里"试试运气"，结果得到了刘备厚待。刘备一连三天为张松设宴款待，直到临行，刘备仍是一副惺惺惜别状，在十里长亭执手说道："甚荷大夫不外，留叙三日；今日相别，不知何时再得听教。"说着，竟然"潸然泪下"。刘备的哭直感动得张松当下就向刘备献上了西川地形图。刘备此一哭，为自己哭来一片成就帝业的基地。

诸葛亮为刘备所定之计，也是以哭解围：第五十六回，鲁肃奉孙权之命来找刘备讨还荆州。诸葛亮为刘备谋划说："若肃提起荆州之事，主公便放声大哭，哭到悲切之处，亮自出来解劝。"可见，诸葛亮也把刘备之哭当作了武器。

刘备之哭，也是个性使然。

中国历史上久有性善性恶之说。罗贯中在曹操刘备身上一笑一哭之描绘，大概正寄寓了作者的善恶观。奸笑是性恶之人的特征，而哭则是一种慈善的表现，一笑一哭之间，帝王不同性情纤毫毕现。

刘备不能像曹操那样"笑傲江湖"，像曹操那样喜形于色眉飞色舞，痛快淋漓肆无忌惮地表现英雄本色。但刘备会审时度势地哭，哭成为刘备行之有效的一手绝招。曹操每次奸笑，肚皮里总会冒出一条毒计；而刘备的哭比曹操的笑更能达到心中的目标。曹操刘备这一笑一哭间，都展现了胸有城府，肚子里做文章的"帝王之术"。

载舟覆舟的辩证法

对于让手下将相为自己肝脑涂地舍生卖命，刘备是很有一套办法的。

《三国演义》第十四回"吕奉先乘夜袭徐州"一章，罗贯中作了这样的描述：

> 却说张飞引数十骑，直到盱眙来见玄德，具说曹豹与吕布里应外合，夜袭徐州。众皆失色。玄德叹曰："得何足喜，失何足忧！"关公曰："嫂嫂安在？"飞曰："皆陷于城中矣。"玄德默然无语。关公顿足埋怨曰："你当初要守城时说甚来？兄长分付你甚来？今日城池又失了，嫂嫂又陷了，如何是好！"张飞闻言，惶恐无地，掣剑欲自刎。玄德向前抱住，夺剑掷地曰："古人云：'兄弟如手足，妻子如衣服。衣服破，尚可缝；手足断，安可续？'吾三人桃园结义，不求同生，但愿同死。今虽失了城池家小，安忍教兄弟中道而亡？……贤弟一时之误，何至遽欲捐生耶！"说罢大哭。关、张俱感泣。

刘备一句视如股肱的"兄弟如手足，妻子如衣服。衣服破，尚可缝；手足断，安可续"，确立了刘关张手足之情，致使曹操"三日一小宴，五日一大宴"，"上马金，下马银"地想挖墙脚，最终也落个关云长"过五关，斩六将"的结局。曹操赔了夫人又折兵，刘备万里长城永不倒。

《三国演义》第四十一回"赵子龙单骑救主"一章，罗贯中还有一段这样的描述：

赵子龙为保刘备的儿子，刘后主刘禅刘阿斗，单骑救主，与曹操的百万大军浴血奋战。"这一场杀：赵子龙怀抱后主，直透重围，砍倒大旗两面，夺槊三条；前后枪刺剑砍，杀死曹营名将五十余员"。只因靠了曹操"吾当生致之"的惜才心理，才侥幸"得脱此难"。当赵子龙血透战甲，把幼主阿斗无恙地"双手递与玄德"时，"玄德接过，掷之于地曰：'为汝这孺子，几损我一员大将。'赵子龙忙向地下抱起阿斗，泣拜曰：'云虽肝脑涂地，不能报也！'"致有此后第六十一回的"赵云截江夺阿斗"，赵云单枪匹马，不顾个人生死安危，从孙权戒备森严的水师中夺下那个低能儿刘禅。

对于举足轻重的诸葛亮，刘备当然更是要殚思竭虑，刻意笼络。

据《三国志•诸葛亮传》介绍：孟建投奔曹操时，诸葛亮就有话："中国饶士大夫，遨游何必故乡邪！"表白了自己"长风破浪会有时，直挂云帆济沧海"的宏图伟愿。后来诸葛亮在石滔任魏郡守、典农校尉，徐庶在魏任右中郎将、御史中丞时，就把这层意思表达得更为清楚了。诸葛亮叹息说："魏殊多士邪！何彼二人不见用乎？"由此可见，诸葛亮对自己在"打工老板"心目中所处位置，是很在意的。诸葛亮的隐居隆中，正是他待价而沽，欲把自己卖个好价钱。

孙权的首席谋臣张昭曾极力向孙权推荐诸葛亮，诸葛亮向人吐露自己的心理潜台词："孙将军可谓人主，然观其度，能贤亮而不能尽亮，吾是以不留。"诸葛亮审时度势，权衡出孙权的条件是比刘备强，但孙权只可能重用我，而不可能专宠我。因为诸葛亮很清楚，张昭和周瑜都是孙策时的老臣，孙策临终曾留下话："若仲谋不任事者，君便自取之。"这是顾命大臣的重托；而周瑜因了大乔小乔，与孙权还是连襟关系。你诸葛亮再受孙权的重用，能超出此二人？恐怕地位还在鲁肃之下。对诸葛亮这种睥睨傲世之人而言，只能"独占鳌头"，不愿分享羔羊。

《三国志•鲁肃传》中，周瑜劝鲁肃投奔孙权时，曾借用了东汉名将马援回答汉武帝的一句话："当今之世，非但君择臣，臣亦择君。"

在三国二晋乱世，人才的竞争决定着今后的功败垂成。连曹操这样的奸雄，也知道做出礼贤下士的姿态，更何况刘备乎？所以，刘备洞察诸葛亮心理，为让诸葛亮心甘情愿或者说死心塌地为自己效力，必须满足诸葛亮的"专宠"心理。对诸葛亮这样的人才，不仅是重用，还必须是"专用"，即"舍我其谁"，离了我你刘备的地球就不转了。求贤若渴的三顾茅庐故事已是大家共晓的。在此，刘备可谓给足了诸葛亮面子。而诸葛亮出山后，"玄德待孔明，以师礼待之。食则同桌，寝则同榻，终日共论天下之事"。当关张心中有所失落，对刘备说："孔明年幼，有甚才学？兄长待之太过！又未见他真实效验！"刘备说出了那句留诸后世的名言："吾得孔明，犹鱼之得水也。"

鱼儿离不开水，瓜儿离不开秧。诸葛亮在刘备心目中的地位由此可见一斑。因此引得两个弟弟吃了醋：曹操差夏侯惇引兵十万，杀奔新野来了。以至张飞竟说出这样的话："何不让你的水去御敌。"

王安石在《诸葛武侯》一诗中有言："区区庸蜀支吴魏，不是虚心岂得贤。"刘备很有知人善任的本领，正是由于刘备的"专宠"，才"人心换人心"，换得诸葛亮的鞠躬尽瘁死而后已，"两朝开济老臣心"。

矛盾之处正是深刻之处

陈寿的《三国志》中，记载了刘备这样一次"逢凶化吉"：说的是刘备当平原相时，郡民刘平很看不起他，"耻为之下"，于是派刺客去杀他。而刺客竟然不忍下手，"语之而去"。陈寿点评说："其得人心如此。"

裴松之所引《魏书》加以补充说明，说刺客不忍下手的原因是，刘备不知来人是谁，一如既往地"待客甚厚"。这是刘备的一贯做派，"外御寇难，风丰财施，士之下者，必与同席而坐，同簋而食，无所简择"。因此而感动了刺客。裴松之赞曰：刘备因此赢得人心。得人心者得天下。

对于史书上这则很能表现刘备"仁者爱人"、"仁者无敌"的细节，罗贯中在《三国演义》中却弃而未用，这是颇为耐人深思寻味的。

粗读《三国演义》，刘备确实给人留下宽厚仁慈的印象。但是细读之，感觉不对了。为什么民间有句歇后语："刘备摔阿斗——收买人心"？赵子龙九死一生救回的刘禅阿斗，可是刘备的老来得子，岂会真舍得"割爱"？罗贯中在此用了一个"掷"字，而没有用"摔"、"扔"、"甩"等字。一个"掷"字，就留下了轻重的悬念。是轻轻放下，还是重重一摔？刘备刘玄德之"仁"，确乎让人从中读出了"伪"。

金圣叹有一句评述《三国》人物的话："诸葛亮智而近乎妖。刘玄德仁而几至伪。"

《三国演义》中罗贯中描述的好多情景，都是很耐人寻味的。

第二十回"董国舅内阁受诏"一章，写刘备与董承同受汉献帝之重托，签署了"血衣诏"盟约。发誓"共扶汉室，剿灭曹贼"。这可是关乎忠义之大节，上对皇上尽忠，下对盟友尽义。可刘备小心眼一转，曹操势力太大，朝中密探又多，举事十有八九凶多吉少。经过利弊权衡，"三十六计走为上"，正好这时曹操需要有人带兵去拦截袁术，刘备想"我不就此时寻个脱身之计，更待何时"？便主动请缨，脚底板抹油开溜了。刘备还对关羽、张飞讲："吾乃笼中鸟，网中鱼，此一行如鱼入水，鸟上青霄，不受笼网之羁绊。"

罗贯中采用的这一情节，在《三国志》中是这样记载的：陈寿感到这件事实在太有损于刘备形象。你刘备刚才还信誓旦旦地向董承等人发誓赌咒"公既奉诏讨贼，备敢不效犬马之劳"，怎么言犹未落，你就自食其言了？到底是万岁爷的安危重要，还是你刘备的性命重要？正当国难当头之际，你正应该"沧海横流，方显出英雄本色"呀，你怎么能只顾自己逃命，而置皇帝和董承等人的死活于不顾呢？于是，陈寿在《三国志·蜀书二》中，只是含糊其辞地用"会见使，未发。事觉，承等皆伏诛"一笔带过。就是说，是刘备运气好，正巧碰上曹操要拦截袁术这么个茬，使刘备躲过了这一大劫。

从罗贯中的《三国演义》对陈寿的《三国志》这一情节的改变中，我们似乎听出了罗贯中的话中之话弦外之音。

罗贯中下笔颇有分寸。罗贯中凭借着自己认识的深度，把刘备的形象塑造得也颇有深度。把《三国演义》中刘备的前后情节对照着看，似乎颇有矛盾之处，但恰恰是这些看似自相矛盾之处，才正是罗贯中描绘的深刻之处。

罗贯中在《三国演义》第四十一回"刘玄德携民渡江"一章中，描述了当曹军大兵压境，刘备从新野、樊城的大撤退：

> 令孙乾、简雍在城中声扬曰："今曹兵将至，孤城不可久守，百姓愿随者，便同过江。"两县之民，齐声大呼曰："我等虽死，亦愿随使君！"即日号泣而行。扶老携幼，将男带女，滚滚渡河，两岸哭声不绝。玄德于船上望见，大恸曰："为吾一人而使百姓遭此大难，吾何生哉！"欲投江而死，左右急救止。闻者莫不痛哭。船到南岸，回顾百姓，有未渡者，望南而哭。

过去的史学家一直认为此举是刘备不顾个人安危，也要与百姓共生死。而广大民众，也是宁死也要追随刘备。读到这里，我对刘备携全城百姓老少一起走的行为，产生了极大的质疑。罗贯中真是在描绘刘备的"仁慈爱民"吗？如果是这样，罗贯中的手法也太拙笨了，何以堪称大师！

你"城头变幻大王旗"跟平民百姓有屁的关系。谁掌权，百姓还不是"纳税活人"。那么多老百姓真是心甘情愿与你刘备"生死与共"，"风雨同行"？为什么写有一句"令孙乾、简雍在城中声扬"，这里难道没有曹兵屠城的恐吓宣传？没有"挟持人质"的阴暗心理？没有"坚壁清野"的战略谋划？而刘玄德"为吾一人而使百姓遭此大难，吾何生哉"一语，可是内心受到谴责的自然流露？

也许这样说涉嫌"武断"，没有说服力，那我们拿罗贯中的另一段描述来作比照。

当攻防之势易位，刘备征伐刘璋，大军压境时，《三国演义》中有这样一段描述：

> 刘璋慌聚众官商议。从事郑度献策曰："今刘备虽攻城夺地，然兵不甚多，士众未附，野谷是资，军无辎重。不如尽驱巴西梓潼民，过涪水以西。其仓廪野谷，尽皆烧除，深沟高垒，静以待之。彼至请战，勿许。久无所资，不过百日，彼兵自走。我乘虚击之，备可擒也。"刘璋曰："不然。吾闻拒敌以安民，未闻动民以备敌也。此言非保全之计。"
>
> 却说玄德军马在雒城，法正所差下书人回报说："郑度劝刘璋尽烧野谷并各处仓廪，率巴西之民，避于涪水西，深沟高垒而不战。"玄德、孔明闻之，皆大惊

曰："若用此言，吾势危矣！"法正笑曰："主公勿忧。此计虽毒，刘璋必不能用也。"不一日，人传刘璋不肯迁动百姓，不从郑度之言。玄德闻之，方始宽心。

郑度推出了与当年刘备采用的相同策略，而刘璋认为"吾闻拒敌以安民，未闻动民以备敌也"，这是刘璋不懂帝王之术的"昏聩"，还是一种真正的"以民为重"？罗贯中一前一后写下这样两个情节对照，难道没有"良苦用心"在其中？

读到这里，使人不禁又联想到刘备之哭，还联想到民间的一句俗语"猫哭老鼠假慈悲"。哭有时也可能是一种"作秀"，有着表演的成分。鲁迅在《中国小说史略》中说过一句与金圣叹类似的话："欲显刘备之长厚而似伪"。

在《三国演义》第十九回中：罗贯中不知是出于刻意还是无意，写了这样一个细节：

> 玄德依言，寻小路投许都。途次绝粮，尝往村中求食。但到处，闻刘豫州，皆争进饮食。一日，到一家投宿，其家一少年出拜，问其姓名，乃猎户刘安也。当下刘安闻豫州牧至，欲寻野味供食，一时不能得，乃杀其妻以食之。玄德曰："此何肉也？"安曰："乃狼肉也。"玄德不疑，乃饱食了一顿。

读着以上文字，让人疑惑这段是否是罗贯中象征性笔法？帝王之仁，原来是需用百姓之血肉来供奉的。

"黄袍加身"是老谱的不断袭用

初看罗贯中的《三国演义》，刘备是无意于称帝的，只是时势造英雄，刘备是被众人拥戴上皇帝之位。

罗贯中在第七十三回"玄德进位汉中王"一章中，描绘了刘备是如何成为汉中王的情形：

> 玄德安民已定，大赏三军，人心大悦。于是众将皆有推尊玄德为帝之心；未敢径启，却来禀告诸葛军师，孔明曰："吾意已有定夺了。"随引法正等入见玄德，曰："今曹操专权，百姓无主；主公仁义著于天下，今已抚有两川之地，可以应天

顺人，即皇帝位，名正言顺，以讨国贼。事不宜迟，便请择吉。"玄德大惊曰："军师之言差矣。刘备虽然汉之宗室，乃臣子也；若为此事，是反汉矣。"孔明曰："非也。方今天下分崩，英雄并起，各霸一方，四海才德之士，舍死亡生而事其上者，皆欲攀龙附凤，建立功名也。今主公避嫌守义，恐失众人之望。愿主公熟思之。"玄德曰："要吾僭居尊位，吾必不敢。可再商议长策。"诸将齐言曰："主公若只推却，众心解矣。"孔明曰："主公平生以义为本，未肯便称尊号。今有荆襄、两川之地，可暂为汉中王。"玄德曰："汝等虽欲尊吾为王，不得天子明诏，是僭也。"孔明曰："今宜从权，不可拘执常理。"张飞大叫曰："异姓之人，皆欲为君何况哥哥乃汉朝宗派！莫说汉中王，就称皇帝，有何不可！"玄德叱曰："汝勿多言！"孔明曰："主公宜从权变，先进位汉中王，然后表奏天子，未为迟也。"

玄德再三推辞不过，只得依允。

在第八十回"曹丕废帝篡炎刘　汉王正位续大统"一章中，罗贯中又描述了刘备进而称帝的情形：

早有人到成都，报说曹丕自立为大魏皇帝，于洛阳盖造宫殿；且传言汉帝已遇害。汉中王闻知，痛哭终日，下令百官挂孝，遥望设祭，上尊谥曰"孝愍皇帝"。玄德因此忧虑，致染成疾，不能理事，政务皆托与孔明。孔明与太傅许靖、光禄大夫谯周商议，言天下不可一日无君，欲尊汉中王为帝。谯周曰："近有祥风庆云之瑞；成都西北角有黄气数十丈，冲霄而起；帝星见于毕、胃、昴之分，煌煌如月。此正应汉中王当即帝位，以继汉统，更复何疑？"于是孔明与许靖，引大小官僚上表，请汉中王即皇帝位。汉中王览表，大惊曰："卿等欲陷孤为不忠不义之人耶？"孔明奏曰："非也。曹丕篡汉自立，王上乃汉室苗裔，理合继统以延汉祀。"汉中王勃然变色曰："孤岂效逆贼所为！"拂袖而起，入于后宫。众官皆散。

三日后，孔明又引众官入朝，请汉中王出。众皆拜伏于前。许靖奏曰："今汉天子已被曹丕所弑，王上不即帝位，兴师讨逆，不得为忠义也。今天下无不欲王上为君，为孝愍皇帝雪恨。若不从臣等所议，是失民望矣。"汉中王曰："孤虽是景帝之孙，并未有德泽以布于民；今一旦自立为帝，与篡窃何异！"孔明苦劝数次，汉中王坚执不从。

孔明乃设一计，谓众官曰：如此如此。于是孔明托病不出。汉中王闻孔明病笃，亲到府中，直入卧榻边，问曰："军师所感何疾？"孔明答曰："忧心如焚，命不久矣！"汉中王曰："军师所忧何事？"连问数次，孔明只推病重，瞑目不答。汉中王再三请问。孔明喟然叹曰："臣自出茅庐，得遇大王，相随至今，言听计从；

今幸大王有两川之地，不负臣夙昔之言。目今曹丕篡位，汉祀将斩，文武官僚，咸欲奉大王为帝，灭魏兴刘，共图功名；不想大王坚执不肯，众官皆有怨心，不久必尽散矣。若文武皆散，吴、魏来攻，两川难保。臣安得不忧乎？"汉中王曰："吾非推阻，恐天下人议论耳。"孔明曰："圣人云：名不正则言不顺。今大王名正言顺，有何可议？岂不闻天与弗取，反受其咎？"汉中王曰："待军师病可，行之未迟。"孔明听罢，从榻上跃然而起，将屏风一击，外面文武众官皆入，拜伏于地曰："王上既允，便请择日以行大礼。"汉中王视之，乃是太傅许靖、安汉将军糜竺、青衣侯向举、阳泉侯刘豹、别驾赵祚、治中杨洪、议曹杜琼、从事张爽、太常卿赖恭、光禄卿黄权、祭酒何宗、学士尹默、司业谯周、大司马殷纯、偏将军张裔、少府王谋、昭文博士伊籍、从事郎秦宓等众也。

汉中王惊曰："陷孤于不义，皆卿等也！"

翻阅中国历史，无论是北宋赵匡胤陈桥兵变的"黄袍加身"，还是近代袁世凯的"加冕称帝"，我们已司空见惯了这种"劝进"、"黄袍加身"的闹剧。明明是心存帝王宫阙之图，却偏要装大头蒜，好像自己根本无意于"逐鹿中原"、"问鼎天下"。"王顾左右而言他"，"陷孤于不义，皆卿等也"！肚子里的那点心思，早已是"司马昭之心，路人皆知"，却仍要欲盖弥彰文过饰非。不到火候不揭锅，"王莽谦恭未篡日"。所以，中国历史上才出了那么多的"子系中山狼，得志便猖狂"，也才有了那么多的"睡在身边的赫鲁晓夫"。这一手，刘备运用得最为轻车熟道翻云覆雨，或者换言之，罗贯中刻画得最为得心应手。刘备的所谓"谦让"、"仁义"，不过是"不到火候不揭锅"的帝王韬光养晦之术，终究是要"图穷匕见"的。一旦时机成熟，该出手时就出手，刘备就顾不得什么同宗不同宗了，照样"风风火火下九州"地取益州，攻成都。

其实进一步言之，这也是"成者为王败者寇"的残酷现实逼出来的。不妨设想，如果刘备在曹操"煮酒论英雄"时，一听曹操夸赞"天下英雄，唯使君与操尔"的话，就喜形于色得意忘形，那他还能活到赤壁大战吗？这一传统代代相传，就是刘备的那个弱智儿子扶不起的阿斗，在这方面也无师自通：三国归晋，当刘禅在宫廷之上陪司马昭观看蜀妓歌舞，司马昭问他："颇思蜀否？"刘禅毫不迟疑地答道："此间乐，不思蜀也。"后人还笑他傻，其实在这件事上，他实在是不失明智。试想，如果他像李后主李煜那样，整天价"故国不堪回首月明中"，刘禅还可能保得性命活下来吗？由此可见，韬光养晦之术，乃是渗透在骨子里融会在血脉中的帝王本能。

只有那个"挟天子以令诸侯"的曹操来得直截了当：

《三国演义》第五十六回"曹操大宴铜雀台"一章，当曹操"讨董卓、剿黄巾、除袁术、破吕布、灭袁绍、定刘表，遂平天下"后，众文武大臣，皆纷纷上表"劝进"，"称颂曹操功德巍巍，合当受命"。曹操的回答是："欲孤委捐兵众，归就所封武平侯之国，实不可耳。"就是说让我放弃军政实权，而去就一虚位，这是绝不可能的。这样做，"是以不得慕虚名而处实祸也"。

《三国演义》第七十八回"传遗命奸雄数终"一章中，写了孙权劝曹操称帝的情节：孙权自继承父兄江东之祖业，无时无刻不在做着皇帝梦。但他又深深明白，这个出头鸟不能当，一旦自立为皇，就成为众矢之的。所以，他劝曹操为人"火中取栗"，率先称帝。他遣使上书曹操说"伏望早正大位"，自己愿意"率群下纳土归降"。玩了一辈子权术的曹操岂会看不穿孙权的这些小儿科伎俩。曹操回答："是儿欲使吾居炉火上耶！"

曹操一针见血地指出："如国家无孤一人，正不知几人称帝，几人称王。"曹操看透了各路诸侯一个个急欲称孤道寡称王称霸的鬼心思。

我们对于"劝进"、"黄袍加身"，还可以从另一层面予以解读。其实一个人

黄河河畔古长城

的称王称帝，绝不仅仅是个人的事情，它关乎整个利益集团。一人得道，鸡犬升天，那么多鞍前马后效力之人，期盼的寄望的不就是你是绩优股潜力股，随着你的称王称霸，众人也水涨船高，都混个师长旅长的当当。

当刘备受皇帝玺绶，罗贯中有这样一段描述："文武各官，皆呼万岁。拜舞礼毕，改元章武元年。立妃吴氏为皇后，长子刘禅为太子；封次子刘永为鲁王，三子刘理为梁王；封诸葛亮为丞相，许靖为司徒；大小官僚，一一升赏。大赦天下。两川军民，无不欣跃。"真正是水涨船高，皆大欢喜。

对于刘备是否有"帝王思想"，罗贯中笔下写得草蛇灰线，颇为耐人寻味。

古书中常有："来者何人，报上姓名"。刘备每每与人打交道，自然也离不开这道程序。罗贯中在《三国演义》中，这样描写了刘备此时的话语：

第一章桃园结义，刘备结识关羽张飞时是这样闪亮推出自我："我本汉室宗亲"，并补充说明："中山靖王刘胜之后，汉景帝阁下玄孙，姓刘名备，字玄德。昔刘胜之子刘贞，汉武时封涿鹿亭侯，后坐酎金失侯，因此遗这一枝在涿县。"

第二次刘备的"毛遂自荐"是在朝见汉献帝的时候。"玄德具朝服拜于丹墀。帝宣上殿，问曰：'卿祖何人？'"这样千载难逢的机会刘备当然不会放过。刘备奏曰："臣乃中山靖王之后，孝景皇帝阁下玄孙，刘雄之孙，刘弘之子也。"《三国演义》特意加上这样一笔："帝教取宗族世谱检看，令宗正卿宣读曰：'孝景皇帝生十四子。第七子乃中山靖王刘胜。胜生陆城亭侯刘贞。贞生沛侯刘昂。昂生漳侯刘禄。禄生沂水侯刘恋。恋生钦阳侯刘英。英生安国侯刘建。建生广陵侯刘哀。哀生胶水侯刘宪。宪生祖邑侯刘舒。舒生祁阳侯刘谊。谊生原泽侯刘必。必生颖川侯刘达。达生丰灵侯刘不疑。不疑生济川侯刘惠。惠生东郡范令刘雄。雄生刘弘。弘不仕。刘备乃刘弘之子也。'帝排世谱，则玄德乃帝之叔也。"于是，刘备又赢得了一顶"皇叔"的桂冠。这就可以名正言顺地在今后的名片上多列一条，就好比我们现在名片特意注明一条："享受政府特殊津贴"。

第三次是刘备三顾茅庐，让童子向诸葛亮通报的自我介绍词是这样说的："汉左将军宜城亭侯领豫州牧皇叔刘备，特来拜见先生。"以至弄得童子不耐烦地说："我记不得许多名字。"

自报家门就相当于我们现在的"递上名片"。一个人在名片上罗列什么头衔，无疑反映着一个人的心态心理。显而易见，刘备在通报姓名时绝不是随意为之，而是有一番良苦用心。或者换言之，罗贯中是经过一番精心谋划。在重视血统传承，寻找真命天子的封建社会，刘备"项庄舞剑，意在沛公"的帝王野心也就昭然若揭了。

罗贯中在《三国演义》中对刘备还有这样一些描述也是耐人寻味的。

在刘备的"闪亮登场"之始，罗贯中就作了这样一段描述：

> 玄德家住本县楼桑村。其家之东南，有一大桑树，高五丈余，遥望之，童童如车盖。相者云："此家必出贵人。"玄德幼时，与乡中小儿戏于树下，曰："我为天子，当乘此车盖。"叔父刘元起奇其言，曰："此儿非常人也！"

罗贯中在这里借刘备的童言无忌，"一语道破天机"。

还有，刘备为何收个养子叫"刘封"，生个儿子又叫"刘禅"，好一个"封禅"，"封禅"是君王祭祀天地的大典，刘备给儿子起名"封禅"，可是"图穷匕见"？

罗贯中与杜甫谁看人更准

在封建王朝中，涉及子嗣和继位，无疑是"悠悠万事，唯此为大"。罗贯中在《三国演义》第八十五回"刘先主遗诏托孤儿"一章中，更是写得云遮雾罩扑朔迷离。

刘备为雪关羽之仇，不听诸葛亮劝告，"尽起蜀中之兵"，被东吴大将陆逊，火烧连营八百里，兵败白帝城。于是，上演了白帝城托孤一幕：

> 且说孔明到永安宫，见先主病危，慌忙拜伏于龙榻之下。先主传旨，请孔明坐于龙榻之侧。抚其背曰："朕自得丞相，幸成帝业；何期智识浅陋，不纳丞相之言，自取其败。悔恨成疾，死在旦夕。嗣子孱弱，不得不以大事相托。"言讫，泪流满面。孔明亦涕泣曰："愿陛下善保龙体，以副天下之望！"……先主命内侍扶

起孔明，一手掩泪，一手执其手，曰："朕今死矣，有心腹之言相告！"孔明曰："有何圣谕？"先主泣曰："君才十倍曹丕，必能安邦定国，终定大事。若嗣子可辅，则辅之；如其不才，君可自为成都之主。"孔明听毕，汗流遍体，手足失措，泣拜于地曰："臣安敢不竭股肱之力，尽忠贞之节，继之以死乎！"言讫，叩头流血。

在《三国志·蜀书二》中，关于这段"白帝城托孤"只是简短的六字"讬孤於丞相亮"。根据《诸葛亮集》中所载《先主遗诏敕后主》一文，刘备对儿子刘禅说的遗嘱，也只是一般性地安排后事："人五十不称夭，年已六十有馀，何所复恨，不复自伤"、"勿以恶小而为之，勿以善小而不为"、"惟贤惟德，能服於人"、"勉之，勉之"这样的语词。为什么到了罗贯中的笔下，要演绎出如此一段耐人寻味的文字？

为什么刘备刘玄德一句："若嗣子可辅，则辅之。如其不才，君可自为成都之王。"竟让诸葛亮听毕"汗流遍体，手足失措"？罗贯中的这段描述，颇令人费解。就算诸葛亮对明君的知遇之恩感激涕零诚惶诚恐，也不至于要"叩头流血"吧？大概是睿智过人的诸葛亮从刘备的话音中，感觉到了脖颈后面凉飕飕的刀光剑影？

罗贯中在第四十回"蔡夫人议献荆州"一章中，写了一段与刘备托孤类似的刘表病中托孤，也许可看做是"前车之鉴"的注脚：

> 却说荆州刘表病重，使人请玄德来托孤。玄德引关、张至荆州见刘表。表曰："我病已入膏肓，不久便死矣，特托孤于贤弟。我子无才，恐不能承父业，我死之后，贤弟可自领荆州。"玄德泣拜曰："备当竭力以辅贤侄，安敢有他意乎！"

刘备对荆州觊觎之心久矣。诸葛亮早在"隆中对"时，就已经把占据荆州看做开创帝王基业之始。诸葛亮说得很清楚："此用武之国，而其主不能守，此殆天所以资将军。"只是因为刘备、刘表同为汉室宗亲，冒昧取之，有"煮豆燃豆萁"之忌；另外，刘表又毕竟是诸葛亮太太的姨父，如直言攫取，有"胳臂肘往外"之嫌。所以诸葛亮当年才有"静候其变"之说。就是说，只能巧取，不能豪夺，要等待时机。现在天上掉下馅饼来，刘表病重，竟然把荆州拱手相让。然而刘备却说："此人待我厚，今从其言，人必以我为薄，所不忍也。"在千载难逢的时机来到面前，刘备反而扮演起"谦谦君子"，坐失良机。

细读之，尤其是设身处地观前照后，却读出了另一番含义：刘备这时的谦让，是他审时度势后的明智选择：其一，这是一个空头人情，当时荆州之形势，危如累卵，曹操已兵临城下；其二，不排除这是刘表的一种试探。他废嫡立幼，早已做好了传位于小儿子刘琮的准备。裴松之目光如炬，看得很清楚，他在《三国注》中说："表夫妻素爱琮，舍嫡立庶，情计久定，无缘临终举荆州以授备。"再说，刘表对刘备一直是一种防范心理。《三国志•先主传》："疑其心，阴御之"，岂会弥留之际不传爱子而传于你刘备？可能在刘表说"我死之后，卿便摄荆州"时，蔡夫人、蔡瑁早已在屋后埋伏下刀斧手，只要你刘备稍微"面露喜色"，立马死于乱刀之下。深谙帝王之术的刘备，会幼稚得看不明白其中奥妙？所以明智地答曰："诸子自贤，君其忧病"。

罗贯中在此设下伏笔，可谓殚精竭虑。再写到刘备等于是照搬"临终托孤"一幕，其用心不是昭然若揭了吗？

刘备把这种"欲擒故纵"的手法运用得可谓炉火纯青。

刘备在屡屡战败仓皇出逃之际，曾多次对部下说着重复的一段话："诸君皆有王佐之才，不幸跟随刘备。备之命窘，累及诸君。今日身无立锥，诚恐有误诸君。君等何不弃备而投明主，以取功名乎？"

对于刘备这么个"屡败屡战"、"败而不馁"的"明主"而言，此时会说这么丧气的散伙话？显然，刘备在这里只是"投石问路"，作为试金石，试探臣下的忠心程度。如果这时有谁把假当真，真要离去，那这种不能患难与共之人的下场可想而知。

也许，读者的感受

高家坪民居

并非作者的本意，但是一个塑造得活灵活现的人物，自有其自身发展的逻辑，不以作者的主观意志为转移。

杜甫有诗咏刘备的"白帝城托孤"："蜀主窥吴向三峡，崩年亦在永安宫。翠华想像空山外，玉殿虚无野寺中。古庙杉松巢水鹤，岁时伏腊走村翁。武侯祠屋长邻近，一体君臣祭祀同。"杜甫有些书生气了，他缺乏罗贯中炯炯有神之眼光，看不懂刘玄德与诸葛亮君臣关系的微妙敏感处。

歪批三国到如今

据说，王海蓉当年要同毛泽东谈《红楼梦》。毛泽东问："你读过几遍？"没读过三遍以上，无法与之论。

金圣叹评罗贯中的另一大作《水浒》说："若写宋江则不然，骤读之而全好，再读之而好劣相半，又再读之而好不胜劣，又卒读之则全劣无好矣。"

同一部书反复看，一次与一次的感受是不同的。

罗贯中乃是一个具有正统帝王思想的人。在《三国演义》中，他的褒贬倾向十分鲜明。对于拥兵弄权的外戚豪强，如董卓、曹操之流，罗贯中竭尽贬斥丑化之笔墨，给他们一律涂上大白脸。而对嫡亲嫡系的刘备刘皇叔，则是浓彩重墨地刻画他的光辉形象。这么一个大手笔，会词不达意自相矛盾自露破绽？罗贯中在《三国》中，特别强调刘备的字："玄德"。绝大部分地方都称刘玄德，而少称刘备，我总觉得其中是有深意的。玄德者，《老子》六十五章有解："常知稽式，是谓'玄德'。"稽式，可作法式、方式、规律讲。老子言："'玄德'深矣、远矣，与物反（返）矣。然后乃至大顺。"罗贯中不太可能没读过《老子》，他强调"玄德"，当然是在强调"'玄德'深矣、远矣"，在强调"然后乃至大顺"。刘备刘玄德作为罗贯中心目中的明君，当然懂得"民可载舟亦可覆舟"的治国安邦之道。统治者在危难存亡之际，必然是两害相权取其轻。刘备刘玄德非本性之"仁"，实在是无可奈何而为之。当时是真心实意，过后难免会被认作"伪"。

罗贯中正是以自己乱世中对各类帝王"你方唱罢我登场，城头变幻大王旗"的品验，用这种扑朔迷离正曲两种笔法，写出了刘备这么个有血有肉的帝王形象。

有一个传统相声段子叫《歪批三国》，插科打诨，竭尽"歪批"之能事，从《三国》中看出了不少歪门邪道。比如，他看《三国》居然看出：周瑜的母亲姓既，而诸葛亮的妈妈则姓何。依据是书中的一句话，周瑜在临终前仰天长叹："既生瑜何生亮"。诸如此类的考证索引，成为一种搞笑。但愿我从刘玄德身上索引出对罗贯中的解读，不要成为另一篇《歪批三国》。

李家山民居

克难坡解读阎锡山

阎锡山的"不可迷信，亦不可迷不信"

领略过黄河壶口瀑布的壮观，临汾市文联领导又安排我们参观阎锡山抗战时期的避难之地——克难坡。

此次山西作家黄河采风团来到临汾地区，大家戏言："咋净是些赖地方？"上西天（隰县小西天）、下地狱（蒲县东岳庙的十八层地狱）、入虎口（吉县壶口瀑布）、进监狱（洪洞苏三监狱），这次又"自投罗网"到山西土皇帝阎锡山的魔爪之下。

克难坡距著名的黄河壶口瀑布十多公里。抗日战争时期，阎锡山的第二战区司令部、山西省政府等首脑机关都迁驻此地。克难坡成为抗战时期山西省的政治、经济、文化中心，曾被称为"小太原"。

吃过早餐，我们从壶口瀑布宾馆驱车北上，沿着山沟颠簸盘绕了约一个小时，在一个山洞前停了下来。文联的同志告诉我们，这个洞是通往克难坡的关卡。这里六条沟壑由南而北排列，阎锡山根据自然地形将六条沟分别命名为：西新沟、一新沟、二新沟、三新沟、四新沟、五新沟。每条沟里都见依山作屏叠立而建的窑洞。阎锡山之所以取"新"字打头，大概与其宣传的"新能存在，旧必灭亡"的口号相关。依据四周环山地势，整个克难坡以内外两道山垣构成一个城堡：一、二新沟居内，是城的核心地区；三、四、五新沟和西新沟为外城。城堡周围设有六道关卡，东端梁顶，叫庙儿岭问事处，东北通往古贤沟叫神道要问事处；临黄河岸畔设马粪滩问事处，南面沟底叫麻库掌问事处；通往内城有东、西门问事处。每个问事处除设警卫部队外，尚有一个值班室，进入城堡须经值班室请示得到认可后方可进入。除这六道关卡可进入克难城外，周围深渊峭壁，各个制高点都有明碉暗堡控制，真有"一夫当关，万人莫开"之险。在通过长长的山洞之后，眼前豁然开阔，只见山叠山，沟套沟，真可谓"别有洞天"。谁能相信在这个小小"螺蛳壳"里竟能做出如此大的"道场"？

碛口客栈

抗战初，阎锡山曾组织晋绥军进行过抗战史上著名的"忻口战役"，抗御日军的入侵。但此后日军大举入侵，忻州、太原相继失守。1938年2月临汾又告失陷，阎锡山只得率领他的二战区司令部西渡黄河退避陕西。先是到了陕北洛川，据说因"洛"与"落"谐音，阎锡山字"百川"，大概出于忌讳《三国演义》中那个"落凤坡"的典故，于是转移宜川。阎锡山认为宜川二字谐音好，宜川寓意着此地适宜他阎百川。于是，阎将司令部设在了宜川的秋林镇。选择秋林也有讲究：秋林在春秋时属秦国，晋国公子重耳曾在这里避难，后来成就一番霸业，就是春秋五霸之一的晋文公。阎锡山西渡黄河也是避难，很是符合他以图东山再起的心境。阎住秋林之后，把秋林镇改名兴集。

1940年5月，阎锡山将首脑机关由陕西宜川秋林镇移至山西吉县克难坡。阎认为秋林地处陕西，是胡宗南的地盘，他呆在这里有一种寄人篱下的屈辱。而山西则是他的发祥之地。

克难坡原名南村坡，是个只有六家住户的小村。阎锡山流落到南村坡时，正是他人生的最低点，几度南逃，居无定所，处境相当困难。他多次无奈地对部下说："我们的环境可以说四面压迫"，"一日不得一日饱，衣服不能更换"。但阎锡山并未垂头丧气，他在日记里曾写下这样的字句："做事知难行若易，做人知易行却难。毋论做人与做事，寻着难处易其难"；"国权重寄三十载，何难何易愧无颜"！阎锡山迁居这里后，因南村二字音讳"难存"，于是将南村坡改名为克难坡。并写下《克难坡感怀》一诗："一角山城万里心，朝宗九曲孟门深，俯仰天地无终极，愿把洪炉铸古今。"表达着阎锡山卧薪尝胆"克难光复"的雄心。阎锡山提倡"克难生活"，做出多项严厉的规定，其中主要有：不论官兵，都穿粗布军衣，而且自织自染自制；官兵一律在食堂就餐，定量供给，一日两餐等等。

"大泽龙方蛰，中原鹿正肥"。

"天将降大任于斯人也，必先苦其心志，劳其筋骨，饿其体肤，空乏其身……"有志于逐鹿中原的阎锡山大概很明白孟子这番话中蕴含的深意。阎锡山有语录："有大需要时来，始能成大事业；无大把握而去，终难得大机缘。"

朱建华在《蒋介石与阎锡山：30年的周旋与斗法》[1]一书中，这样描画了阎锡山：

> 阎锡山的野心，还不只是想当一个"华北王"，他的黄粱梦是想当中国的最高统治者"皇上"，他对袁世凯窃取中华民国临时大总统而后称帝非常崇拜；对汪精卫充当武汉国民政府主席也很美慕；对蒋介石掌握南京政府的党、政、军大权也特别眼红。
>
> 有一次，阎锡山过生日，众多人纷纷前来为他祝寿，他很高兴，和亲属们说："相家说我八字相貌，除袁慰庭（袁世凯）外，国内无一胜我者。"亲属投其所好说："有朝一日，你和袁世凯一样，可以当皇上的。"
>
> 阎锡山还很迷信中国古代的占星术。据说，他很喜欢在夜间散步，观察星象。他看着天空群星，指某星为汪精卫，某星为蒋介石。接着他遥指在群星中最为光彩夺目、主宰功名禄位的文昌星，当然就是他自己了。
>
> 阎军占领河北获鹿以后，报纸上又发表消息说："自古以来不是就有文王获麒麟而得天下一说吗？这能不是阎督军指挥有方，出师的一个吉兆吗？"
>
> 晋军占领正定、新乐之后，随军新闻记者又借题发挥说："正定、新乐两个地名都含有吉利之意。"

【1】朱建华，《蒋介石与阎锡山：30年的周旋与斗法》，团结出版社　2009年7月。

向河北保定进攻的第三集团军，先行攻下平广线上的望都城，阎锡山兴高采烈地说：望都，望都，拿下了望都城，不就预示着很快有希望得到心目中的古都北平了吗？这是晋绥军朝北平方向攻击的"顺风耳"！

阎锡山为自己起号为："龙池"，一语道破天机。

在《阎锡山的国中国游戏（四）：迷信》一文中，还有这样的记载：

阎锡山在上世纪30年代军阀混战中，曾经差点就能"加冕"当一回国家元首，他联合冯玉祥发动中原大战，在北平怀仁堂召集反蒋各派召开了"中国国民党中央党部扩大会议"，决定组织与南京政府相对抗的国民政府。选阎锡山、汪精卫、冯玉祥、李宗仁为国务委员，推阎老西为主席。阎锡山就职典礼的黄道吉日就选在民国十九年九月九日九时九分，即取"九五至尊"之意。可惜的是，不早不晚，十八日（晚两天多好）那天张学良通电拥蒋，阎、冯联盟反蒋最终失败，阎氏出走。看来阎锡山命运不济，人家袁世凯好赖还当了83天"皇上"呢。于是便有人戏言阎锡山就职日只有"四九"（年份的九不能算），所以"四九"三十六——走为上。[1]

阎锡山在抗战前有一次迎接蒋介石来山西，在哪里迎，很费了一番周折：在运城嘛，让蒋"运成"，那可不成；最后选在介休，让老蒋休（完蛋）矣。

1929年，阎锡山赴南京开会，休会期间来了游兴，要去无锡，国民党中央派专人陪同，还给请了导游。事有凑巧，阎锡山泛舟五里湖，看到湖西有座奇特峻峰。随即信口问："那是甚山？"导游答："锡山。"阎不解：既有锡山，为何叫"无锡"。导游介绍：因采锡有利可图，民众蜂拥，为利相残，造成社会动荡，民不聊生。锡被采完了，社会也安定了，无锡便有了一句俗语，叫做"有锡则乱，无锡则安"。说话间，导游突然意识到这位权贵大名"锡山"，很是忐忑……

1948年在解放军兵临城下之际，阎锡山还曾请人"扶乩"、"打卦"，寄希望可以为他预测未来指点迷津。

阎锡山在日记中写道："不可迷信，亦不可迷不信"。此话颇代表阎锡山语录的一贯风格，把话说得雾里看花水中观月。其实说白了就是我们老百姓的土话

【1】笔者注：阎锡山在1947年1月1日的日记中记了这样一句话："立国：戊戌立宪，万世帝王。丙午立宪，国破家亡。立国不敢失时。适时放火亦理长，落后点灯亦理短，为政不敢违时。"

"不可不信，不可全信"，或者如文人墨客的说法"宁可信其有，不可信其无"。

在风云变幻的民国历史中，阎锡山是一个很值得研究与回味的人物，他复杂的个人奋斗史和自成一体的哲理思想，历来就独具特色褒贬不一。对一个风云际会沧桑沉浮的历史人物来说，解读是极具魅力而又极其困难的。

阎锡山在孙中山和袁世凯之间首鼠两端

克难坡的阎公馆坐落在新一沟"实干堂"的右前方。阎公馆南边是一个小院，有两孔窑，是阎锡山二太太徐兰森的居处。阎公馆北边是一座大院，院中一排窑洞分别是副官、侍从、医官所居。最北头一孔窑是抗战期间山西省政府主席赵戴文所居。这些窑洞都已按原状修建恢复。阎公馆是一排坐西面东的窑洞，共七孔。其中第一孔为阎锡山的两个公子所住，第二孔是留给其大太太的，但她从未来住过。第三、四孔既是阎锡山的起居室，又是开会和接见来宾的"客厅"。炕桌对面是长会议桌，两旁摆着十几把罗汉椅，可以想象开会时阎锡山的"十三高干"或"十三太保"齐集于此。就是在这间简陋的会议室里，当年二战区的许多重要决策在此做出。这间起居室兼会议室的正面墙上，悬挂着孙中山的肖像。阎锡山的办公处多次变换，然而不变的是始终悬挂着孙中山的肖像。以此标榜自己坚定地走孙中山倡导的"三民主义"之路。

阎锡山在自己《早年回忆录》中有这样一段自白：

> 出国之前，山西巡抚张曾歔等所谓五大宪对留日学生谆谆告诫：到日本后千万不可接近革命党人，以免误入歧途。提到孙中山先生，尤其极尽诋毁之能事。……但逐渐由所听到的话与所看到的书中，感到清政府误国太甚，特别是有一天偶尔翻阅保皇党出刊之《中国魂》，益谂知清廷之腐败无能，清官吏所吩咐千万不可接近革命党人的话，至是在我脑中全部消失，遂决心加入推翻满清政府的革命。

阎锡山在日留学期间，不仅广为结交同盟会革命党人士，还与孙中山有了直接接触。《阎锡山与辛亥革命》一文中这样记载：

> 1905 年 7 月，孙中山从欧洲来到日本，拟同黄兴等商谈筹组全国统一的革命政党问题。为了欢迎这位众望所归的革命领袖，8 月 13 日，东京华侨和留日中国学生 1300 多人专门举行盛大集会。会上，孙中山作了长篇演讲，批驳了保皇派反对革命的谬论。会后阎锡山反复体味中山先生的讲话精神，认为中山先生的政治主张对于挽救民族危亡来说真是太适时了，以后他曾多次提到："中山先生以先知先觉的德慧，高瞻远瞩的眼光站在时代的前边，领导革命，遂能一呼万应，全国同心，不久实行推翻满清，建立民国。"这说明孙中山的思想对阎锡山确实产生了很大的震动。阎锡山曾多次前往拜谒、请教孙中山，经过几次晤谈，他对"革命救中国"所存疑问逐步消失，一时成了中山先生三民主义的信仰者。

孙中山对于阎锡山在辛亥革命中所起作用，也给予了高度评价。1912 年 9 月 19 日上午，太原各界在文瀛湖举行盛大的欢迎仪式，孙中山在演讲中说："去岁武昌起义，不半载竟告成功，此实山西之力，阎君百川之功。不惟山西人当感戴阎君，即十八行省亦当致谢。"当天，在太原商界举行的宴会上，孙中山又说："前在日本之时，尝与现任都督阎君谋划，令阎君于南部各省起义时，须在晋省遥应。此所以去年晋省闻风响应，一面鼓励各省进行，一面牵掣满兵南下，而使革命之迅疾告成也。"[1]

1912 年 9 月 18 日，孙中山先生由北京前来山西，在太原逗留了两天三夜。这是孙中山一生中唯一一次莅临山西。孙中山的此次山西之行，成为阎锡山不断向人炫耀的话题：①孙中山与阎锡山单独合影留念；②孙中山手书"博爱"条幅赠与阎锡山；③孙中山私下里特别嘱咐阎锡山："北方环境与南方不同，你要想尽一切办法，保留山西这一块根据地。"这段史实，成为日后阎锡山的政治资本。

一代伟人孙中山给我的印象，在知人善任方面，天真得近似孩童。这从他对袁世凯、阎锡山、蒋介石的认识上都可作为例证。这可能也是孙中山领导的多次革命不断失败的一个主要原因。

【1】见《孙中山全集》第二卷，中华书局　1982 年版，第 470~471 页。

阎锡山在辛亥革命风云变幻的岁月里，可说是"举孙中山的旗，打袁世凯的牌"。

朱建华在《蒋介石与阎锡山：30年的周旋与斗法》一书中，描述了阎锡山在孙中山和袁世凯两强对峙中的首鼠两端：

阎锡山太原起义被推为山西都督后，就指挥部队转战山西南北，图以稳定和巩固山西局势。1912年，袁世凯窃取临时大总统后，借口山西起义后，阎率领部队出走，使太原一度混乱，不承认山西为起义省份，不给阎锡山山西都督的正式任命。为此，阎锡山便派南桂馨到上海谒见孙中山，面述阎锡山革命政权的困境，争取孙中山的支持。孙遂为阎的都督任命力争，给袁世凯打了多次电话，表示："如不承认山西起义省份，即使南北和议破裂也在所不惜。"这时，阎锡山深感仅有孙中山这条渠道还是不够的，必须直接打通和袁世凯的关系，才能取得袁的信任，他挖空心思，物色了一个合适人选。此人为董崇仁，山西定襄人。其父一向在北京包揽皇宫工程，自幼出入宫廷，同宫里的太监、王爷的长史们都混得很熟，还捐了个候补道的头衔。那时候袁世凯做北洋大臣，极力拉拢和宫廷有来往的人作为耳目，曾与董拜过把子。清帝退位后，董崇仁返山西定襄原籍居住。阎锡山认为，要打通袁世凯的门路，非此人不可。于是，便派其亲随张瑞生去定襄，卑辞厚礼专请董到忻州会晤，恳请他去北京向袁世凯疏通。阎锡山还特派旧官僚谷如廉、孔庚和董一道星夜进京，谒见袁世凯，表示倾慕之情和拥戴诚意。袁世凯这时由于孙中山在山西的地位问题上态度很坚决，又从山西来人的态度上看出，阎锡山并不是一个真正的革命者，并且向他输诚通款，何不顺水推舟，送一个人情，收为己用。遂于1912年3月间发布命令，任阎锡山为山西都督。从此，阎锡山就投入了袁世凯的怀抱，采取依附袁世凯，以保其都督地位的政策。

为此，阎锡山不惜使用多种手段，低三下四地向袁世凯献媚邀宠。他派人经常驻京贿赂袁的亲信总统府秘书长梁士诒，向袁表示恭顺，消除袁对他的疑忌。为了迎合袁世凯消灭革命党人的心理，阎锡山还诬陷山西河东的革命人士李凤鸣、张士秀等为反叛，请袁出兵讨伐。在袁派兵到河东将李、张二人逮捕后，他请任袁的把兄弟为晋南镇守使，又请任与袁族人有亲属关系的陈钰为山西民政长。为了进一步取得袁的信任，阎锡山还不惜将其父阎书堂和继母送往北京常住，作为人质，以解除袁世凯的怀疑。还有一年三节两寿，阎必送汾酒几百坛。对袁的御用"公民党"的赞助，更是不遗余力。

经过了一系列的活动，阎锡山逐渐取得了袁的信任。袁世凯的儿子袁克定私下说："阎锡山脑后没有反骨，所以令他执掌山西民政。"阎锡山听到了有人转告的这句话，一颗颤抖的心才安定下来。

吉人在《辛亥革命与山西》[1]一书中，对阎锡山的卖身投靠也有描写：

阎又趁机向袁输诚，以表示他与革命党人已不相为伍。当时，在确定建都地点问题上，革命党人与袁世凯有着尖锐的分歧。革命党人主张建都南京，因为南京革命力量较强，群众基础较好，因此孙中山在辞职咨文中提出三个附加条件，有一条便是"临时政府设于南京"。他一再强调说："惟临时政府地点，仍须设立南京。南京是民国开基，于此建都，好作永久纪念。不似北京地方，受历代的君主压力，害得毫无生气，此后革故鼎新，当存一番佳境。"而袁世凯则主张建都北京，因为北方是他的老巢，他的北洋军主要在北方，北京是他个人势力的中心。他绝不愿意离开这个中心，到南京去受约束。他要在北京依靠北洋军巩固他窃取到的政权，以便为所欲为。这时，各方面的人物都在表示自己的意见，革命党人支持孙中山，守旧人物支持袁世凯，阵线是分明的。阎锡山为了讨好袁世凯，不失时机地与原清政府在山西的官员李盛泽、许世英、林学成、骆成骧、王大贞、周渤等联名发表通电，赞同建都地点"以北京为宜"，并进而分析说："以形势论，以事实论，以对内对外论，目前自无舍北求南之理"。这是阎锡山为了生存采取的一种策略。袁世凯在了解了阎锡山的政治态度后，觉得山西军人数千，若不用阎，则贻害无穷，于是暂时保留阎锡山都督地位的想法便确立了。

阎锡山纵横捭阖看风使舵，在孙中山与袁世凯南北两大板块的冲撞中，终于化"左右为难"成"左右逢源"。

王振华在《阎锡山传》[2]一书中，对阎锡山在袁世凯称帝前后的表演进行了描述：

1915 年，袁世凯终于撕下共和的面纱，要恢复帝制，自当皇帝，便派人到各处活动，让各省劝进。

对袁世凯称帝一事，阎锡山是有看法的，因此开始时动摇不定，不知该如何处理这件棘手的事。静观动态之际，他就此问题多次与温寿泉、黄国梁、赵戴文、南桂馨、张树帜等人暗中商量、讨论，听取众人对这件事的看法。后来劝进

【1】吉人，《辛亥革命与山西》，大众文艺出版社 2004 年 12 月版。

【2】王振华，《阎锡山传》，团结出版社 2005 年 5 月版。

风声日盛，他的思想开始动摇。他权衡利弊，反复斟酌，认为不管办什么事，只要有利于巩固他在山西的独尊地位，有利于保护他的既得利益，就得去干，否则就会自掘坟墓。他十分清楚，在眼前这股劝进风的吹刮下，袁世凯的称帝是早晚的事，谁也阻挡不住。至于以后的事，谁也说不清，还是先顾眼前为好。他的态度变得坚定起来。于是乎，积极加入了"劝进"合唱团的行列。

阎锡山参与"劝进"活动一开始，就指使山西商务总会、山西"蔚丰厚"以及各地票号，借山西人民名义，分别致电请愿，要求废除共和，实行君主立宪。接着，先后以他本人的名义，向筹安会、参政院和袁世凯发了三份电文，用以表示他支持袁世凯称帝的态度。

他给筹安会的电文是：

筹安会鉴：两电均悉，贵会讨论国家安全根本问题，卓识伟论，无任纫佩。已遵嘱派代表崔廷献、南桂馨赴会讨论，乞赐接洽，时盼教育。

锡山　1915 年 8 月 25 日

他给袁世凯的电报全文是：

大总统钧见：窃维军国主义，自欧战激烈，盖为列强趋势所注重，而军国主义必借帝国主义以推行，共和政体绝不适于生存。此持国家主义者之公论。锡山前密呈实行军国主义，已邀客鉴。近自筹安会讨论君主国体问题，全国一致，权表赞同，公民请愿，望治甚殷。诚以中国之情，决不宜沿用共和制度，非采取英、日两国君主立宪，不足以立国而救亡……四年以来，默察国情，征诸经验，乃确信共和之不足以安中国，我大总统符威远播，内乱削平，邻交和睦，外族臣服，乃得维持治安，以至于今。……我大总统为四万万人所托命，以大有为之才，乘大有为之势，毅然以救国救民自任，无所用其谦让。……

……北京大典筹备处授意各省军政长官，要组织全国国民会议，代表民意劝进。山西分七个选区，共选出 102 人。

这次选举代表，名义上是自由选举，而实际上是由军、政两署指定人选，各选区不过是走一下形式，最后选出代表，完全是两署指定的人选。

这些代表集中到太原后，只召开了一次会议，一致通过选举袁世凯为皇帝，然后电请袁世凯"俯念民意，就位皇帝"。就此，北京《群强报》1915 年 11 月 3 日以《各省解决国体之佳音》为题作了报导：

太原电：北京孙少侯先生鉴，国民代表已于今日投票君主立宪，全体一致赞成，并推戴今大总统为大皇帝。全晋人民同声欢呼，谨飞电以闻。

在此消息后，还登载了山西 102 名代表的姓名。

阎锡山因劝进有功，袁世凯登基称帝后，加封他为同武将军，一等侯。

当年，阎锡山一定以得到袁皇帝的"圣赐"深以为荣，深以为得计。我在阎锡山五台原籍看到，阎锡山在河边村故居"都督府"的后面，新建一座红楼，共三层，飞檐凌空，青瓦红壁，取名"得一楼"，以纪念被封"一等侯"。这座楼高出都督府，登楼远望，河边村尽收眼底。由五台县进入河边村，老远即可望见"得一楼"。阎锡山还修建了一座高大的牌楼，上面镌刻着"同武将军府"。

时过境迁，阎锡山此段经历，成为他人生经历中涂抹不掉的"劣迹"。对此，阎锡山在他《早年回忆录》中作了这样的辩解：

> 在这段时期中，中山先生深知山西处于北洋势力包围之中，形格势禁，呼应为难，特秘密派人告我沉默勿言，以保持北方之革命据点，侯南军北上，再与陕西汇合，进攻北京。我刚奉到此指示不久，陕西都督张凤翔给我一个电报说：彼已与我联名拍发一电，反对李烈钧等行动。我当复电质询其故，张答复我说：此举孙（指中山先生）可谅解。我才知道我所得到中山先生的指示，他亦得到了，以故未征得我同意而出此。这时李烈钧亦有电给我，表示不满，因李与我在士官学校同屋而居，交情甚笃。故他对此颇觉意外，经我复电解释，他才知道这原来是一种未曾征得他同意亦未曾得我同意的苦肉计。盖因当时北方诸省除我与张凤翔外，余皆为袁氏基本势力范围，张氏此举，亦可谓为保存北方仅有革命力量的一种权术。

这当然是阎锡山冠冕堂皇的表面说法。其实内心有着难言之隐的潜台词。

1927 年，蒋介石发动"四一二"反革命政变后，委任阎锡山为"北方革命军总司令"。阎锡山审时度势，觉得时机已到，毫不迟疑地接受了蒋介石的委任状，于 6 月 3 日宣誓就职，"城头变幻大王旗"，把北洋军阀时期的五色旗换成国民党的青天白日旗。

阎锡山在 6 月 19 日的《民国日报》上，发表了《就任国民革命军北方总司令宣言》："本总司令因所处环境至为恶劣，所挟之势力，至为微弱，且民众亦缺乏组织与训练。吾苟显明其主义与政纲，无异自树一敌，以待此等敌人之共同进攻，而环绕吾人之左右者，日夜思颠之覆之，欲置吾人于死地。为保留大河以北微弱之革命势力，与三民主义之障碍者虚与委蛇，十四载于兹矣。设使孤军转战，其失败必无疑也。本总司令自吾党二次革命失败后，即用保境安民之政策，虽于革命工作鲜有建树，然于本党主义，尚不背驰。"这是阎锡山的又一番辩解，可见与袁的交往经历成为阎的"心结"。

阎锡山说过这样的观点："政务识见要识势。势，外力也。乘势而行，势为我助，难者亦易；逆势而行，势为我阻，易者亦难。但势力有宜乘其头者，有宜乘其腰者，有宜乘其尾者，乘之不当，效力并减。"

阎锡山还说："不慎于初，必悔于终"，"跳出陷阱，始可以入坦途"，"柄不在手，转不由己。"

阎锡山以上的诸般言论，也不妨看做是他对自己辛亥革命十数年来出尔反尔首鼠两端的内心独白。

三人照背景的三人行

克难坡新一沟的沟口建有"实干堂"。这里原本是阎锡山演讲报告的大礼堂。现在这里成为一个陈列厅，吉县宣传部门在周边墙上展出了阎锡山人生经历中的一组组珍贵照片。照片是时空的凝聚，是生命的碎片，它展示着一个个重要的时代场景、历史画面。在众多照片中，有一幅格外引人注目。

李辉在《封面中国》[1]一书中对这张照片作了这样的描述：

1928 年，中国政治舞台上的三巨头蒋介石、冯玉祥、阎锡山并排坐在一起，留下了现代史上一张重要的合影。

三人均正襟危坐，蒋居中，冯在左，阎在右。蒋一身戎装，笔挺而讲究，人比冯、阎瘦弱，坐在两人之间显得略带拘谨；冯身躯魁梧，但衣着随意，粗布简装衬出满脸的憨厚与朴实；阎与蒋一样，也是一身戎装，但看上去持重而老到。

颇具代表性的一幕场景，三副形态，三种风格，在北洋军阀时代与国民党时

【1】李辉，《封面中国》，东方出版社 2007 年 5 月版。

代交替之际，碰撞交叉，书写历史，改变中国。

蒋、阎、冯，当年中国政治舞台上最大的三个军阀，能够坐到一条板凳上，似乎让人看到"军阀混战"中闪现出一线和平的曙光。

朱建华在《蒋介石与阎锡山：30年的周旋与斗法》一书中，对此一历史场景作了这样的描述：

> 蒋介石下野后，张作霖乘南方混乱之机，改变拉阎打冯的策略，同时进攻阎冯，并且分化阎、冯内部，他们的处境很困难。奉张首先压迫阎锡山，令其取消国民革命军的名号，接着就对进入河北的晋军发动围攻，将傅作义部围困在涿州，长达三个月零一天，在其他战线上的晋军，也处于被动挨打地位。

> 冯玉祥的日子也不大好过，在陇海上的西北军与直鲁联军进行拉锯战，互有胜负，打得很艰苦，西北军在河南不仅没有任何进展，而且内部又出现不稳。冯玉祥于五原誓师东出潼关以后，收编了吴佩孚及刘振华的振嵩军，号称30万，称国民联军总司令。但他收编的这些杂牌军都只求保存实力，根本不为他卖命。原为吴佩孚的将领靳云鹗还勾结张学良、孙传芳，在郑州至武汉沿线兴兵作战，冯军奋力反击，才削平了这场叛乱。

> 当山东的张宗昌部队从曹州向开封打来时，冯玉祥在郑州特别紧张，呼吁南京、武汉派兵增援，但宁、汉双方正忙于内战，对冯玉祥的呼吁根本不予理睬。为此，于1927年12月1日，冯玉祥再电蒋介石称："自蒋下野后，党事、军事日益纠纷，二者比较起来，军事更为紧急。为今之计，惟盼吾兄东山即起，主持一切，各方军事有统一办法。"

> 这封电报发出后，冯玉祥感到单独请蒋复职，身单力薄，恐怕作用不大。因此，他在致蒋电报的第二天，又给阎锡山发去一封电报，内称："拟约吾弟，一致推蒋介石复出，我辈听其指挥……"

> 这时，阎锡山正憋着一肚子闷气，积极利用太原兵工厂大量生产武器弹药，同时，也从日本购买大批武器，整编军队，准备伺机与张作霖再战。因此，这时冯玉祥拉他共同拥蒋复职，正合阎锡山的心意。阎立即复电，称冯此举为"大公无私"，表示愿意与冯玉祥联名通电请蒋介石复职，主持党国大计。于是，他们联名发出请蒋介石复职的通电。

> 但是，阎锡山觉得仅有阎、冯发出去的电报还不够味，为了讨好蒋介石，便撇开冯玉祥，又单独通电蒋介石说："公留党在，公去国危，个人之去留事小，党

国之存亡事大，用春秋责贤之义，再挽浪中已去之舟……"

当然，蒋介石也很清楚，冯、阎联合请他出山各有自己的打算，也是各揣心腹事。但是，眼下也只有依靠冯、阎这两支军事强大的势力，才能借以发展和稳固自己的权势。权衡轻重，经过一番考虑，在他接到阎、冯电报之后，便立即从命，遂由日本返回上海，与阎、冯二人沟通联络，准备大干一场。

蒋介石与冯玉祥、阎锡山在1928年2月走到了一起。蒋介石和冯玉祥在郑州再度会面，互换兰谱，结拜兄弟。蒋送给冯的帖子写道："安危共仗，甘苦共尝，海枯石烂，生死不渝。"冯送给蒋的帖子写道："结盟真义，是为主义，碎尸万段，在所不计。"三人坐在一起，一时间海誓山盟，真犹如是刘关张的桃园三结义了。

然而，这只是快门按动的一瞬，也许在历史的长河中只是百分之一秒，抑或可以说，即便坐在同一条凳子上之时，也是"同床异梦"，各自打着各自的算盘。此后，当把张作霖赶出关外后，马上因为"分赃不均"，同室操戈，兄弟阋墙。

蒋阎冯的中原大战已是许多史籍中详尽描述过的历史，无须赘笔，倒是阎锡山在此次大战前后出尔反尔的表现，给历史留下深深的思索。

朱建华在《蒋介石与阎锡山：30年的周旋与斗法》一书中，对阎锡山在中原大战前后出尔反尔的心态作了形象的刻画：

> 正当冯忧心如焚，无所适从的时候，阎锡山派李书城渡过黄河来到华阴，表面上安慰冯，实际上劝冯离开部队，去太原休养，并向冯表示，今后在政治方面

黄河岸边高原人家

要合作，同时还表示愿意陪冯一同出国游历。当时，冯的部下宋哲元认为阎锡山老奸巨猾，担心冯陷入阎的圈套，所以坚决反对冯玉祥去太原。阎锡山在蒋冯冲突中，既媚蒋压冯，又拉冯抗蒋。媚蒋压冯是为了借助蒋介石之力，把西北军赶出豫、陕两省，他好在北中国称王；拉冯抗蒋，是为在蒋的面前抬高身价，阻止蒋介石进攻晋系。蒋为了各个击破，紧紧拉住阎锡山反冯，利用阎把冯赶下台。但冯玉祥认为，蒋阎勾结是表面的、暂时的，互相争雄是根本的。只要自己拿出诚意联阎，终有一天他们会携起手来反蒋的。因此，冯玉祥明知阎蒋正在勾结之中，他还是在发出"入山通电"的同时，派邓哲熙、曹浩森到太原见阎，商谈联合反蒋事宜。阎锡山为了乘机把冯拉到自己的身边，增强抗蒋实力，表示愿意与冯联合，但不明确表态反蒋。他要求冯玉祥去太原共同商讨。冯玉祥因怀疑阎锡山别有他图，不敢贸然入晋，表示，只要同意联合反蒋，其他任何条件都可以答应。

蒋介石要拆断阎、冯之间刚刚搭起的独木桥，遂于6月3日召开中央常务会议，追认革除冯玉祥职务及开除党籍的处分，并要求冯玉祥必须出洋。6月7日，蒋介石致电阎锡山，要他敦促冯玉祥出洋，并委任阎锡山为北路军总司令，要求山西能够出兵，配合他对西北军发动五路进攻。

阎锡山复电蒋介石，表示不主张内战，提倡和平解决，并扬言，他要与冯玉祥一起下野出洋。他还派人到天津订购船票，去日本安排住房，装出一副决心引退的样子给蒋、冯二人看。这样做，一来可打消冯玉祥对他的怀疑，促其早日入晋，把冯控制在自己的手中，便于左右逢源，二来可以增加对蒋介石讨价还价的筹码，以迫使蒋对晋系的让步，真可谓一箭双雕！

阎的这一举动果然有效，当冯玉祥被他的拜把兄弟搞得焦头烂额死去活来的时候，能有阎锡山这个朋友挺身而出，请他到山西来，面商联合反蒋事宜，使冯感激涕零，增加了冯玉祥联阎抗蒋的信心，因而，冯玉祥决心入晋与阎会谈。他为了向阎表示心诚，竟然学着当年关云长单刀赴会的样子只身赴晋，和阎结盟。西北军高级将领得知这一消息后，大惊失色。……当冯登车就要启程时，陕西民政局局长邓长耀还站在汽车前面拦阻说："总司令是全军的首脑，不宜轻往；如有必要，可另派代表前往商洽，千万不要亲自出马！"冯劝邓说："大哥不必过虑，请问：'不入虎穴，焉得虎子！'您且看我这次单刀赴会，谅老阎也不敢对我怎么样。"说毕下车拉邓道旁，握手告别。

冯玉祥一脚踏上山西地界以后，阎锡山如获至宝。因为他有了冯玉祥这个政治资本，就可以大搞政治投机，向蒋介石讨价还价了。冯初到太原府时，哥俩抱头大哭。阎对冯百般安慰，发誓与冯合作到底。患难相交，冯玉祥被阎锡山感动得不知说什么好。

阎锡山特意把冯安排到太原附近的名胜晋祠"江瀚花园"居住……

蒋介石接到阎锡山"随冯出国考察"的电报以后，心急如火。他最怕的是，冯、阎勾结在一起，形成倒蒋势力。于是，他又故伎重演，采取封官许愿的诱骗手段，拉住阎锡山，控制冯玉祥。听说阎锡山要做出国准备，到北平检查身体，蒋介石马上坐飞机赶来北平。

阎锡山认为，蒋介石虽然在北平安置了何成浚控制军事机关，但是，军队的实权还是控制在他的手里，北平的卫戍司令是他的部将张荫梧。他估计，蒋介石在北平还不敢对他下毒手。因此，阎到北平和蒋晤谈时，态度十分强硬，坚持本人必须和冯玉祥同时出洋，并在直接对话以后，就住进了德国医院。

蒋介石是专程来北平拉阎制冯的，不达到目的绝不罢休。阎住进医院，蒋介石就立即带着礼物，亲自到医院看望，一口一个大哥叫着，表示无微不至的关怀，并向阎许愿说："百川兄如能扣留冯玉祥不离山西，原冯玉祥所辖数省地盘，将由您阎公接管，国民政府将委任你为西北边防司令长官，阎公还可推荐杨兆泰任内政部长职。"

阎锡山听了蒋介石这般美丽的诺言，心里乐开花了。他盘算着：收编冯军，控制大西北，这样从华北到大西北，大半个中国版图不就都归我阎锡山了呀？阎锡山不管这好听诺言能否兑现，但经不住他的诱惑，满口答应扣留监禁冯玉祥。

阎锡山从北平返回山西后，又来到晋祠看望冯玉祥，可是再也不谈反蒋和冯一起出国留洋的事了。冯玉祥再也忍耐不住了，提出可以单独出洋。阎假惺惺地说道："大哥，你如不等我，就叫我人格破产了。"

阎锡山这么一说，倒使冯玉祥心软起来。感到如果自己坚持单独出洋，会让朋友的面子上不好看，于是又在晋祠继续住了下来。过了些日子，恰好阎锡山的电务处破译出蒋介石阴谋要把冯玉祥从晋祠劫去的电报。这时，阎锡山又提出让冯玉祥到他家乡附近的"西汇"居住。他向冯说，这里是刚建成的一座趋吉避凶、风水极佳的别墅胜地，而且和他隐居的公馆可以说是同乡近邻，可随时计议反蒋大事。

冯玉祥从晋祠转移到"西汇"的时候，阎锡山又精心地安排了一个热烈欢迎场面。这天，阎锡山陪同冯玉祥来到河边村汽车站时，只见黄土垫路，清水洒街，整洁如洗，墙头上到处张贴着标语，热烈非常。学生们高举着"旗戟遥临，同亲仰望"、"锦茅壮挂，共目思光"的横幅，在东站马路两旁列队欢迎，高呼"欢迎冯总司令！"等口号。阎锡山的父亲——阎老太爷也等候在站台前欢迎冯玉祥。

冯玉祥带着家眷及随员来到"西汇"别墅山庄，先安排他住进"紫金楼"。当日，阎锡山为冯玉祥将军迁移新居，举行了盛大宴会。冯玉祥夫妇住在"紫金楼"，虽然居住豪华，酒肉相待，但是，行动却受到限制。在冯住处的房前房后，房顶上都有山西军队把守，监视着冯的行动，村庄四周派军队封锁，使冯和外界隔绝，将冯软禁起来。这实出冯玉祥所料！他雷霆大发，天天破口大骂阎锡山食言毁信，"不是个东西"！气极了，一次他身穿孝服，声言奔丧，乘车出动，受命监视他的杜春沂，急迫之下，竟下令将附近的一座公路桥拆除，冯被迫返回。最后，他竟以绝食为手段，要求阎锡山放他回西北军。

……西北军的将领对阎锡山扣留冯玉祥的背信弃义的行动十分愤恨。因此，西北军在接到冯的指令后，在7月中旬就派参谋长陈琢如到南京求见蒋介石，表示西北军愿意接受中央指挥，消灭阎锡山的晋军，并要求接济军饷。

蒋介石信以为真，认为西北军向他屈服了，为了瓦解冯系已经不需要借助阎锡山了。于是，他便派于右任、贺耀祖到西安宣慰与点编冯玉祥的部队，安抚冯的部将，供给军饷。从此，双方代表来往不断。为了笼络西北军将领，蒋介石还下令把已经被他免职的鹿钟麟、薛笃弼、熊斌、唐悦良等又请回南京。除对他们给以召见宴请的厚遇外，8月10日，特任命鹿钟麟署理军政部长。8月22日，又任命冯的另一亲信李钟鸣为全国编遣委员会遣置部主任。这样，蒋介石与西北军的关系由对抗转为密切起来，蒋、阎、冯的三角关系出现了微妙的变化。

不久，西北军归附中央，协力倒阎计划为阎锡山所侦知，吓得他出了一身冷汗。作为纵横家，阎锡山知道冯玉祥这张牌已经失去了作用。然而从另一方面说，如果想拆散刚刚结成的蒋、冯联盟，扭转即将开始的倒阎大势，还必须求得冯玉祥的谅解，利用放冯的有利条件，变阎、冯联盟倒蒋。这样，阎锡山不顾个人脸面，亲自到五台建安村向冯玉祥赔礼道歉，又是下跪，又是痛哭，最后说道："大哥来到山西，我没有马上发动反蒋，使大哥受些委屈，这是我第一件对不起大哥的地方，后来宋哲元出兵讨蒋，我没有迅速出兵响应，使西北军受到损失，这是我第二件对不起大哥的地方，现在我们商定联合对蒋，大哥马上就回潼关，发动军队。如果大哥对我仍不谅解，我就在大哥面前自裁，以明心迹。大哥回去以后，倘要带兵来打我的话，我决不还击一弹。从今以后，晋军吃什么、穿什么、用什么，大哥的军队也吃什么、穿什么、用什么，一律待遇，决不歧视。此心耿耿，唯天而表。"……冯玉祥听后也假戏真作，当即和阎锡山抱头痛哭了一场。他们为了向对方表示各自反蒋的决心，彼此保证："同生死，共患难，反蒋到底。"并歃血为盟……

在冯临行的前一天，阎锡山显出特别诚恳的样子，双手紧紧拥抱着冯玉祥那魁伟的身躯，再次痛哭失声说了一些自责的话后，又送上一份丰厚的"程仪"：现款50万元，花筒手提机关枪200支，面粉2000袋。最后又十分动感情地说："这是我对大哥的一点心意，等大哥回到陕西后，西北军有什么困难，就不客气地开个单子来，我一定尽力相助。"

冯玉祥真的被阎锡山的慷慨馈赠感动了，他双手捧着"程仪"礼单，许久没有说出话来。最后，慨然表示，对已往之事绝无芥蒂，此后，彼此一德一心，共同倒蒋。

阎锡山精心编导上演了一出现代版的"捉放曹"。

其后中原大战局势的演变是尽人皆知的了，这样一支各怀鬼胎同床异梦的乌合联军，失败已然是注定的了。其实在开战之初，冯玉祥就说过这样的话："阎的保存心过重，太不能牺牲，屡次要他出兵，他总是一味推诿，投机取巧。"

王式九、吴锡祺在《蒋冯阎关系和中原大战》[1]一文中，也做了这样的记载：

……攻取徐州的时机便被这些无情的现实所断送。当冯玉祥谈到这些情况时，真痛心到了极点，不由得说出这样一句话："阎百川这个老弟真不是好东西。"

在这以前，冯的幕僚认为阎锡山不愿意西北军先拿下徐州，无论在军事的配

【1】王式九、吴锡祺，《蒋冯阎关系和中原大战》，选自《文史资料选辑》第16辑，中华书局 1981年3月版。

合上，械弹、粮饷的供应上，种种迹象都表明了阎对西北军的进展是在有意识地"扯后腿"。冯对这些话原不同意，可是从这次战役中得到的教训，使得他也有了这样的感觉，不像过去一样，说阎对他是真诚的合作，而是说："阎百川这个葫芦里不知究竟装的是什么药。"

冯的高级将领和幕僚，对于联阎打蒋的战事普遍地存在抵触情绪。这不仅是因为他们对战争有着厌倦的心理，更为重要的是因为他们从经验中深知冯和阎的能力和做法，他们认为，冯只会打仗，对政治完全外行；阎活像一个钱铺老板，只会算小账，不能成大事；联阎反蒋纵然在军事上取得胜利，在政治上也没有办法。

在关涉政权的问题上，只有永恒的利益，没有永恒的盟友。

阎锡山在中原大战失败后，被蒋介石逼迫孤身出洋。他在蛰伏大连时写下这样二则自我反省的日记："五千年来，没有自己退，可带上他人的。一场大战，走了的机会，失了真可惜。此理见的很到，拿心很坚。被移的原因，动机是仁，结果是欲。的确，是学问不够的过"。"不为威迫易，不为情迫难。不为利诱易，不为善诱难。错成德之良机，失做事之势利，非迫于威利，乃动于情善。不错良机可以为君子，不失势利可以做豪杰"。

阎锡山判断事物的准绳就是对自己有利，他在日记中写道："说理求对，愿为做事求利，离开做事求利，深求说理对，是凿也无用。"

阎锡山还说："这个世界上有两种人最可怕：一种是不要命的，一种是不要脸的。"

在河边村阎锡山故居的一对廊柱上，镌刻着阎锡山亲撰的一副对联："业宏根于识足，国健凭于计周。"阎锡山的工于心计，是否正应了《红楼梦》中那句诗文："机关算尽太聪明，反误了卿卿性命"？！

阎锡山"在三颗鸡蛋上跳舞"

克难坡阎锡山所住的窑洞后壁，挖有一地下隧道。隧道很长很深，还有多处岔路，如果没人指引，进去就会迷路。我们随导游走了好一阵，出来后发现已

长城、黄河交汇处

到了另一条沟。出得隧洞，不远处的山脊上修有"望河亭"，立足此处，凭栏俯视，壶口瀑布近在眼底。望河亭东西两面均有匾，西匾题曰：望河亭。东匾题曰：北天一柱。两边石柱刻有对联一副："裘带偶登临，看黄河澎湃，直下龙门，走石扬波，淘不尽千古英雄人物；风云莽辽阔，正胡马纵横，欲窥壶口，抽刀断水，誓收复万里破碎山河。"这副对联不知何人所撰，但用的是阎锡山的口气，是当时山西省政府秘书长宁超武的手迹。望河亭下，有暗道直通马粪滩黄河渡口。

阎锡山无时无刻不会忘记给自己留一条"后路"，绝不会像山西土话所说："瞎驴认下一条道"，"吊死在一棵树上"。

胡敏、述江在《"在三颗鸡蛋上跳舞"的"不倒翁"》[1]一文中，对抗战时期的阎锡山作了这样的描述：

> 1936年2月，红军东渡抗日。阎锡山不得不让晋绥军沿黄河一线设防阻击。然而在第一阶段战斗中，晋军周原健全军覆没。阎锡山大惊，深感红军的强大，绝非山西一省的力量所能抗拒，急忙电请蒋介石派兵增援。蒋介石早就想把他的势力伸向山西，立即答应了阎的请求，迅速派嫡系部队入晋增援，并在太原成立了晋、陕、绥、宁四省边区"剿匪总指挥部"，由陈诚任总指挥，调度一切，负责"剿办"。

> 中共为避免内战扩大，令红军回师陕北，并于5月5日发出《停战议和，一致抗日》的通电，号召全国各界人士和国民党政府，组成对内团结、对外一致的抗日民族统一战线。红军东征两个多月，苦心经营三晋大地多年的阎锡山心痛

【1】 胡敏、述江，《"在三颗鸡蛋上跳舞"的"不倒翁"》，选自《纪实》2011年第11期。

难熬，好在红军既已返河西，暂时是不会再过河来了。但蒋的军队却赖在山西不走，企图趁机削弱自己的势力，并进而待机把自己挤出山西。这时，对自己最大的、最直接的、最现实的威胁，莫过于蒋介石在山西的驻军了。

与此同时，日本早已对山西垂涎三尺，红军东征后，派阎留日时的同学土肥原贤二来太原，与阎锡山密谋反蒋、反共，华北自治。日本方面的企图昭然若揭。红军回师陕北后，阎锡山未与日方达成其华北自治的协议，日方很不满意，便给阎送来了"必要时准许行使武力"的最后通牒。

形势使阎锡山深陷困境：红军东征掀起的抗日浪潮，冲击着他的封建专制；蒋介石策划河东独立，面临着鸠占鹊巢的危险；日军加紧进犯察蒙绥，直接威胁山西。此时，阎锡山认为有三条路可走：

一是"拥蒋反共"。蒋介石使用了"螳螂捕蝉，黄雀在后"之计，乘机进入山西占据了河东，令人担忧。你在这里拥蒋"剿共"，老蒋反而借"剿共"之名把你吃掉，岂不是做了冤大头？

二是"亲日反共"。本来晋方与日方关系密切，双方来往频繁，而且日方早已表示让阎在华北组建傀儡政府。如那样就会戴上汉奸的帽子，成为千古罪人，而日本早有灭亡中国之心，亲日之政策实在是风险太大了。

三是"联共抗日"。即表面上服从中央，事实上陕晋停战，一致对外。然而，共产党昨天还与其刀兵相见，怎样合作？实在是无从着手。

这三条道路如何选择？以他自己的力量，单独对付哪一股都不可能取胜，在三股力量面前，他是弱者；但是，这三股力量又都是水火不相容的敌对力量，哪两股都不可能联合起来共同对付他，使得他有空隙可钻，有机会可用。在高干会上，阎锡山说："今日华北之事，应该找着配为、当为、能为三者合一的事，方能进步。谁能给我指一条最佳的途径呢"？"难哪，我现在可是'在三颗鸡蛋上跳舞'，而且哪一颗也不能踩破"。怎么办？阎锡山站在三条路的交叉口上迷惘徘徊。

聚生、张冰在《毛泽东与阎锡山较量：不要敬酒不吃吃罚酒》[1]一文中，描述了阎锡山的"联共抗日"：

毛泽东请郭登瀛[2]把他写给阎锡山的信送回太原去。毛泽东在信中说："敝

【1】见聚生、张冰，《江山寥廓谈笑间》，团结出版社　2008年1月版。
【2】笔者注：红军东征中被俘的阎军将领。

军西渡，表示停止内战，促致贵部及蒋氏的觉悟，达到共同抗日之目的。"毛泽东在信中进一步强调："救国大计，非一手一足之烈所能集事。敝军抗日被阻，然此志如昨，千回百折，非达目的不止，亦料先生等终有觉悟的一日。"明确表示，"敝方同志甚愿与晋军立于共同战线"。当郭登瀛持信走出陕北后，为了从阎锡山的内部逼阎走上"联共抗日"的道路，首先在山西建立抗日民族统一战线，毛泽东又分别致书晋绥军中对阎锡山有影响的高级将领杨效欧、李生达等，谆谆告诫他们："日事相衍，停战议和，共赴国难，实为今日之天经地义"。"盼商之百川先生派遣代表，共商大计，以利于国家民族"。随后，毛泽东又给阎的老搭档——山西省政府主席赵戴文写信，指出："红军者，抗日讨逆之先锋，非欲与晋军为敌人。"8月14日，毛泽东还分别致书宋哲元、傅作义，试图通过宋、傅与阎的老关系，与阎锡山直接打交道。毛泽东在给宋哲元的信中说："鲁韩（复榘）绥傅晋阎三处，弟等甚愿与之发生关系，共组北方联合战线。先生必有同心，尚祈设法介绍。"

毛泽东的信息，从四面八方纷纷飘往阎锡山的办公桌。阎锡山虽然没有正式复函，但是，内心已开始出现了一些微妙的变化。他派人专程到陕北秘密同中共中央联系，要求毛泽东派出全权代表到太原洽谈。

1936年深秋的一天，毛泽东召见正在红军大学学习的彭雪枫将军，让他去山西秘密与阎锡山谈判，争取阎锡山与我们合作抗日。

11月12日，途经绥远的彭雪枫辗转到太原，代表中共中央与阎锡山开始正式谈判。彭雪枫抓住与梁化之频繁接触的机会，催促阎锡山答复我方提出的问题，积极宣传党的抗日统一战线政策。这样不少问题很快都得到了解决。不久，毛泽东又派遣周小舟以自己秘书的身份到太原协助彭雪枫做阎锡山的统战工作。

此时，阎锡山既害怕日伪军南下山西，又害怕驻山西的国民党中央军乘机闹事，认为"现在全国的难题均集中于晋绥"。针对阎锡山的这种心理，彭雪枫建议他接受中共中央关于和平解决西安事变和"逼蒋抗日"的主张。这样，12月25日，以阎锡山为会长的牺盟会发表宣言，发动百万民众开展"营蒋抗敌"签名运动。不久，阎锡山解除了对陕北的经济封锁，双方开始了商业往来，通过吉县、兴县等地，把粮食、布匹等物资源源不断运入陕北苏区。1937年3月，经彭雪枫与阎锡山多次协商，在太原新满城街30号设立电台，彭雪枫以上海某公司"副总经理"的身份活动，对外称"彭公馆"，从此沟通了太原与陕北的空中联系。但是，阎锡山又暗示说，鉴于眼下情况，与中共的关系尚不能公开化。当彭雪枫将阎锡山的这种考虑转达给毛泽东、周恩来时，毛泽东十分高兴地对周恩来说，可以答复彭雪枫，应当尊重阎百川先生。

1939年12月，阎锡山挑起了反共的"晋西事变"，毛泽东等一直采取了克制态度，多次指示"不公开刺激阎锡山"。事变发生后，1939年12月20日，毛泽东指示彭德怀前往秋林，当面向阎锡山讲明利害关系，做调解工作。

1940年2月23日，毛泽东起草致国民党第二战区司令长官阎锡山的信，表示愿意和平解决山西发生的摩擦事件，并告知派肖劲光和王若飞前往谈判。离开延安时，毛泽东把信交给肖劲光，并对肖劲光和王若飞说：

"你们去给阎锡山讲清楚，我们共产党是诚心实意要同国民党合作抗日嘛，你们为什么要同室操戈，制造摩擦，杀人略地，让日本强盗高兴呢？抗战初期，阎锡山同我们合作得还可以嘛，为什么现在又跟着蒋介石的指挥棒转，同我们过不去呢？我们也不是好惹的，请他不要敬酒不吃吃罚酒！"

……经过谈判，阎锡山接受了我党的主张，达成了不再进攻八路军防地和陕甘宁边区的君子协定，同意双方继续派代表具体协商联合抗日和划分防区的细节问题。随后，双方代表经过多次谈判，确定在山西以汾阳经离石至军渡的公路，为晋西南与晋西北的分界线，晋西南为阎军活动区域，晋西北为八路军活动区域。这些协议，减少了摩擦，对于当时的团结抗日，对于边区的巩固，都是有利的。

赵承绶在《我参与阎锡山勾结日本活动的情况》[1]一文中，披露了阎锡山"脚踩两只船"与日本人暗中勾搭的情况。赵承绶与王靖国是阎锡山在军界的左膀右臂，他的亲历回忆无疑具有权威性：

"晋西事件"以后，阎锡山更进一步地和日本帝国主义勾结，企图依靠日本侵华力量，保持并扩大他的势力。这时日本帝国主义也认为阎锡山正在"走投无路"关头，是勾引他上钩的大好机会。1940年春，日方先派曾做过阎锡山的区长又当了汉奸的白太冲，偕同一个日本特务，经过两年前投敌的阎锡山部六十八师副师长蔡雄飞介绍，和阎部警卫军军长傅存怀勾结。后来又公然派一个日本特务大矢到傅存怀处，经傅派人送往阎锡山的长官部所在地——克难坡，直接和阎锡山见面。当时，我从晋西北撤到晋西隰县。大矢路经隰县，持有傅存怀的信，要我派人护送到克难坡。这次，我虽没有和大矢见面，但阎锡山和日本人公开来往，我已了解了。

【1】赵承绶，《我参与阎锡山勾结日本活动的情况》，选自《中华文史资料博文》第五卷。

......

　　1940 年 11 月间，有一天阎锡山把我叫到他的办公室，对我作了一次时间较长的谈话，大意是："目前咱们的处境很不好，蒋介石要借抗战的名消灭咱们，不发给咱们足够的经费，也不给补充人员和武器，处处歧视咱们，事事和咱们为难。共产党对咱们更不好，到处打击咱们，八路军在山西各地有严密组织，把老百姓都拢过去了。如果日本人再打咱们，那就只有被消灭。咱自己的人也不稳定，宜生（指傅作义）已离开咱们，陈长捷也在动摇。青年干部左倾的都跑到延安去了，右倾的跑到蒋先生那里做官赚钱去了（阎锡山一向是讲他所谓的"中的哲学"），胡宗南在西安就专门拉咱的干部。咱们如果想在中国求存在，非另找出路不可。存在就是真理，只要能存在住，以后怎么转变都可以。如果存在不住，还能谈到其他事业吗？抗战固然是好事，但又没有胜利把握，就是打胜了，没有咱们也不行。权衡情况，目前只有暂借日本人的力量，才能发展咱们自己，这是一个不得已的办法，也是咱们唯一的出路。日本人也想依靠咱们，前些时派来过一个人，在克难坡住了几天，我已叫迪吉跟他到太原，和象乾（苏体仁字）、西樵（梁上椿字）他们研究研究，看有没有机会和办法。现在他们接上头了，叫我派代表去太原。我认为现在公开派代表去太原，还不是时候，所以约定派人先在孝义白壁关村和他们会见。我想别人不可靠，你去最合适，你和西樵、象乾他们很熟，可以通过他们协助接头。"阎锡山两眼看着我，好像等待我的回答，见我只愣着没有说话，他又接下去说："你这次去，主要是商量四点，也就是四句话，即'亚洲同盟，共同防共，外交一致，内政自理。'前三句对日本人无害，他们也希望这样做，会同意。第四句可能有争执，一定要争取做到。如果内政不能自理，老百姓就不会相信咱们，不跟着咱们走，咱就不会有力量，那就谈不上和他们（指日方）合作了。这四句话，前三句是咱迁就他们，后一句也要求他们迁就咱一点。如果要让咱像汪精卫那样，我是绝对不干的。"

　　......我到达白壁关的次日，苏体仁、梁上椿陪同日军"山西派遣军"参谋长楠山秀吉少将到来，他们也都身着便服，遮人耳目。这是抗战以后我和苏体仁、梁上椿第一次见面。苏私下问我："老总（指阎）是真诚和日方合作呢，还是应付一下？如果只是应付，我好想应付的办法。如果真诚合作，就认真安排合作办法。"我按照出发前阎锡山和我谈话的大意，对苏做了说明，并向苏探询日本方面能不能拨给些粮款以及武器弹药等。苏说："看情况，只要老总能早日通电脱离重庆，进驻太原和孝义，这些事是可能办到的。"我又探询："日方是否有合作诚意？"苏说："日本人是想依靠老总的，华北方面的局面，只有老总才能撑起来。

只要老总能回太原或者到北平去，华北方面就会稳定下来。问题就看老总怎样做了。"我依照阎锡山事前嘱咐的话对苏说："老总进驻孝义或太原，暂时还不能做到，因为在后方的兵工厂和眷属一下子不能迁回来。为了不惹人注意，必须逐步设法向前方移动，那就需要相当时间，而且目前时机还不够成熟，条件也不够充分，只有从长计议。"

……会谈时，我把阎锡山提出的"亚洲同盟，共同防共，外交一致，内政自理"的理论，照阎的嘱咐说了一番，又要求日方先给山西军队装备30个团，所有武器、弹药、服装、粮饷以及兵员，均由日方供给。楠山口头上完全答应，并说："只要阎阁下诚意合作，一切都好办。"但又说："须待回太原后，再商议决定。"

这次会见，日方主要是试探一下阎锡山的真正意图，所以没提什么具体条件，楠山一再表示"要先看看阎长官的意见和条件如何"。因此，没有任何书面协议，只口头约定以后再互相派人联系。

……经过几次谈判，双方都一再阐明自己的要求，以期能达到各自的目的。楠山总是说，"阎阁下不早日通电，一切都很难办理，日方是为了阎阁下，为了华北，才这样做的"等等。我照阎锡山的嘱咐，再三以"在后方的兵工厂和高级人员眷属，必须全部迁回，阎才能发表通电。从后方向前移动，要伺机逐步办理，以免被蒋介石察觉发生问题。因此需要日方给予时间，不能要求过急。同时，没有装备起力量来，就贸然发表通电，进驻孝义、太原，既对付不了蒋介石的牵制，更难对付八路军的进攻"等等为理由，要日方先装备力量。这些均无结果。仅达成了阎方在太原、汾阳、临汾、运城等地设立办事处，和日方交换军事情报（主要是八路军的情报）、交换物资的正式协议。

太平洋战争爆发以后，……日本方面从侵华部队中抽调大量力量到南洋去作战，急切要求在华北有个更有力的汉奸，替他们统治华北，防止真正抗日的八路军乘机反击，收复失地。因此，急于要阎锡山就范，威胁、利诱兼施，压迫阎锡山早日上钩。一面于1942年春季（大约是4月间）派梁上椿到克难坡，向阎锡山送"觉书"，促阎锡山早日表明对"汾阳协定"的态度；一面派飞机轰炸克难坡，并以较多的飞机轰炸阎锡山在黄河渡口小船窝附近修建的钢丝木板桥。二十几架飞机，三次投弹百余枚，只炸毁两股钢丝绳。阎锡山则是一面向其部下宣扬，要准备进行"大保卫战"，坚决保卫抗战根据地，以虚张声势；一面又要派我到太原去再和日方商谈。他说："武应付不了局面，你再去一次，看看情形究竟如何。"为了能快点到达太原，我带上续志仁，从乡宁县骑马先到日军占领的河津城，又坐飞机到太原，仍住新民街12号办事处。次日会见花谷正，他气势汹汹地说："你来

黄河岸畔双锁山

了，好！你能代表阎锡山吗？我看你代表不了他。阎锡山诡诈多端，把中国人骗遍了，还想骗我们日本人吗？我看你还是回去的好，叫阎锡山亲自来吧，我们非和他亲自谈不可。"

……日方见阎锡山对亲自会谈无甚表示，就继续通过苏体仁、梁上椿胁迫阎锡山，声言要用重兵进攻晋西。又经梁继武、刘迪吉往返磋商，最后阎锡山同意亲自出马和日方会谈。但又考虑到自己不能去太原或汾阳，叫日本人到晋西来，又怕风声太大，不敢公开这样做。最后选定在山西省吉县南几十里的一个山村，举行会谈，日方同意了这个地点。

这个村庄距阎、日双方防线各30华里，原名现在记不起来了，"安平"是阎锡山临时起的名。原来阎锡山十分迷信，认为这次和日方会面，很有危险，把这个村庄名为"安平"，又在"吉县"境内，是个"吉庆平安"之兆。

有一个细节颇可看出阎锡山的矛盾心理：会面之前，阎锡山做了充分的准备，本是投降的举动，却也想到了"以身殉国"的壮烈。阎锡山特意与警卫队长单独谈了一次话，把与日本人会面的事告诉了他，阎锡山沉思着说："我是中国人，要维护国家、民族的尊严，决不能让日本人利用。如果谈判成功了，也是维护我们独立自主得以存在的宗旨；如果谈判破裂了，决不能将我一世英名付诸流水。在敌人要对我下毒手或者劫持我时，你在紧要关头要迅速朝我心脏开枪，不能让日本人把我活着劫持走。这就是你对我的忠贞。"

阎锡山为了欺骗他的部下，从克难坡到吉县城后，特意召集了一次高级军事会议，扬言要进行"大保卫战"，还下达了"谁后退就军法从事"的命令。其实，他到吉县城来，是专门为了准备"安平会议"。这时，他在吉县城接待了秘密从太原到吉县的苏体仁、梁上椿，密商和日方见面的事。

1942年5月6日，是"安平会议"正式会期。这个村庄的居民，几天以前就被阎锡山派军队扬言要在这里"打大仗"，胁迫迁离。阎锡山又电令其"太原办事处"梁继武和刘迪吉，要他们由太原携带准备好的上等酒席和招待日方的一切用品，先一日运到安平村（由河津城到安平）。会场布置，则完全由日本方面负责。

5月6日天还没亮，阎锡山率领我和王靖国、吴绍之（阎的秘书长）、杨贞吉（阎锡山的一个特务头子，敌工团总书记）、苏体仁、梁上椿等人，由其警卫总队掩护，由吉县出发，前往安平村。出发前，指定我和苏体仁、梁上椿负责招待日方，王靖国和杨贞吉负责警卫，吴绍之负责记录。到安平村后，阎锡山在为他布置好的房子里休息，王靖国查看会场布置，杨贞吉布置警卫总队和事前布置的六十六师一个团（日本方面也布置有警戒部队），我和苏、梁则到日方来路上等待迎接。不久，日军山西派遣军司令官岩松义雄、参谋长花谷正、华北派遣军参谋长安达十三、驻临汾的清水师团长清水中将、特务头子林龟喜和高级参谋人员到来，也是先到准备好的休息室休息。旋由苏体仁、梁上椿陪同阎锡山到日方休息室会见，苏一一作了介绍，阎锡山和日酋分别握手，岩松义雄立即送给阎锡山一份"白皮书"（内容不详），日军随军记者纷纷拍照。阎锡山事前最怕这一手，曾商妥不拍照片和电影，但事到其间，只得任人摆弄。

接着，举行正式会谈，双方进入会场，日方坐在一边，一字排列，岩松坐在中间；阎锡山进入会场，面对岩松入座，赵承绶、王靖国、吴绍之和苏体仁、梁上椿分别在阎左右侧，杨贞吉没有参加。

会议开始，阎锡山首先发言，大讲其所谓"相需"的谬论，大意是"亚洲同盟是中、日两国的共同利益，亚洲人愿意推日本做'盟主'，我本人也拥护日本做'盟主'，但日本人必须领导亚洲人做愿意做的事情，才能当好这个'盟主'。中、日合作是互相需要，要本着共同防共、外交一致、内政自理的原则办事，尤其是内政自理更要紧，否则中国人民就会对合作有考虑。请日方表明对中国究竟将采取什么方针"等等。阎锡山每讲一段，由苏体仁的女婿杨宗藩翻译一段，占的时间很长。日本人听得不耐烦起来，花谷正说，"我们是来开会，不是来听讲演。"岩松义雄不等阎锡山把话全说完，就接过去发言，大肆宣扬一番日本在太平洋方面的胜利，促阎锡山立即"觉悟"，早日通电履行"汾阳协定"条款，希望阎锡山认清当前形势，相信"大东亚圣战"有必胜把握，要阎锡山立刻脱离重庆政府，参加"大东亚共荣圈"，勿再犹疑。并表示如果阎锡山马上表示态度，可立刻交付现款300万元，步枪1000支。至于"汾阳协定"里所答应的一切，可以陆续交付等等。岩松的发言，由日本人大岛翻译。岩松的态度虽不那样气势汹汹，但也盛气逼人，完全是战胜者口吻。我偷眼看看阎锡山的神情，他还是那副老相，无甚表情。他早已料到日方会让他马上表示态度，立刻就说："凡事都要有个准备，现在一切还没准备妥当，通电还需要相当时日。最要紧的是力量，如果日方能把'汾阳协定'中答应的东西先行交付，装备起力量来，能对付了共产党的攻击，就可以推进到孝义去。"花谷正听到这里，极不耐烦，蓦地站起来说："珍珠港一战，美国被日本一下子打垮，蒋介石更不在话下，阎阁下和日本合作，对你自己有利，也正是时候，观望没有什么好处，最好马上跟我们回太原去。"花谷正说话时，气势更凶，口说手比，旁若无人，弄得阎锡山十分难堪。我再偷眼看看他的神情，这下子有点慌神，眉头皱起来了。这时气氛十分紧张，会议很难继续下去。苏体仁建议"暂时休会"，双方各暂回休息室休息。

这时，杨贞吉得到报告，发现在日本人来的路上，有许多骡马向安平村前进。杨认为是日本人开来炮兵，立刻把这一情况向阎锡山报告。阎锡山搓手摇头，十分惊惶。正在着急，他的警卫总队长雷仰汤报告说："赶快走吧，这房子后边有一条小道可以出去。"阎锡山边点头边站起来，雷和阎的侍从立刻扶着他由小道逃走。

继续开会的时间到了，日方进入会场，却等不来阎锡山，我假意去催，回来说"长官已经走了"（其实我早已知走了）。日方十分气愤，岩松对我说："你们阎长官太无礼了，我们会给他惩罚的。"接着宣告中止会谈。日方立刻要动身，我和苏体仁、梁上椿又送到村口，岩松又改变了态度，比较和蔼地对我说："今天会谈不成，以后有机会再谈。我们对阎长官决无恶意，请你告阎长官放心好了。"接着，收拾会场。这时我才看到，来的骡马驮的是一些步枪和木箱（事后知道是几百万伪钞）。

"安平会议"以后，日本人把阎锡山和岩松义雄握手的照片印成传单，用飞机在西安等地散发。阎锡山驻西安的办事处处长黄胪初把捡到的传单寄给阎锡山。阎锡山在克难坡每天早上举行的朝会上，公开向他的部下否认这件事。但后来（时间记不确）有一个"中外记者考察团"到克难坡向阎锡山提出这个问题时，阎锡山无法抵赖，只好承认和日本人见过面，但矢口否认和日方有勾结，更不承认通敌叛国的账。

日军为了"惩罚"阎锡山在"安平会议"中逃跑，趁阎部三十四军在汾南地区抢征夏粮时，由临汾的清水师团调集兵力，向该军全面进攻，三十四军军长王乾元受伤，四十五师师长王凤山阵亡，部队纷纷溃逃汾北山区。日军仍扬言要进攻吉县，阎锡山更慌了手脚，连忙写信给岩松义雄，说什么"希望你们不要把同情你们的人当做敌人"。

阎锡山说："冬天穿皮袄，夏天穿汗衫，需要什么就来什么。"阎锡山又说：

"必须以小人防人，以君子待人。不以君子待人，无以处君子；不以小人防人，无以处小人。以小人防人，君子乐之，小人幸之；以君子待人，君子安之，小人荣之。"阎锡山还说："凭人不可以为人太好，疑人不可以为人太坏"，"任人不可不专，防人不可不密。要在密防之下专任。"

阎锡山殚精竭虑从保全自己的目的出发，选择了一条"拥蒋联共抗日"的三合一道路。"抗日要准备和日，拥蒋要准备拒蒋，联共要准备反共"，"在三个鸡蛋上跳舞"，成为政治场上的变色龙，民国官场上的不倒翁。

"中的哲学"与"横竖政治"

克难坡城堡内，新一沟沟口有个砖砌的长方形窑洞——实干堂，是召开重要会议的大会堂。大会堂前有广场，广场南建有"洪炉台"，阎锡山每天早上6点雷打不动举行"朝会"，相关官兵接受训话。训话多由阎锡山主持，偶尔也由赵戴文代训。阎锡山把"洪炉台"作为训教中心，亲自撰写《洪炉歌》一词："谋国不豫，人物皆空，克难洪炉，才是正宗"，"组织领导，决议是从，自动彻底，职务唯忠，抗战胜利，复兴成功。"并为《洪炉歌》谱曲，让广大官兵都会吟唱。梁化之在洪炉训练期间，还挑选了一个身体健壮、声音洪亮的干部，在每天的朝会上高呼"会长万岁，会长健康，忠贞会长，敬爱会长"等口号，并迎阎进入会场、送阎退出会场。

"洪炉台"在"文革"中被拆毁，现在已经原样修复。

阎锡山是很重视"思想教化"的，建"洪炉台"的用意就是让每个接受"洪炉训练"的人都经历一次脱胎换骨的"炉炼"，以统一思想、统一语言、统一行动，一切围绕阎氏思想转。

1942年，阎锡山在克难坡"洪炉台"的一次讲话中，提到了他与亚洲第一个诺贝尔文学奖得主印度诗人泰戈尔在太原晤叙一事。阎锡山说："他问我，东方文化是什么？我说是'中'。他问我什么是'中'，我说，有'种子'的鸡蛋的那

'种子'即是'中'。此'种子'为不可思议，不能说明的，宇宙间只有个种子，造化也就是把握的这种'种子'。假定地球上抽去万物的'种子'，地球就成了枯朽；人事中失了"中"，人类就陷于悲惨。泰戈尔又说，我从上海到天津、北京，没有看见中国文化是什么。我说，你到太原也看不见，你到乡间或者能看见。"

阎锡山多次在其讲话中提到与泰戈尔的这次会面，尽管内容与表达方式略有不同，但无一不提到他的"中道文化"。

"中道文化"代表了阎锡山一生推崇的"中的哲学"。

中国人推崇"中庸之道"。中庸，最早起源于《论语》："中庸之为德也，其至乎！民鲜久矣。"中庸是一种德。孔子认为，中庸的相对面是"不得中行而与之，必也狂狷乎？狂者进取，狷者有所不为也。"中庸的实质就是一种平衡的艺术。

阎锡山根据中国古代的中庸之道，并结合自己从商从政的经验，创立了独特的"中的哲学"。阎锡山认为："处人须适情，处物须适则，处事须适理。适则得中。完全适者成，完全背者败"、"不偏不倚、情理兼顾，不过不及是为中，事之

黄河一景

恰好处是为中"；阎锡山还认为："凡事都含有矛盾的两个性，矛盾的中间是中"、"承认矛盾，要用二的分析法分析矛盾，以求得矛盾的不矛盾，使矛盾对消，达到适中，以求生存"；阎锡山还认为："事理有母理与子理之别，母理讲的是该不该，子理讲的是能不能。母理是不变的，子理服从母理，人事以生为最高母理"等等。

"中的哲学"是阎锡山制订战略策略和采取行动的理论根据。在政治舞台上，他始终以"生"（生存、存在）为最高母理，然后用二的分析法分析各种矛盾，"执其两端而叩其中"，在"恰好"之时，采取行动，尽量使矛盾的不矛盾，以利于自己的存在。1941年阎锡山明确提出："存在即是真理，需要即是合法。"

以阎锡山的话来说，他事业的成败是以能否掌握中为衡量标准的："人事得中则成，失中则毁"。

阎锡山在1937年的日记中拟写一副对联：对在中间才称善，中到无处始叫佳。横批：履中踏对。

台北出版的《阎锡山年谱长编》一书，记载了1949年8月27日阎锡山在台湾主持孔子2500年诞辰纪念典礼上的讲话。阎锡山在这天的日记中写道："主持孔子2500年诞辰纪念典礼，并讲'孔子与东方文化——中与仁'。"

阎锡山的日记中，还记述有这样的语录："过是过火，如蒸饭锅焦了。错是不针对，如该上盐上了醋。过不及是竖的不对，错是横的不对，故曰，对是一，不对是千万。"也表达了"过犹不及"的"中的哲学"。

1960年5月23日，阎锡山病逝台湾，终年77岁。他生前就挑选了墓地，墓前有个巨大的"中"字，大概也是象征着其人生"中的哲学"：发于仁，归于中。

阎锡山的下述言论，也不妨看做是对他"中的哲学"的延伸阅读。

阎锡山认为："一横一竖，相交则为十字，天地间万事万物，皆可括尽无余。横竖两者，横者见其平，竖者见其中。平者不移之谓，万理藏其中；中者不偏之谓，万理亦藏其中。中平两者，有表有里，可经久矣。"

阎的一生提倡过多种名目的"政治"，诸如"用民政治"、"村本政治"之类，而最能反映其政治性格的即"横竖政治"。对这种"玄之又玄"的"横竖政

黄河石门

治"论，阎锡山解释：其第一种含义是，所谓"横政治"就是指共和民主政治；所谓"竖政治"，就是帝王专制政治。两者各有利弊，"竖政治者，以一人之精神贯注全国，治易，乱亦易；横政治者，则以众人之精神贯注一人，乱难，然治亦难"。民主政治让人民参与政治，这是万不可行的，但专制政治下人民与政治全不相干，似乎也不利于统治。在阎看来，为政必须"鼓舞人群中人人固有之政治性"，"把政治放在民间"。就是说要把政治触角伸到每一个普通老百姓头上。阎锡山就是用这一观点，对山西实行了他38年的统治。

阎锡山在日记中，还记载着他的"思想灵感"：

横不碍其他，竖不碍将来。

反对左可以，自己不当站在右边。反对右可以，自己不当站在左边。站在左边反对右，站在右边反对左，不是消敌是树敌。

苏格拉底行于街，无故被棍击，睹者不平欲为之报复。苏曰：驴踢人一蹄，人岂可还驴一脚？此与孟子与禽兽有何难焉同，乃是不直之忍。

诸如此类的"哲理"在阎锡山的日记中比比皆是。共产党和国民党的许多著名人士都称阎锡山的"中的哲学"为"骑墙哲学"。了解"中的哲学"是解读阎锡山的一把钥匙。